千夜千食物語

敗国の姫ですが氷の皇子殿下がどうも溺愛してくれています

枝豆ずんだ Illustration 鴉羽凛燈

目次

これまでのあらすじ

レンツェの姫君、エレンディラ。王族らしい扱いは一切されず娼婦の子、
と虐げられて暮らしていたが大国アグドニグルの侵攻により前世の記憶が戻る。
発育不全の幼女と食堂勤務のちゃきちゃき日本人の人格がまざり合い、
処刑目前のピンチで飛び出た言葉が「プリンを召し上がりませんか⁉」だった。
「千夜一夜物語」にヒントを得て、
毎夜新しい料理を皇帝クシャナに献上することを条件に、
レンツェの国民を救う交渉を持ち掛ける。
結果的に第四皇子ヤシュバルの婚約者となったエレンディラは、
アグドニグルで紫陽花宮（スマン・ディネイシュ）を与えられ、皇帝陛下へ「千夜千食」の献上を進めていく。
ヤシュバルからシュヘラ・ザードと新たに名付けられた彼女は従魔であるわたあめや、
カイ・ラシュ、メリッサと親交を深め日々を過ごすが、
ある時呪いを受けて「黒化」してしまう。
「黒化」は一度発症すると死を待つのみ――であるはずが、
死の淵からなんとか舞い戻るシュヘラ。
そして、新しい宮「白梅宮（ヴェレマ・ディネイシュ）」の主として生活を再びスタートする……

人物紹介

シュヘラ・ザード（エレンディラ）

レンツェの姫君だが、娼婦の子と虐げられてきた。

アグドニグルの侵攻と真冬の池に落とされたショックで前世日本人としての記憶を取り戻す。

食堂で培った料理レパートリーと腕で、
千夜の間、毎夜料理を皇帝クシャナに献上することを条件に、レンツェの国民を救う決意をする。

ノーと言えるジャパニーズと幼女がまじりあっているため、繊細かつ大胆な性格をしている。

ヤシュバル

アグドニグルの第四皇子（養子）。初対面でずぶ濡れだったエレンディラを助ける。

さらに「レンツェの姫を自分の妻に」と申し出ることにより、その命も救う。

冷静沈着な性格で「氷の皇子」の異名をもつ。

エレンディラをシュヘラ・ザード（麗しき乙女）と名付ける。

クシャナ

大国アグドニグルの皇帝。

国民からの信頼も厚く、力量も十分な女傑。美味しいものには目がないようで……

カイ・ラシュ

第一皇子ジャフ・ジャハンの息子、つまりクシャナの孫。
父は獅子の獣人、母は兎の獣人だが、狼の耳をもつ。
華奢な少年だったが、シェラのおかげで肉嫌いを克服。シェラに惹かれるように……

イブラヒム

アグドニグルの賢者。通訳として戦争にも同行していた。
シェラの作る奇想天外な料理とそのレパートリーに、常に解明したい探求心をもつ。

スィヤヴシュ

アグドニグルの医官。
妙にノリが良く、お料理の実況ＭＣもお手の物……

メリッサ

パフェにつられて顕現した神殿レグラディカの女神。
うっかりヤシュバルに滅ぼされそうになるが、シェラと「お友達」になることで回避。

わたあめ

魔獣スコルハティの眷属で、雪の属性をもつ。
真っ白いポメラニアン的魔獣の子ども。シェラのことが大好き。

1章　お師匠様がやってきた！

新居があまりに諸行無常

絢爛なる華の都ローアンは朱金城（しゅきんじょう）。

真夏の太陽の輝きを受けて燦燦（さんさん）と輝くのは、先日完成したばかりの新宮殿。後宮の他の宮が全て植物の名が付けられているように、この新しい宮も当然植物の名を冠した。

〝白梅宮（ヴェレス・ディネイシュ）〟。

位置としては第四皇子ヤシュバル殿下のおわす紫陽花宮（スマン・ディネイシュ）の隣の宮。規模としては皇帝の寝所である瑠璃皇宮（プルシュ・ターム）の四分の一程度の小さなもの。しかし第四皇子から贈られた数々の見事な調度品が飾られ、庭には珍しい東の国の白い梅がわざわざ神殿の移動魔法を使って持ち込まれた。

アグドニグルの力に怯える諸国にとって、新たな宮の誕生はただの他国の新築情報というだけのものではない。

宮の主というものは、アグドニグルにおいて一種の権力の象徴だ。

偉大なる皇帝陛下により認められ、宮を持つ者は外交においてその国の王と同等の扱いをされる。

新たなる宮が建てられた。

諸国の情報官たちは、そこの主たる者は何者だろうかと、白梅宮の主人の情報を必死になって探った。

これまでの朱金城においては皇帝陛下を除き、独自の宮を持てるのは養子となった皇子ら六人だけであったが、今回は異例なことに「女児」だった。

それも、皇子らの子というわけではなく、よりにもよってアグドニグルに、皇帝陛下に弓引いた敵国の姫君である。

第四皇子が見初めて大切に保護されわざわざ本国に連れ帰り、皇帝陛下が寵愛されて宮を建てて贈られた。

レンツェを滅ぼしたアグドニグルの皇帝は何を考えているのかと、諸国は困惑したものの、皇帝クシャナが何を考えているのか、並の人間には理解できぬとそれだけはわかっていた。

新設した宮の情報を諸外国に知らせたということなら、祝いの品を贈っておくにこしたことはなかろうと、為政者たちは玉座においてそう判断したのだった。

*

「以上が、本日届けられた贈り物の目録にございます」

「おっ……多いいぃいいぃい……」

今日も今日とて、部屋中に積み込まれた新居祝いの品々を前に私はぐったりとしてしまった。

私のお家、こと、新しい宮。

白梅宮というとても綺麗な宮を頂いて、ええ、大変嬉しかったのは本当です。

引っ越し祝いにヤシュバルさまからはふかふかの寝具や珍しい食材を、春桃妃様からは沢山の布を、カイ・ラシュからは遠くの国の野菜の種や苗を頂いた。

それだけで十分だったのですが、宮を頂くということはとても、大それたことらしくあちこちから、具体的には私と全く付き合いのない方面からも贈り物が届いた。

アグドニグルという国の規模の大きさを再確認させられると同時に、きちんとどなたから頂いてどんな返礼の品を返すべきかと頭を悩ませられる。

「何をおっしゃいます。まだまだ、足りぬほどでございますよ。皇子殿下たちの宮入の際は……」

シーランは昔をよくご存じのようで、思い出すように目を細めて回想を始めた。

まぁ、実際のところ、この大量の贈り物を私は全て確認する必要はない。

全て一度は白皇后陛下が確認してくださって、私が直接お礼文を書くべき相手、返礼の品を考えるべき相手、そうではないものは白皇后がまとめて対処してくださるそうだ。

それでも私がお礼状を書く相手は三十人近くはいる。白皇后の方が遥かに大変なのはわかっているが……それでもこう。面倒くさいね!!

社会に出るということは……こうした人付き合いや、色んなやりとりが……大変なんですね。

まさか幼女の身の内からこんな気苦労をするとは思わなかった。

カイ・ラシュでも遊びに来てくれれば王族として生まれた彼にこんな時の対処法を聞けるのだけれど、春桃妃様の出産日の近づいた蒲公英宮(ババール・ディネイシュ)は厳重態勢となっており皇子といえども頻繁に出入りできなくなっているそうだ。

「わたあめもスコルハティ様と訓練に行っちゃってるし……」

この贈り物の対処が忙しく、私はお引っ越しして三週間もたつのにまだこの白梅宮の探検もできていない。

普通子供が新居に入ったら、広い建物の中を散策しまくるのではないか？　それが正しい子供の姿なんじゃないだろうか……。

なんだかなー、と私は部屋の窓から外を見る。

白梅宮自慢の庭は当然ながら、白梅の木が沢山植えられている。陛下のお計らいだろう、お庭の造りは前世の日本庭園を彷彿とさせる、石や池が品良く使われた……派手さはない、こう、わびさび？　的な大変趣味の良い。私にとって落ち着く造りになっている。

「ちょっと息抜きにお庭に出てもいいですか？」

「もちろんでございます。この宮の主人はシェラ姫様でございますもの、お好きなようにお過ごしになってくださいませ」

にこりとシーランは頷く。

アンがいないところでは私に優しく接してくれる。そのアンといえば、最近はこう、私の弱点というか、何か第三皇子殿下に有利になる情報がないので焦っている様子。

私がレンツェの残党と接触したり、アグドニグルの情報を漏らしたりすればいいと思っていらっしゃるようで、時々「姫様の故郷は～」とか「ご存じですか？　この国の重要人物は～」など水を向けてくる。多分、アンは密偵に向いてないと思う。

そんな感じで大丈夫なのかと思うが、アンのあんまりにもダメダメっぷりにシーランも「……もしや、考えの足りない第三皇子殿下の側室のどなたかが適当な娘を密偵に仕立てたのでは」と呆れている。

まぁ、それはいいとして。

「わー、うーん、広いですね～」

お庭に出て、私は手ごろな石の上に腰かけて水に足を浸ける。

中には亀とか魚が泳いでいて、私が足を入れると興味深げに近付いてきた。

鳥の声も聞こえる。耳をすませば、遠くの訓練場で兵士さんたちが訓練をする声も聞こえた。

平和～平和～、平和は良いね～。

今晩の陛下への献上物は何にしようか。

昨晩お出ししたお好み焼きも大変好評で「次は餅も入れて欲しい」とリクエストまで頂いた。

陛下は味の濃い物を好まれるのだろう。辛いのも好きだし。

一応食房には一週間のメニューを大体考えて発注を依頼しているが、その日の陛下のご様子や趣味嗜好を考えて、私はギリギリまで「今日は何を作ろうか」と考え続けている。

次の瞬間。

ゴゥッ、ジュワッ！

「……ひっ!?」

辺り一面、焼け野原。

池の水は蒸発し、水に浸けていた私の足は……ひえっ…………見られない……う、うわぁあああ……。

「姫様!!」

「シ、シーラン！　私の足……うわ……か、感覚がないのが怖い……ど、どうなってます!?」

「うっ……アン！　アン！　直ぐにスィヤヴシュを！　それに、ヤシュバル殿下に……」

私の足を見たシーランの顔から血の気が引く。

えぇええ、ど、どうなってるんです、どうなって……。

「シーラン、こっちは火の勢いが強いので、近付いちゃだめです！　私のことは良いので、消火活動の指示と、屋内にいる人たちの避難指示を!!」

「何をおっしゃいますか！　姫君様の御身を第一にすべきでございましょう！」

とは言いますが、私の周囲はぐるりと炎に囲まれている。熱いというレベルではない。こちらに来ようとするシーランを目で制して、私がさてどうするかと考えていると、人の気配。

「必要ない」

「!?」

次に感じたのは酸欠。

首の痛み。

首を摑まれて宙づりにされたのだと気付くと、血がぐるぐると頭に溜まって目の前がチカチカと光った。

え、誰？

「っ……何を……何をなさいますか……!!　コルヴィナス卿!!」

シーランが悲鳴交じりに叫ぶ。

私は炎の熱気も痛みも何もかも、一瞬忘れる。

首を絞めてきたのは銀髪に真っ白い肌の男の人。中年期に入っているだろう、こんな状況でなければ渋めのイケオジだな、と感心する美しい造形。青い瞳には私への敵意と憎悪と悪意があった。

「レンツェの血を持つ者が。いかなる理由があろうと、朱金城の内にいて痛みも与えられず息をすることなどまかり通らん」

「ぐっ……そ、その……ネタは……古い、かと」

この顔の良いオッサンがどなたかは全くわからないけれど、炎を自由自在に扱い、ご自身は全く燃えていないご様子。炎の祝福をお持ちの方だろうというのはわかる。

（髪とか目の配色的に水とか氷っぽいのに炎なんですね！）

などと、全く関係のないことを思って無理に心に余裕を作る。

レンツェを憎んでいる人。

私を痛めつけるべきだと考えている人。

けれど、殺害するつもりはない、のだろう。

殺す気なら、首を摑まれた瞬間そのままへし折られているはずだ。

いや、まぁ、できるだけ苦しませてから殺そうとしているタイプというのもあるのだけれど。

冷気。

「シュヘラザード!!」

「シェラーっ！　あんた、もう!!　なんでそう、ほっとくと怪我すんのよ！　おバカ!!」

「きゃわわわん！」

ふわりと花の匂い。と、雪の匂い。

火の海だった周囲が凍り付き、私の体は虚空から現れたメリッサに強奪され、メリッサの肩に張り付いていたわたあめが即座に氷の結界を張る。

「コルキス・コルヴィナス卿……ッ!!」

「この私に剣を向けるか。愚か者が」

ドン、と、何かがぶつかり合う大きな音。怒号が聞こえた。聞いたこともないくらい大きな声で、ヤシュバルさまが何か叫んでいらっしゃる。

私は力を振り絞り、メリッサの服を摑んでなんとか声を発した。

「きょ、今日の……日付が変わる前に、陛下にお料理を作らないと……メリッサ、絶対、今日中に治して……！」

なんかよくわからない展開になってるが、私がここにいてやることに変更もイレギュラーもない。

食材の仕込みの指示は出せなかったが、メリッサが顔を引き攣らせながらも承諾してくれたので、私は安心して意識を手放した。

＊

「さて、焦土と化した私の新居ですが……死人が出なくてよかったですね」

わぁい、女神メリッサの回復チートは万能ですね、と私は全力で笑顔を振りまいた。

「……」

「……」

「……」

目の前には焼け野原、の、無事に消火された跡地。柱の一本も残さない業火は水の祝福を受けている第二皇子殿下の御手によって綺麗にされたそうだ。

さて、私の目の前には三人の人物。

眉間に皺を寄せ、私の前に立っているヤシュバルさま。

私をぎゅっと抱きしめて離さないのは、わたあめが咄嗟に呼んできたメリッサ。

二人はきつく眦(まなじり)を決して、三人目の人物を睨んでいる。

銀色の髪に青い瞳の大変顔の良い美中年。

コルキス・コルヴィナス卿とおっしゃるそうだ。

お名前であれば度々耳にしたことがある。元々はヤシュバルさまが担当していた北方の地を、現在は治めていらっしゃるとか、炎の祝福者だとか。

お名前の響きからわかるように、アグドニグルや近隣の方ではなく、ドルツィアという外国の大貴族だった方だそうだ。

「退け、ヤシュバル」

「いかに師匠（せんせい）の御言葉でも従えません」

「この子に近寄るんじゃないわよぉおぉ!!　この不審者！　呪うわよぉおお!!」

「わんわん!!　きゃわわわわん!!」

冷え冷えとした、感情の一切含まれない声を発するコルヴィナス卿。

私を守ろうと立ちふさがるヤシュバルさま達に苛立つ様子はなく、淡々と作業をこなす機械的な冷たさがあった。

可愛いポメラニアンであるわたあめにさえ威嚇され、完全にアウェーな状態だというのに怯まない！

一触即発といった、大変危機感溢れる状況なので私はなんとかこのシリアスムードを和ませたく、幼子が健気に笑顔を振りまいているというのに、大人たちは全く顧みてくれないのですが。

「あ、あはあは、あの、あのですねぇ。何か誤解もあるようなので……まずは対話をしませんか。人間、まずは話し合うべきかと思うので、うわぁっ！　前髪焦げたぁああ!!」

「黙れ。口を開くな。大罪人が」

「あ、あたしの守護をぶち破ったぁあ!? 人間じゃない!! なんなのこの国!」

女神の腕の中という、かなり高い防御力を誇る場所にいるはずの私の前髪が、チリチリと焦げた。一瞬で焼けるというほどではないが、手加減したらしいのはメリッサの動揺から察せられる。

「ちょ、ちょっとぉ! 氷の皇子! こんな時に……クシャナはいないの!?」

「……母上は早朝より視察のためローアンから離れられている。シュヘラとの約束のため、夜には戻るとおっしゃっていたが……」

「陛下は今日はちょっと暑いのでさっぱりしたものが食べたいとおっしゃっていましたね。止めてください! 前髪がこれ以上なくなるわけにはいかないんですが!!」

「なら口を開くな。簡単なことさえわからない。頭が悪いのか?」

「別にあなたに話しかけてるわけじゃないんですけど!!」

どんどん短くなっていく私の前髪を必死に押さえる。

「……ヤシュバル。ある程度の知らせは当然、私の耳にも入っている。レンツェの王族をこの国に連れ帰るなど、何を考えている」

「……」

「貴様の存在理由はこの国、アグドニグルへ利益を齎(もたら)し、外敵を悉(ことごと)く打ち破ることだ。そうと決めたのは貴様自身。その意思を持って、私に教えを乞うた貴様が、何故私が与えた武威を示さず、陛下が与えた地位をもって、レンツェの者を生かしたのか」

このコルヴィナス卿には、私の外見が幼女だろうと褐色の肌で、レンツェの王族たちからどう扱われていただろうが、そんなことは関係ないのだ。

感じるのは、アグドニグルへの圧倒的な忠誠心。

レンツェという存在がアグドニグルにしたことを正しく報復すべきという、絶対的な意思。

「……」

それがなぜ、宮を与えられるような待遇になっているのかと。周囲はなぜそれを諫めなかったのかと。皇帝陛下の行動そのものを責めるほどの響きさえあった。

……こういう人がいることを考えていないわけではなかった。

ただ、アグドニグルにおいて皇帝陛下が絶対的な存在であると考え、その陛下が「良い」と決めたことなら、なんとなく、大丈夫なような。私はレンツェの王族だが、それでも、陛下との間に友情があるのだから……許されるとでも思っていたのだろうか？

「…………いやいやいや。許されるんですよ、私は」

私はぐいっと、メリッサの腕の中から離れて一歩前に出る。

「レンツェの罪に関して、陛下は王宮にて首切りパーティーを行い、王宮を氷漬けにして、それでよしとされました。コルキス・コルヴィナス卿。私は、陛下に千夜料理を献上することで、レンツェの罪を償うと、認めて頂きました。卿はなぜ、何の権利を以て、私を私刑するのでしょう」

「罪人は罪人らしく振る舞えと当然の義務を説いたまでだ」

宮を与えられ、大切に扱われる必要はないと。うん、まぁ、正論といえば正論である。

「ご自分が宮を与えられていないから私が妬ましいのですか？」

そんなことはまずないだろうが、軽口を叩く。

びくびく怯える幼女とは思われたくないし、何より、これまで散々あれこれして得た現状を、ぽっと出の、顔が良いだけのナイスミドルになぜ非難されないといけないのか。こっちもこっちで、色々苦労して今の身分を手に入れてるんですよ！

「……」

しかしなぜか、コルヴィナス卿は黙ってしまった。

「…………シュヘラ」

「……あんた」

なぜだかヤシュバルさまやメリッサが、私を責めるような顔をしている。

……なんかこう、他人にとって、地雷というか、絶対に言ってはいけないことを言った……こう、例えば、親無し子に……「やーい、お前んち、とーちゃんもかーちゃんもいねー！」と、こう、とても、酷いことを言ったような……反応ではないか？

「……それと、貴様の待遇に関しての苦言に、関係はない」

「あ、はい。ええ、そうですよね。すいません」

ややあって、絞り出すような声でコルヴィナス卿が答えた。

う、うん。関係はないよね。ごめんね……。なんか……ごめんなさい。

「私が宮を得られないことをどう感じているのかはともかく……貴様のようなレンツェの王族が

……」

「あの……とりあえず、私の宮はなんかもう、こうですし……それに関しては、私より、閣下が直接陛下とよく話し合って頂くとして……ちょっと、私と料理で勝負しませんか？」

「ヤシュバル。この小娘は……頭がおかしいのか？」

私の提案に、コルヴィナス卿は何故か気の毒な者を見るような目を向けてから、ヤシュバルさまに問いかける。

「会話が成立しない」

「シュヘラは食に関して少々、前のめりなだけです。そこが彼女の素敵なところだと思いませんか」

「……命乞いをしないのか？　この小娘の今の言葉では……自分の生死を、陛下に委ねているように聞こえるが」

「……そういう娘ですので」

「危機感、緊張感がまるでない」

「……わかっています」

なぜかヤシュバルがとても辛(つら)そうなお顔をされる。

危機感とか緊張感？　ありますが!?

どうしてそういう評価になるのか私はちょっとわからない。

「私は料理の腕……アイディア？　まぁ、とにかく、陛下は、私の作るお料理が「楽しみ」で、私を側に置いてくださっているんです。コルヴィナス卿もご存じの通り……陛下は有能な者がお好きなんです。それで、閣下が私より素敵な料理を陛下に提供できるのであれば……私は陛下にとって無能な者になるわけで、そうなると、閣下のお望み通りの待遇になることもあるでしょう」

「……つまり、この私に料理人の真似事をしろと？」

「直接お作りになられる必要はありません。閣下のお持ちの権力を用いて頂いて構いません。ただ、単純に……閣下のご用意された料理でもって、私から陛下の寵愛を奪えばいいというだけです」

私が優遇されるのが間違っていると言うのであれば、私の存在価値を否定すればいいだけのこと。

態々（わざわざ）宮を焼く必要などなかっただろう、と、私は少しだけ……怒っている。

まだきちんと解いていなかった贈り物はあるし、ヤシュバルさまやカイ・ラシュから貰った物は……私にとって、大切な物になるはずだった。新居探検もままならない内に火災に見舞われるとか、さすがに想定していない。

なるほど、私は怒っているのか。

自分に向けられた好意。ヤシュバルさまやカイ・ラシュが私のためにと選んでくれた贈り物が、愛でる暇もないうちにあっさり燃やされた。

ショック、というのが正しいのかもしれない。

私は今とても、辛いのか。

それで、あまりにショックな状態で私の中の幼女（エレンディラ）が泣き出してしまわないように、私は怒っているのかもしれない。

「……ほう。つまり、この小娘は……この私に、挑むと言うのか？」

「逆ですね。どちらかといえば、閣下が私に挑むんです」

「料理如きでこの私が遅れを取ると思うのか」

「……はい？」

あれ、なんか……意外な言葉を聞いたような……。

「……シュヘラ。師匠は……それなりに、いや……かなり、食に関して……お詳しい」

「……なんで？」

私に対して自信たっぷりなご様子のコルヴィナス卿に、私が首を傾げているとヤシュバルさまがぼそっと、教えてくださった。

「……なんで？　貴族のお偉いさん、それも男の人が……料理できるんです？」

ドルツィアって、男尊女卑の文化のある国のはずだ。白皇后が歴史のお勉強の時に教えてくれたもん！

特にこのコルヴィナス卿なんて絶対に、料理なんてしたことないようなタイプじゃないのか？

私は猛烈に、嫌な予感に襲われた。

……なぜレンツェ侵攻に、ヤシュバルさまが同行したのか。

確かにヤシュバルさまはお強いのだけれど、そのヤシュバルさまの師でいらっしゃるらしいコルヴィナス卿でもよかったはずだ……。

それがなぜ、コルヴィナス卿は北方の地に追いやられたのか……。

レンツェに今もはっきりと敵意を持ち続けているほどの忠誠心のあるコルヴィナス卿こそ……レ

ンツェ攻略に最適だったのではないか……。

……あれ!?

「く、くははは……ふはははは!!」

突然笑いだすコルヴィナス卿!

「つまり、合法的に……! 陛下の口に入り、消化されるものを私の手で作ることができる機会というわけだな!」

なんだろう! なんだろうなこの、地雷を踏んだ感じ!!

顔を引きつらせる私に、スン、と急に冷静になったコルヴィナス卿が話しかける。

「全力で挑ませて貰うぞ、小娘。常々私は、手料理を陛下に召し上がって頂きたいと、この二十年間思い続けていたからな」

私は見誤っていた!!

コルキス・コルヴィナス卿!!

アグドニグルへの忠誠心じゃないなこのオッサン!!

他に例を見ない、皇帝陛下超過激派だ!!

しかも同担拒否と見た!!

*

トントントンと、手際よく食材がカットされ、まるで躍るように調理台の上を流れていく。同時進行で温められた深鍋、平鍋、竈の中ではそれぞれ完璧なまでに下処理のされた食材が加熱調理されていく。

単独調理、ではない。自身の手を動かしながら、集めた料理人たちにはそれぞれ下処理、ソース作り、肉焼き、魚担当などポジションを振り分けられた。

コルヴィナス卿はメイン料理を手掛けながら、それらのポジションの仕事ぶりを正確に把握し、彼らの報告を聞き、調理を見事に進行させていく。

「……うわ……プ、プロじゃないですか……」

なんだこの人。

結局紫陽花宮の食房をお借りすることになり、始まりましたクッキングバトル。

以前の炒飯選手権の参加者とはまるでレベルの違うコルキス・コルヴィナス卿のあまりの手際の良さ……いや、そんな程度の言葉では表現できない、存在感に私は顔を引き攣らせた。

「あ、あれは……っ、塩漬け肉!?　それを、玉ねぎやら香草と叩いてミンチにして……目玉焼きを乗せたー!!　はっ、次は!?　鰻!?　あれ鰻!?　あるの!?　あるよね!　川あるもん!　鰻を吊るして……燻製にした!?　かば焼きと違ってそれじゃあ脂が落ちないんじゃ……まさか……スープの具に!?　脂がそのまま旨みになるじゃないですかー!!　えっ、輪切りのレモンをスープに!?　そんな……ちょっとさっぱりしてコクが出るー!!」

隣のブースでコルヴィナス卿一団の調理を見る私は大興奮だ。

別に実況しているわけではないが、驚きの連続と、そして漂ってくる美味しそうな匂いに大変お腹が空いてくる。

「シェラ様、お姫様。ご主人様、あっしらも準備しないとまずいでしょう」

「はっ……マチルダさん！　そうでしたそうでした……目の前で堂々と繰り広げられる……あまりの完璧な光景につい……っていうか、なんなんですあの人……あれで貴族の武人は無理がありますよ？」

「いやぁ、それは、あっしに聞かれましても……コルキス・コルヴィナス様といえば、雲の上の方でございますし……」

なんであんなに完璧に料理を作れる貴族の中年がいるんだ。

ちょっと料理を齧った、趣味人として長年続けてきたというタイプではない。

料理を嗜んでいたからできる手際とは次元が違う。

たとえるなら、ガチでどこぞの星付きレストランの総料理長でもしていましたか？　というレベル。

食材を見極めるその目、自分の手元だけを意識せず、同時に十数人を使い料理を作るその管理者の能力……。

「ぐっ……わ、私だって、マチルダさん一人か、もう一人くらいだったら……一緒に、作れますけど」

しかし、自分で言って自覚しているが、私の場合は人を使う、というより「手伝って貰う」というニュアンスの方が強い。

「師匠(せんせい)は完璧主義者だからな。一つのことに挑戦すれば、それをご自身で納得するまで磨き続ける。大変努力家でいらっしゃる」

「ヤシュバルさま」

「すまないシュヘラ。師が迷惑をかけた」

「ヤシュバルさま、謝ることなんて一つもありませんよ～。私がレンツェの王族であることは間違いないですし、こういうことがなくなるわけないってわかってますし」

「……」

この人、私に対しては甘いよなー、と私はヤシュバルさまが気の毒になる。

私を傷付ける者がこの世からいなくなるわけがないのに、全てから守れるわけがないのに、そのたびに一々こうしてお辛そうな顔をされる。

私はそれだけでとても満足だ。私が傷付くと悲しんでくれて、自分のことのように傷付いてくれる。体の痛みは嫌だし怖いけど。

「ところでヤシュバルさま、あの人……なんでこう、やりたい放題なんですか?」

「やりたい放題……というより、師匠(せんせい)は……アグドニグルにおいて、少々特殊な方なんだ」

特異な方というのは、まぁ見てわかりますと私が頷くとヤシュバルさまは苦笑される。

「私の生まれる前のことだから、私も聞いた話でしかないのだが……遡ること、三十年近く前……当時、アグドニグルにとって大敵であったドルツィア帝国とのかつてない大規模な戦いがあった」

四百年の歴史を持つドルツィア帝国は広大な土地に、高い身体能力を持つグルド人たちの軍事力。人間種の国家の中では最もアグドニグルにとって「脅威」であり、何度も侵攻を受け、実際に大敗して国土を奪われたこともあるほどの「宿敵」だったという。

建国時から王家に仕える大貴族、大公家コルヴィナス。その嫡子であった若きコルキス・コルヴィナス公子。

「……詳しくは知らないのだが、なんでも、戦場でまみえた皇帝陛下に、師匠(せんせい)が一目で心を奪われ、その日の内にドルツィアの当時の皇帝の首と、自身の父親の首を持ってアグドニグルに亡命してきたとか……」

「ストーカーじゃないですかそれ」

思わず呟く私にヤシュバルさまは「スト……?」と小首を傾げられた。

普通に聞いていれば、そんな自分のところの王様と父親を裏切ってやってきた人間なんぞ怪しさ抜群、一切何も信用なんぞできず門前払いにするところだが、当時のアグドニグルにはちょっと複雑な事情もあったらしい。

皇帝陛下はコルヴィナス卿を受け入れ、仕官の望みの叶ったストーカー……じゃなかった、コルヴィナス卿はその後のアグドニグルにおいて「英雄卿」と称されるほどの武勲を上げていった……そうだが。

これだけ聞いていると、皇帝陛下の御威光の賜物。良き家臣に恵まれた徳の高さですね、と、素敵エピソードに思えなくもないのだけれど。

私にとってコルヴィナス卿は突然やってきて新居を焼き払い、治ったから良いものの幼女の両足を消し炭にした糞野郎だ。

「……」

ちらり、と私は再びコルヴィナス卿陣営の進行状況を確認した。

次々に作られていくのは、前世の一般人ならテレビや雑誌の中でしか見たことのないような豪華な料理の数々。同じことを同じ時間内でやれと言われたら私にはまず無理だろう。

「……」

料理人としての技量の差を突きつけられ、自分が何を作ればコルヴィナス卿に勝てるのかのヴィジョンが私には湧かなかった。

私が作ることができるのは、所詮下町の食堂で出すレベル、メニューのレパートリーとて家庭料理の域を出ない。

コルヴィナス卿の作業台の上に並べられていく完成品は、盛り付けから食器の配色にまで気を遣った一流の料理だ。

『格が違う世界に入ってきたと理解したなら、さっさと出て行け。目障りなんだよ、お前みたいなのがここにいるのは』

……一瞬、フラッシュバックする記憶は、前世のものだ。

思い出すのは磨き上げられた銀色の世界。白いコック服。熱気。飛び交う怒号。刻まれる時計。

「……」

それは今はもう関係ないと振り払おうとした私は、体が震えていた。

「シュヘラ。もし君が、困難であると考えているのならコルヴィナス卿の首を私が取ろう」

「……はい？」

それをどう考えたのか、私の隣に立っているヤシュバルさまが私の顔を見ないままいつもとお変わりのないお声でおっしゃる。

「良い機会だ。師はいつまでも私を赤子か何かだと思っているようだし、私が殺めてはならない者の名に、師は入っていない。私が師を殺せるのなら、この国にとってもはや師は不要の人物となるだろう」

「え、いや、あの……なんでそうなるんです？」

「考えてみたのだが、君の未来にコルヴィナス卿は邪魔ではないか？」

さらり、とおっしゃるヤシュバルさま。

…………。

「もしかして、怒っていらっしゃいます？」

「私が君にしてやれることは少ない」

「師匠殺しはよくないと思います。道徳的に」

どっちがお強いのかというのはちょっとは気になるものの、それは今わからなくてもいいことだ。

「ヤシュバルさまは、私がコルヴィナス卿に勝てないと思いますか？」

「私は料理のことは詳しくはない。ただ、君が顔を曇らせて、不安に感じていることはわかる」

ちょっと落ち込んでいる理由はそれだけが原因ではないのだけれど、そこはまぁ、誰かにわかって貰えるようなものでもない。

「私は君に出会うまで、料理というものは栄養を補給できればいいと思っていたし、今も……効率よく、短時間で摂取できる物が優れているという考えは変わらない」

「ヤシュバルさまは武人さんなので、そういうお考えも、らしくて良いと思います」

「だが……君は料理をする時、実に楽しそうに笑う。誰かの口に入り、それが気に入られた時に、君が浮かべる表情はとても良いものだ」

……おや、まぁ、と、私は驚いた。というよりも、気恥ずかしい思いにかられた。

真顔で淡々と、ヤシュバルさまは話されるのでまるで天気の移り変わりでも真面目に語られているような、そんなぎこちなさ。

「私は君に、怯えながら料理をして欲しくはない。そう思う自分の欲求に従うと……これは君が言い出したことではあるが、コルヴィナス卿との料理勝負は何もかも、なかったことにしてしまえば、君は辛い思いをしなくて済むと考えた。君が勝てる、勝てないということは私には問題ではない」

「……そこは、嘘でも『シュヘラの料理が一番』とか、それくらい言って欲しいです～」

「ふむ……そうか。そういうものなのか?」

「そうです～」

あはは、と、私は笑いながら、くるりと背を向けた。

……この人、本当に私のこと、よく見てるなぁ。

振り返ると、ヤシュバルさまはちょっと困ったようなお顔をされている。私が不機嫌になったとでも思っているのか、ややおろおろ、とするような、そんなご様子。

「実際のところ、今の私に、コルヴィナス卿と同じレベルの料理は作れません」

「そうか」

では殺してくるか、と剣を構えるヤシュバルさま。

私はぐいぐいっと、その服を引っ張った。

「で、でも、勝てるか勝てないかって問題でしたら……勝てると思います」

私が口に出した途端、ぞくり、と悪寒が走った。

「っ!?」

殺気。敵意。そんなものを故意にぶつけられたとわかるのは、私の両足ががっくりと恐怖から崩れてそれをヤシュバルさまが支えてくださって少しした後だ。

「……こ、こわっ」

「コルヴィナス卿！」

私の言葉、というよりも、先ほどからの私たちのやりとりは聞こえていたのだろう。ただ、私が勝つ、という言葉だけは「気に入らない」と殺気をぶつけてきたご丁寧なコルヴィナス卿。

すかさずヤシュバルさまが声を上げるが、私はぐいっと、顔を上げて立ち上がり、自分の調理スペースに駆ける。

「マチルダさん！　お仕事ですよ！」

「へい、ご主人様！　なんでもおっしゃってください！　あっしはなんだって、ご主人様の作りたい物をお手伝いしますよ！」

個人の能力と、財力と人材に物を言わせたスペシャルディナーに、真っ向勝負で勝てるわけがない!!

しかし、私は知っている。

これらの素晴らしい料理の数々を……全て無効化してしまえる、最終兵器を!!

＊

「カレーは卑怯だろ。だが、その形振り構わなさ、嫌いじゃないぞ。勝者、シェラ姫」

「いぇ～い!!」

夜半。視察からお戻りになられた陛下が「何をどうしてそうなった?」と、事の詳細を聞きながらも首を傾げられた後、魔法で保存されていた料理が陛下の御前に届けられた。

真っ白いクロスのかかったテーブルの上にはコルヴィナス卿の作った、何これ宮廷料理？　というレベルの料理が並べられた。

磨き上げられた銀食器に、年代物だという葡萄酒。使用される食材はどれも高級食材で、このテーブルの料理だけで平民の年収など軽く吹き飛ぶというほどのもの。

美食。豪華絢爛。王族の口に入るに相応しい料理の手本のような品々は「コルヴィナスの作った物とか食べたくない……」と難色を示していた皇帝陛下でさえ「……うわ、美味いなこれ……」と呟かせ、コルヴィナス卿の冷たい顔にほんの僅かに人間らしい温かみのある色が差した。

対して私の料理は銀色のお盆に載った大きな平たいパンのようなものと、小振りの銀色の器によそわれた三種類のスープ。色は全体的に茶色で華がなく、こんなものを並べて正気か、と、居合わせた給仕さんたちは顔を引き攣らせた。

が、しかし。

保存の魔法を解除した瞬間、周囲に漂うのはアグドニグルでは馴染みのないスパイシーな香り。

「こ、これは……！」

どよめく周囲。

ふ、ふふふ……私はこの驚きを得るためだけに！　調理中も匂いがバレないように風の魔法を使って匂いを封鎖させて頂きました！

アグドニグルでは、香辛料を使う料理は多くある。

けれど、香辛料はあくまで味付けするためのもので、例えば唐辛子などを「食べる」文化はない。薬としても数多くの香辛料が手に入る環境ではあるが……香辛料を粉末状にして、肉や魚に味付けして煮込んだ料理、は、ない。

そして更に、コルヴィナス卿の作っていた料理は……見た感じ、ソース文化。焼いた食材に、美味しいソースをかけて食べる、という形式。それはつまり、様々な……繊細な味のハーモニーを楽しむ、とてもお上品な……複雑なお料理だろう。ワインとのマリアージュまで考えられているであろう料理の前に……私ができる唯一の対抗策。

それがカレーだ。

「ほう、しかも……これは、もしや手で食べる物では？」

「そうです！　ナン、という少し変わったパンの一種です。今回は更に中にチーズを練り込んで、チーズナンというものにさせて頂きました」

「ほう……」

手で食べるという文化は、饅頭（まんじゅう）などを除けばほぼないこの国だが、皇帝陛下は抵抗なくもっちもちのナンを手に取り、千切ってみせる。

「……ほう」

湯気が立つほどあっつあつのチーズナンは、千切ればトロットロのチーズが垂れた。ナンの表面にはバターが塗られており、テカテカと輝いている。表面は窯焼きしたからこそのカリカリとした焼き具合に、中はふっくらもちっとした、もうそれだけで食べられるほど美味しい一品。

やはり、パン類を作らせたらマチルダさんにかなう者はいないのでは、と思うほど完璧な仕上がりだった。

「カレーは定番中の定番の、バターチキンカレー。陛下のお好きな海老で出汁を取ったシーフードカレー。唐辛子系の充実したアグドニグルで挑戦させて頂いた……激辛カレーの三種類です。三つ目の激辛カレーは、以前カイ・ラシュ殿下の激辛炒飯を割と好んでいらっしゃった陛下であったので作ってみました！　味見はしましたが汗が噴き出て二度目は食べられませんでした！」

「そんなに辛い物を私に食べさせるのか？」

「陛下はお好きだと思いましたので！」

まぁ食べるけどな、と陛下は頷き、最初から激辛カレーにナンをつけて食べる。

「……くっ、くぅ～……脳天に来る……辛っ、噴き出る汗……っ、辛い物を食べてると、私もまだ人間の機能があったんだな、と実感するなァ……」

陛下の額に浮かんだ玉のような汗を黒子さんが拭う。もぐもぐと召し上がりながら「うんうん、美味い美味い。やはり暑い夜はカレー。この場合カリーか？」とおっしゃい、召し上がっていく。

コクのあるバターチキンカレーも、甲殻類のエキスのたっぷり入ったシーフードカレーも大変好評。

もう匂いだけで勝負のついているカレー。

「……ふっ、どんなに、どんなに美味しいお料理を前にしても……カレーは別次元の存在……どうですコルヴィナス卿！　私の料理は！」

「……」

「さて、コルヴィナス。貴様、なにゆえこの私が態々褒美として下賜した白梅宮を灰燼に帰したのか。その審議をせねばならぬな」

ふきふき、と、口元に付いている脂を布で拭い、皇帝陛下は椅子にもたれかかりコルヴィナス卿を眺めた。

陛下が座られているとちょっと豪華なだけの椅子も立派な玉座に見える皇帝マジックである。

「……と、言うても、貴様は罰を与えようが、何だろうが気にせぬし。……このシェラ姫は自らの有能さをこの料理で貴様にも示してみせた。貴様がどう感じるかは私の関心のあるところではないが、これこのように、シュヘラザード姫は面白い」

「……」

……私は「オモシレー女」枠だったのか。そうなのか。

淡々と言葉を発する陛下。コルヴィナス卿は無言、無表情でそれを聞いている。

陛下が口を開かれる間、他の人間は粛々と頭を垂れている中で（ヤシュバルさまは別として）コルヴィナス卿は畏まった態度をしているのみで頭を下げてはいない。それは不敬であると思うのだけれど誰も咎めない。

……あれかな。

一分一秒でも、陛下を見つめていたいとかそういうので、注意しても無駄だったから、とかかな。

「私の考えは変わりません。レンツェの王族は何もかもことごとく塵にすべきでございましょう。これらは害虫、一片の価値もなしと燃やすべき存在です」

「貴様にとってはそうなのであろうな。が、シュヘラザード姫は私にとってはそうではない」

「この小娘の口車に乗った目的はただ一つ、私の作った料理を貴方に召し上がって頂く機会を得るため。それが叶った今、私にとってこの小娘はもはや何の利用価値もなく、燃やすべき屑です」

「その点。貴様自身自覚していいような。私はシュヘラザード姫のためでなければ貴様の触れたものなど何一つ口にしたくはないし、今も貴様の面をこうして前にしたくない。が、貴様が白梅宮を燃やしたこと、私の可愛い姫に敵意を抱いていること、私が貴様に抱く嫌悪より、姫への情が勝っている故の結果であると貴様は噛み締めるがよい」

……うん？

ちょっと、待って欲しい。

私は何か引っかかった。

下がれ、と陛下がおっしゃるとコルヴィナス卿は素直に出て行った。

……おい、ちょっと待てや。

「ところでシェラ姫、ラッシーとかないのか？　やはりこういうカレーにはラッシーが必要だと思うのだが？　ないのか？」

「……陛下……ちょっと、ちょっと……待って、頂けますか……まさか……私は、もしかして、いえ確実に…………ダシに、されたんですか!?」

コルヴィナス卿が出て行った途端、ぐーたら陛下モードになった皇帝陛下に私は詰め寄る。

「陛下がコルヴィナス卿を散々無視したり、遠ざけたりするから……コルヴィナス卿が、強硬手段として……陛下のお気に入りの私にちょっかいかけたってことですか!?　陛下が無視すれば私は排除できるし、しなかったらお会いできるから、とか、そういう……はぁあああ！！？」

「いやぁ～、あいつ本当怖いよな！　領地も地位も権力も財産もマジで興味なくて、罪人のレッテルを貼られようが何だろうが気にしないから飼うしかないんだよ。有能だから他国に放流するのももったいないし……」

「師匠(せんせい)はその陛下の「もったいない」と思われている一念を全力で維持しているので、私が倒せられればこんなことにならなかったのだが……」

うわ、こわ……。

「うわ、こわ」

「声に出ているぞ、シェラ姫」

「あ、すいません」

謝らなくてもいい気はするが、反射的に謝っておいた。

なるほど……コルキス・コルヴィナス卿。あの傍若無人っぷり……開き直ったストーカー精神からきているのか。

自尊心の高い人間に罰として領地を没収したり、何かしらの刑罰を与えたりするのは当人にとってそれが応え、反省し、あるいは周囲に見せつけることができるからという意味があるだろう。

しかしコルヴィナス卿は一切そういったことがない。そんな奴を抱え込んでいいのかという疑問は、殺すには惜しいほどの人材という点が何もかもを覆してしまっているらしい。

「……つまり、コルヴィナス卿は……陛下の関心を引くことしか考えていないってことですか」

「……これ美味いな！　おかわりいいか！　普通のナンでもいいぞ！」

ぺろり、と三種のカレーを食べ終えた陛下が、私から視線を逸らしつつマチルダさんの方に問いかけた。

恐縮しながら、ナンを直ぐに焼きますと請け負うマチルダさん。

いや、私の新居は焼かれたし、足も怪我したんですが!? 治ったけど!!

この国にまともな人間、いないいんじゃないかと私が気付き始めた季節。

新居はコルヴィナス卿の全額負担で急ピッチで仕上げられたけれど、結局謝罪は誰からも頂けなかったよ!!

おかしい……おかしいな……アグドニグルで宮を賜るというのは……異例で、驚異で……とんでもない幸福なことのはずなのに……!

私の幸運値、もしかして……低いのか?

2章　皇宮内での日々

1　鰐梨（アボカド）のグラタン風

それはヤシュバルさまが「珍しい物を頂いたのだが」と、やや困惑しながら新設された白梅宮にやってきたことから始まった。

「……何これ、食べ物？」

「……商人が言うには、果実の一種らしい」

テーブルの上に積まれた黒々としたブツを眺めるスィヤヴシュさんとヤシュバルさま。私が料理をするので、後見人であるヤシュバルさまの元には「白梅宮の姫君に」という名目で、ヤシュバルさまの機嫌を取ろうとあれこれあちこちの食材が献上される。

その中の一つである黒いブツ。お二人は「これが食べ物なのか」と首を傾げられているけれど、私はそれを見て「わぁ！」と声を上げた。

「えー！　アボカドじゃないですか！　あるんですねーこっち……ごほん、アグドニグルにも！」

「え、何？　あぼかど？」

「この鰐の皮のようなものを知っているのか？」

「美味しいですよー！」

「……そうなのか？」

　え、なんですその反応。

　眉を顰めるヤシュバルさま。どうも、私に渡す前に一応毒見というか、どんなものなのかと召し上がってみたらしい。果物だというのなら調理も不要だろうとご自身で皮をむかれ、まずその硬さに驚いたと言う。

「……食べてみたが、青臭く、硬すぎて、果実にはとても思えないが」

「この感じだとまだ熟してなさそうですもんね」

　アボカド。和名で「鰐梨」と表記される、ごつごつとした硬い皮に、緑色の美しい果肉の果物。梨と言えば、瑞々しいしゃりしゃりとした食感の果物だが、こちらの鰐梨は熟したものならねっとりと、バターのような濃厚な食感。

　私の前世である日本では、平成後期から輸入果実トップスリーに入っているほど大人気だったが、それより前はマイナーな果物だった。

　有名なスパイ映画である００７の小説にて、主人公スケコマシ……ではなかった、ジェームズ・ボンド氏がレストランだかどこかで注文した料理が「鰐梨」で、当時の日本人は「鰐梨、何それ」と首を傾げたらしい。

流行り始めた頃も食べ方についてまだまだ認知がされておらず、プラスチックのようにピカピカと光り硬さのあるものを、こう、コリコリとサラダに入れて食べるものという誤解もあったほどだ。

「もっと柔らかくなって、皮が皺皺になるくらいが食べごろなんですけど、このままでも食べる方法はありますよ」

「シェラ姫ってなんでも知ってるよね？　なんで？」

「そういう祝福だと思うんですけど、細かいことはわからないので、頭の良さそうなイブラヒムさんに聞いてください」

スィヤヴシュさんの質問は最近口をきいてくれなくなった陰険眼鏡イブラヒムさんに振る。

「でもスィヤヴシュさんには私の不思議能力より、このアボカドの研究をして頂きたいところですね。このアボカド、確か森のバターと呼ばれるくらい、凄い良い感じの食材だったような……種も薬に使えたような……」

毎日食べると疲労回復とか、健康に効果的とか、そんな宣伝を思い出す。

「え、それ本当？　こっちじゃあんまり見ない果物だけど……体に良い効果があるならうちでも仕入れようかな」

ヤシュバルさまに献上したということは、ヤシュバルさまが気に入れば仕入れられるよう商人さんもルートを確保しているはずだとスィヤヴシュさんが言う。大人って色々考えてるんですね。

さて私はアボカドを三つほど頂き、とことこと食房へ。

「おや、これはお珍しい品で」

「雨々(ウウ)さんはご存じですか？　さすがと言いますかなんというか……」

昼食の仕込みをしていた雨々さんが私の持ってきたアボカドを見て細い目をさらに細める。

「南の方の果実でございますね。アーワカルトという名だったかと思いますが」

「調理方法はどんなものがあるんですか？」

「熟したものを潰して他の野菜と一緒に刻み、薄く焼いたパンのようなものに挟んで食べている、というのは聞いたことがあります」

「ディップにするってことですか。なるほど。それも美味しいですよね」

「しかしこちらはまだ少々熟していないようですが」

片手にアボカドを持ち、雨々さんは「商人も日持ちするものを選んだのでしょう」と言った。

「熟していない、ということは、熟せばいいということです」

「……はい？」

私にとって、硬いアボカドはさしたる問題ではないのです。

アボカドさえ、ブツさえ手に入ればそれでいい。

「わーい、こってりしたものも食べたかったんですよねー！」

喜々として私はアボカドを切るために包丁を手に取ろうとして、食房の全員に一斉に止められた。

「姫君に刃物を持たせるなと第四皇子殿下に言われておりますので!!」

＊

「え、何これ……美味しい」

「……」

スィヤヴシュは思わず口元を押さえ、ヤシュバルは無言で、箸をつけた料理を見つめた。

「……これが、あの果物？」

試しに自分で食べたことのあるヤシュバルの声の驚きは深い。

小一時間ほどしてシュヘラザードが「上手にできました～」と持ってきたのは、鰐の皮のような果物、を、半分に切っただけの料理だった。

「……柔らかいな」

「何かをかけて焼いたっていうのはわかるけど……果物、っていうか、本当にバターみたいだね？」

「アボカドのマヨ卵黄焼きです。美味しいですよね、わかります。七味とかかけて食べるとまたちょっとこう、変わります」

得意げにシュヘラザードは胸を張った。

硬いアボカドなら、加熱すれば柔らかくなる。

折角加熱するのなら、グラタン風に、とその考え。

アボカドを半分に切り、種を取る。種のない部分の空洞は、もはやそこに卵黄を落とし込むために存在しているとしか思えないほどジャストフィットする。

塩コショウ、マヨネーズにチーズを振って窯で焼けば、ねっとりこってり、焼きアボカドグラタンの出来上がりである。

簡単、美味しい、最高の一品だ。

欲を言えば、そこに生ハムを添えたいというのがシュヘラザードの希望だったが、残念なことに生ハムはなかった。

「どうぞ、こちらに七味が」

「あ、ほんとだ……ピリッとしたのがいい塩梅に……え、ちょっと……これ、冷やしたお酒が欲しいな」

「残念ですが、子供が主のこの白梅宮にお酒はありません」

「そこで取り出しますのは、僕の魔法の鞄。そして、酒瓶」

すっと、スィヤヴシュさんがごくごく自然な仕草で鞄の中からお酒を取り出した。

……薬とか治療道具が入っているはずの鞄になんでお酒。

「いやぁ、シェラ姫のところに行くと美味しいものが食べられるし、そこにお酒があったらすごく幸せだよね」

「スィヤヴシュ」

「うっ、ごめんって、でもほら……こんなに美味しいもの……最高に美味しく頂けるようにしないのは逆に失礼じゃないかな」

「そういうものか……？」

ふむ、と考えるように首を傾げるヤシュバル。

シュヘラザードの料理を最高に美味しく食すべき、と言われてはヤシュバルはスィヤヴシュの言葉を無下にはできない。

ちらり、とヤシュバルがシュヘラザードに視線をやると、金色の瞳をぱちりとさせて、幼い姫は「うーん」と迷うように唸った。

「私はお酒は飲まないのでわかりませんが、お酒に合うものなら、お酒と一緒に食べて貰ってもいいと思います」

「ほら～！　君だってお酒が嫌いなタチじゃないんだし！　ほらほら～！」

「……一杯だけだぞ」

ぐいぐいと杯を押し付けるスィヤヴシュにヤシュバルは渋々頷いた。

「…………なるほど」

「うん！　やっぱりお酒に合うねこれー！」

よく冷えた清酒に、このコクのある料理がよく合った。頷くヤシュバルと、上機嫌になるスィヤヴシュ。

「シュヘラ、これは体に良い物なのだろう。君ももっと食べなさい」

「半分も食べたら十分ですよー、あとお昼ごはんが入らなくなりますし」

「そうか。そうだな……」

シュヘラザードの言った健康面の影響についてヤシュバルはきちんと把握しておくべきだろうと、医学に詳しい第二皇子ニスリーンにもこの果物を持って行こうと頭の中で考えた。

そうして無事、第四皇子殿下のお気に召したということでアボカドを献上した商人は皇宮御用達アボカドの印を頂くことになる。

翌日には皇帝陛下にも献上され、「アボカドと言えば刺身だな」と皇帝陛下にも大変評判が良く、ローアンではちょっとしたアボカドブームが起こった。

商人たちはこぞってアボカドを仕入れようとしたが、しかし、このアボカド、人間以外には強い毒性を持つことが第二皇子殿下によって明らかになる。

毒性があるのなら、扱える、そして口にできるものは限られた商人、限られた人間、具体的には体の強い大人のみということになり、ローアンでは「貴族の食べ物」と、そういう扱いになるのだった。

2 真っ白い酒ト蓮の贈り物

「冬の感謝祭に向けて、こう、最終的に日持ちがして、バターに浸けて粉砂糖を全体に分厚くまぶした、乾燥した果物を沢山入れたパンみたいなのが作りたいんですけど……」

絢爛たる華の都はローアン。この世で最も美しく偉大なる皇帝クシャナ陛下のおわす朱金城、その後宮の宮の一つである白梅宮(ヴェレス・ディネイシュ)の食房にて。

雪のように白い髪を三つ編みにした褐色の肌の幼女が、金色の瞳を輝かせながら話し込む相手はスキンヘッドの強面。片脚がなく、腕には火傷の後もある。暗がりで出会えば心の弱い子供なら泣き出してしまいそうな中年男だが、暖かな秋の陽の差し込む室内で浮かべられる表情はどこまでも柔らかく優しい。

「へい、へい。ご主人様。なるほどなるほど、あっしはちょっと、想像力が足りないもので……付け足して聞いておきたいのですが、それに使う粉は一種類でよろしいのでしょうかね？　ははぁん、あまりふっくらとさせない方がよろしいでしょうね。それでは強力粉は少し強くて、薄力粉ですと弱すぎますすね」

「出来立てが一番美味しいんじゃなくて、日を追うごとにどんどん美味しくなるんです」

「一週間や二週間、という程度の話では？」

「いえ、一か月くらい」

「い、一か月……魔法を使ってですよね？」

「いえ、使わずにです。平民のご家庭で作れるような道具と能力で作るんです」

スキンヘッドの男は白梅宮に仕える奴隷である。名をマチルダ。以前はフランク王国にてパン屋を営んでいた平凡な男。それが色々あって、アグドニグルの選択奴隷になった。

そのマチルダの主人は、この白梅宮の主人。幼い顔に賢い瞳をした可愛らしいお姫様。

あれこれと、毎日溢れるように「こういうのが作りたいんですが」とマチルダに相談してくる。

「なるほどなるほど」

まるで簡単なことのように、いともたやすく、無理難題を姫君様はおっしゃる。

それが食房にいる使用人たちの密かな感想だった。

千夜千食という、皇帝陛下とこの姫君の間の取り決め。そのために姫君様は連日連夜、様々な料理の開発をしなければならないのだが、ふと思いついた料理を「簡単に作れるもの」とそのように信じて疑わない。

白梅宮に集められた料理人は、雨々の声のかかった、つまり食材マニアの雨々の判断基準を満たした（身分は低いが）それなりに知識と経験のある者たちの集まりであるが、姫君の要求に応えられる者は雨々と、そしてこのマチルダくらいなものだった。

「果物を沢山入れるとおっしゃっていましたが、酒にたっぷり浸けておいた方がよさそうですね。味わいが深くなって、よろしいでしょうし、酒精は腐敗防止の助けになります。バターで浸けるのは、油脂で全体を包むためでございましょう？　分厚い粉砂糖で固めるのは酸化を防ぐため。よくよく考えられた仕様でございますねぇ」

シュヘラザード姫のふわふわとした説明を頭の中できちんと組み立てていくマチルダ。

しがない小さな街のパン屋だったこの男に最初からこのような理解力があったわけではない。いや、パンのことなら詳しかった。しかし小さなパン屋で使える食材、作ってきたパンの種類などたかが知れており、増やす必要性もなかった。

シュヘラ姫に買われてから、マチルダは自分がなぜこんな大それた場に来てしまったのかと恐縮した。

パン屋としての腕を買われたのはわかったが、それだっていつ「実はたいしたことはない」とそう見限られるか、怯え、いつ追い出されるかもしれないと覚悟を持っていた。

けれどマチルダの主人、シェラ姫はそんなそぶりを見せない。

皇帝陛下の口に入る物だからと、贅沢な粉や材料が山のように使える環境。マチルダがちょっと試してみたい、と思ったものは即座に用意され「美味しい物を作りましょう！」と瞳をキラキラさせたシェラ姫によって肯定された。

マチルダが片脚であること。奴隷であること。学がないことなど、シェラ姫は構わない。

美味しいパンをマチルダが焼けば、シェラ姫は笑顔でお礼を言ってくれる。

……やれるだけ、やってみよう。

そう、マチルダが淡い決心を抱くのは早かった。一度、命を捨ててしまった方が楽だと、他人に迷惑をかける生を恥じて苦しんだ頃からすれば、夢のような生活。

慣れない文字をなんとか読んで、食材に詳しい雨々殿にあれこれ質問をして、マチルダは食材の、調理の知識を増やしていった。学んでみると面白い。パン屋として自然に行っていたことが、こういう仕組みだったのかとわかることもある。食材について知ると、これはあのパンを作る時に工夫して別のものにできるな、など、マチルダはあれこれ発想できる豊かさを喜んだ。

『マチルダさん！　こういうの作って欲しいんですけど！』

と、そのようにシェラ姫が相談してきてくれる。

マチルダなら作れるだろうと、信じている黄金の瞳の真っ直ぐさ。

できない、とは言わず「ちょっと、難しそうですがやってみやしょう」と請け負うと「さすがマチルダさん！」と尊敬の念を込めた目を向けてくる。

それがマチルダにはたまらなく嬉しい。

「乾燥させた果物でしたら、菓子に使おうかと仕込んでいたものがいくつかございますからね。ちょいと試しに作ってみましょうか」

「良いですね！　試作品ですね！」

笑みを浮かべる異国の姫君。マチルダが粉や砂糖、あれこれと材料を用意するのを手伝い、計量していく。分量についてはマチルダがあれこれ言うより、姫君の目は確かだった。何かしらの祝福を得ている、というのは聞いているから、分量を目で正確に計れるというのは祝福の一つなのかもしれない。

粉を混ぜ合わせ、酵母と合わせせて発酵させる。粉砂糖とアーモンドの粉を牛乳でゆっくり混ぜ合わせ練る。バターと砂糖を加え、すり混ぜていく。そこに卵黄やパン生地、ドライフルーツを合わせてよく捏ね、常温で寝かせる。

「工程はさほど難しくありやせんね」

これならよほど間違いがない限り、上手く作れるだろうとマチルダは長年の経験から結果が予測できた。

「名前はシュトレンって言いまして、冬の、偉い人の誕生日に食べる物だそうですよ」

「しゅとれん。へぇ。偉い方というのは、王族の方でしょうかね？」

「王様ではなかったと思います。聖人？」

「ルドヴィカの方ですかね？」

「多分違うと思いますけど、まぁ、美味しい物を食べる理由になってくださってありがとうございます、と思うくらいでいいかと」

マチルダは酒ト蓮なるものの名前は聞いたことがなかったが、シェラ姫は他国の姫君であらせられるので、母国の習慣かもしれない。レンツェについての資料はマチルダには手に入れられなかった。小国で、アグドニグルとは国交の少なかった国の資料は奴隷の身分ではそう見られるものがない。それであるからシェラ姫の料理の数々に驚かされるのも無理はないと思っている。

「美味しくできました～」

「……途中から感覚が麻痺してきやしたが……とんでもない量の砂糖や卵を使いやしたね……」

シェラ姫の指示のもと、酒ト蓮なるものが完成した。

説明の通り、真っ白い粉砂糖が分厚く表面を固めている。

王宮で作られるもの、というのを抜きにしても、シェラ姫の作る料理はマチルダにとって「な、なんて贅沢な……」と思う調理方法や食材の使い方をしている。

「三本作れたので……一本はマチルダさんのですよ」

「へ？　え、い、いや。ご主人様。さすがに、それはちょっと」

「一本は陛下用で、一本は私とヤシュバルさまのなのでさしあげられませんけど……」

「いえ、足りない、とかそういう意味じゃございやせんよ!?」

「クリスマス……じゃなかった。冬の感謝祭のための試作品ですけど、マチルダさんが作ってくれたので完成度はかなり高いはずです。あとでゆっくり召し上がって頂いてもいいですし、どなたかと一緒に過ごす時に召し上がってはどうです？」

マチルダは腰も低く人当たりが良いため、白梅宮でも友人と呼べるくらい気さくに付き合っている人間は多い。奴隷の身分ではありえないことだが、白梅宮にいる使用人たちはそもそも身分というものは「陛下と皇子と姫君。あと使用人」という区別しかない。

「日が経つとどんどん美味しくなるのかの調査もしなきゃですし、あ、食べる時は端っこからじゃなくて真ん中から切って食べて、こう表面をくっつけて保存してくださいね」

仕事仲間と仕事終わりに食べるのも良いだろう。普段世話になっている人たちへのお礼にもなる。

マチルダはシェラ姫に感謝を伝え、酒ト蓮なるものを大切にしまった。

＊

けれど大勢で食べるには量が少ないな、とそう気付いてマチルダは頂いた酒ト蓮を半分に切り、乾燥しないように断面にバターを塗って、粉を振った。つまり、一つだったものを二つにして、一つは自分に、もう一つは贈り物にしようと考えた。

マチルダには休日があり、これが珍しいことに七日間に二日頂ける。五日働いて二日休み。シェラ姫がそう決めたようで、白梅宮の使用人たちもみなこの間隔で働き、休んでいる。一年勤めると十日間の「ユウキュウ」なるものが権利として貰えるようで、この十日間は休んでいても働いているのと同じ賃金が頂けるそうだ。姫君のお考えになられることはよくわからない。

その休日を使い、マチルダが　ひょいっと、足を踏み入れたのはかつての古巣。奴隷市場の一角。

「御無沙汰しておりやす」

「は!?　え!?　お、お前、マチルダか!?」

見慣れた顔の奴隷や、職員がマチルダを見て驚く。

「お前……朱金城の賢者様に買われたって……」

「生きてたのか……」

「へぇ。あっしの主人は賢者様ではありやせんが、良くして頂いておりやす」

奴隷を購入した際、登録のために身分を偽ることはできずイブラヒムは名を明かしていた。それでマチルダが「陰険陰湿で有名な賢者の人体実験に買われていった」と、奴隷たちの間では噂になっていたらしい。

怪我をした様子も、痩せた風でもない。それどころか立派な義足まで貰っている血色の良いマチルダを、かつての仲間たちは「本当にマチルダか？」と疑うように見上げる。

「ま、まぁ……良い暮らし、っていうのも変だが。アンタが、良いご主人様のところにいるみてぇでよかったよ」

「あんたにゃ色々良くして貰ったしな」

「俺等も良いご主人様に巡り合えるといいけどな～」

奴隷たちは皆、マチルダが得たらしい幸運を喜んでくれる。一人一人、けして善人というわけではない。だが、誰にだって良心というものはあり、彼らにとって自分の中の善良さを働かせる対象になるだけの好感がマチルダにはあった。

けれどマチルダがアグドニグルの王族の婚約者である姫君に仕え、給与を十分すぎるほど頂き、衣食住も並の平民以上に良くして頂いていると知れば、彼らの善意は敵意になる。そのことをマチルダもわかっていて、彼らの祝福を笑顔で受けるのみに留めている。

奴隷たちとの挨拶も終え、マチルダは支配人の元へ行く。ここの奴隷であった頃は気軽に会えることはなく、目を合わせるだけで鞭が飛んでくる相手であったが、支配人はマチルダの主人が誰であるのかを知っている。

「態々何の用だ？」

お茶を出されもてなされる、ということこそないが、椅子に座ってよいと無言で許可される程度の扱いにはなり、支配人はマチルダのために時間を作った。

「いえ、ご主人様に……良い砂糖と、良い粉で……珍しい物を作らせて頂きやしたので。受け取って頂きたく……」

「……」

「ご主人様は冬の感謝祭に食べる物だとおっしゃっておりやした。魔法を使わず、長期保存が可能だとか。少し日をあけて、少しずつ召し上がって頂くと、徐々に旨みが増していき……おそらく、感謝祭に近付く楽しみを味わえる、という意味なのかもしれやせん」

「……なぜ私に持ってきた？」

じろり、と口髭のある支配人はマチルダを睨んだ。良い主人だったわけではない支配人。ここの奴隷の半分以上はこの男を憎んでいる。その自覚は支配人にもあるのだ。

「へぇ。最初は仲間内で食べてしまおうと思いやしたが……折角の品ですし、あっしがお世話になって、贈り物ができる相手、というのは旦那様くらいなもので。申し訳ありやせん。不快な思いをさせました」

フランク王国にも冬の感謝祭というのはあった。フランク王国の、マチルダの生まれ育った街では乾燥させた枝を柔らかくして編み込んだ飾りを贈りあう習慣があった。誰かに何かを贈る、というのは、マチルダにとって、自分が人間らしく生きていた、まだ何の苦しみも世の中の醜さも知らない頃の、美しい思い出の一つだった。

そういうことを、またできれば、もういつ死んでもいいと諦めていた泥の中で窒息するのを待っていた自分ではないと、そう思える。一種の自己満足だった。

「……フン！　誰が不要だと言った！　貴様の主人の関与している物なんだろう！　拒否するなど不敬なことだ！」

ふんぞり返ったまま、支配人はマチルダから顔を背ける。

へらり、とマチルダは笑った。

奴隷たちに嫌われ恨まれているこの支配人が、マチルダは嫌いではなかった。嫌われるべき存在だと思って、支配人がそのように振る舞っていることをわかっている。

マチルダのような欠陥品が安く質の悪い使い潰しの道具としてどこぞの悪人に売りたたかれなかったこと、他では「買い手を探すのが難しく、維持費がかかる」と嫌がられがちな母子を疎まず引き取っていることなど、思い出せることは多くある。そもそもマチルダがこの奴隷市場でそれなりに、雑用係などできたのも、支配人の御目こぼしがあったからだ。

丸い頭を丁寧に下げて、マチルダはお礼を言った。支配人はフン、とまた鼻を鳴らした。

*

「おい。マチルダには、会わせるんじゃないぞ」

マチルダが帰ったあと、奴隷市場の支配人は気難しい顔を更に険しくさせて、部下たちに厳命した。

「はい、まぁ、それは。もちろんですが……」

「甥や姪の顔くらい見たいかもしれませんよ?」

「フン。当人にもう未練がないかつての親族の存在なんぞ、あえて知らせる必要はない」

「そんなものでしょうか」

配下たちは呟きながらも、支配人のお達しは絶対である。

支配人は少し前のことを思い出した。

どこをどうたどったのか、マチルダの「妹」「義理の弟」「甥」「姪」だという家族が支配人の元へやってきた。彼らは選択奴隷としてアグドニグルに入ってきたのだが、目的は「マチルダの所為で自分たちは街を追われたのだから、マチルダが売れたのならその金は自分たちのものだ」と言い張った。

どうもその一家は、かつてマチルダが営んでいたパン屋を乗っ取ったのはいいけれど、マチルダほどのパン焼きの腕がなかったようだ。すぐに客足は遠のき、その上マチルダを奴隷商人に売ったのだと近所で噂が立ち、彼らは一気に落ちぶれた。

支配人の管理するこの奴隷市場ではマチルダに対して好感を持つ者が多く、わけのわからないことを叫ぶ他国の奴隷家族の訴えなど「何言ってんだこいつら」「頭がおかしいのか」「マチルダさんには黙っておこうぜ」となるだけだったが、それでも彼らはしつこく支配人に「マチルダを売った金を返せ」と言ってきている。

一応、選択奴隷は皇帝陛下の財産であるので傷つけることはできない。が、何事にも秩序は必要で、統制のため、躾のためのある程度の「所業」というのは黙認されているものだ。支配人は当然、それらの「程度」をよくよく心得ているし、なんなら罪に問われない方法も熟知している。支配人はけして善良な気の良い奴隷商人、ではない。

なので喧しい「妹」と「義理の弟」とやらにはちょっとした労働と奉仕活動をさせている。他国から来たものだ。この国の水や習慣が合わずに風邪などひいて、そのまま死んでしまうこともあるだろうが、仕方のないこと。

あんまりにも鬱陶しい連中だから、支配人はマチルダに会わせてやって、誰に買われたのか、現在の境遇が恵まれているのかを連中に突きつけてやろうかと思っていたけれど。

「……まぁ、良いわい」

ちらり、と眺めるのはマチルダが持ってきたという贈り物。

気の良い男であることは支配人も認めている。自分の境遇を嘆くわけではなく、ただ他人の役に立つことを喜びとできる愚かな男。

今の環境は恵まれているのだろう。あの男の美徳が曇らず、今も持ち続けていられる状況を支配人は思い返し、フン、と鼻を鳴らした。

3　悩める男の子カイ・ラシュ殿下

大陸屈指の大都市、栄華を極める絢爛たるローアン。偉大なる皇帝陛下のおわす朱金城の後宮、ではなくて、中宮に位置する訓練場にて槍を構える幼い姿があった。

「叔父上、勝負をして頂きたいのです」

真っ白いふわふわとした狼の耳をピンと立てて、眦を強く引き締め相手に挑むのは第一皇子ジャフ・ジャハン殿下の第一子。『皇子』の称号を得る皇孫のカイ・ラシュ殿下だった。

「……」

相対しているのは全身漆黒の装い、瞳だけが唯一赤い長身の武人。雪のように白い肌の、氷のように冷たい表情を浮かべた第四皇子ヤシュバル殿下。

「稽古であれば」

「稽古をつけて頂きたいわけではありません。男として、真剣勝負をお願いしたいのです」

敵意、殺意の類はない。ただ必死に、懇願し乞う様子はあった。

第一皇子ジャフ・ジャハンの長子に稽古をつける程度なら、ヤシュバルも吝かではなかった。幼い男児が武を極めようと切磋琢磨する様子は好ましいことであるし、金獅子の一族で構成される第一皇子の軍の中では、カイ・ラシュの狼の耳を見て心無い陰口を耳にしてしまうこともあるだろう。ヤシュバルはカイ・ラシュとは血縁関係はないとしても、『身内』として情を抱いていて、この甥に何かしてやれることがあるのならしてやろうと思っていた。

だがそれは対等な関係ではなく、カイ・ラシュは現在、それを撥ね除けようとしている。

「……」

沈黙するヤシュバルにカイ・ラシュはぎゅっと、槍を握る手に力を込めた。

*

「ずっとこのまま、何も変わらないでいればいいのにな」

午後の白梅宮。宮同士の交流をたまにはすべきということで、ご懐妊中の春桃妃様の名代ということでカイ・ラシュがお茶をしにやってきてくれた。

厳戒警備中の蒲公英宮から息抜きにと春桃妃様のお計らいであることはカイ・ラシュもわかっているようで、なるべく粗相をしないようにと畏まっていたのは最初だけだ。

お茶会のメンバーが私とカイ・ラシュだけとわかると、白梅の咲く綺麗な庭を眺めながら、ぐでーっとテーブルにもたれる。

「何言ってるんですか」

「別に、時が止まればいい、とかそういう意味じゃないんだ。ただずっと、ローアンは平穏で、母上は幸せで、僕はこうしてシェラとずっと、お茶を飲んだり、お喋りをしたり、そういうのが、当たり前で普通で、当然で、ずっと、いればいいなって」

あらやだ、また何か思い悩んでいるよね、カイ・ラシュ。

複雑な立場であることは私も知っている。

だから、この言葉が「僕たちズッ友だよね」という友情の確認、大人になっても仲良くしてね、という意味ではない。

「ローアンは、アグドニグルは……変わらないだろ？　おばあさまはずっと皇帝陛下でいらっしゃるんだ。偉大なる皇帝陛下の治められるローアンでずっと、明日になっても、朝が来ても、何も変わらずに」

子供のままでいられたらいいと、そのように。

思春期ですね。

特に、カイ・ラシュくん。最近お肉をちゃんと食べ始めたようで、体がどんどん大きくなっていく。元々獣人というのは、人間種より成長がかなり早いそう。赤ん坊なら一年ほどで、人間種の五歳程度の体になるそう。兎と肉食の獣人の血が混ざり、成長が遅かったカイ・ラシュの体も、今では私より頭二つ分大きくなっていて、当人はそれが嫌らしく、私の前では座ったり、こうして伏していたり、自分で差を感じないようにしている。

伸びる影に怯える子供。手でも握ってあげればその不安は和らぐのか。ただ、私はカイ・ラシュの人生の半分を背負うつもりはないし、そういうことはできない。

「変わらないものなんてないと思いますけど」

「シェラは変わらないだろ」

「大人になりますが!?　成長しますけど！！？　変わらないのは陛下だけですが!?」

「そういう意味じゃなくって」

私も人外判定されているのかと慌てて否定する。

ずっと幼女とか嫌ですが。成長してナイスバディになる予定です。まぁ……以前、メリッサが変身させてくれた私の、推定未来の姿はスレンダーボディでしたけど……。

もぞもぞとカイ・ラシュが動く。

テーブル席ではなく、床に絨毯を敷き座りながら編み物をしていた私の方へずるずるとやってきて、私の膝に頭を乗せた。

「カイ・ラシュ？」

「……僕だって、大人になりたくないわけじゃない。大きくなって、大人になって、やりたいことがないわけじゃない」

「大人って色々荷物もあって大変だと思いますけど、やれることが沢山増えるから楽しいと思いますよ」

ふみふみと、私はカイ・ラシュのふわふわとした耳を触る。のんびりとした言葉。世間話の延長でしかないという、他愛もない回答。

カイ・ラシュは目を閉じて、それ以上何も言わなかった。

あー、これは……春桃妃様の、お腹の子の性別が判明したとか、そういうんだろうか。

息抜きにと蒲公英宮から出してくださったのは、どうも思い詰めるカイ・ラシュを私になんとかして貰おうとかそういう心もあったのかもしれない。

……カイ・ラシュはジャフ・ジャハン殿下の第一子で、アグドニグルでは「皇子」の称号を貰っている。

私も最近知ったのだが、アグドニグルの王族は、皇帝陛下の血のつながりのある皇子は一人もいないので、当然、皇子たちの子がそのまま「皇子」「皇女」と認められるわけではないらしい。

きちんとした儀式？　形式？　まぁ、そんな、お祭り？　があって、お披露目会があって、皇帝陛下がお認めになられて初めて「皇子」「皇女」と名乗れるそうだ。

余談だが、第三皇子殿下はお妃様も多く、子だくさんだが「皇子」「皇女」の称号を得られているお子さんは一人もいないとか……。まぁ、第三皇子殿下のことはさておいて。

カイ・ラシュは皇孫の中でも特別な立ち位置なのだろう。第一皇子殿下と春桃妃様の第一子。ただし、その耳は獅子ではなく狼。

今度生まれてくる第二子が獅子の耳を持つ男の子であれば、いや、兎の耳を持っていたとしても、狼でさえなければ、ジャフ・ジャハン殿下はその子を後継者にとお考えになられることは、私にだってわかる。

以前、カイ・ラシュを側室にと言われた言葉を思い出しながら、私はため息をついた。

ぴくり、とカイ・ラシュの耳が動く。なんでもないと言うように、私はカイ・ラシュの頭をぽんぽんと叩く。

（蒲公英宮、荒れるんだろうなぁ。いや、もう荒れてるのかな。春桃妃様の管理は完璧だから、外に情報は流れてこないけど……まぁ、荒れてるんだろうなぁ）

カイ・ラシュはどうなるのだろう。

「ままならないですねぇ」

「ママナラ……何？」

「あ。これ日本語か。ままならない。思い通りにいかない、とか、十分じゃないとか、そういう意味です」

「ママナラナイ」

不思議そうにカイ・ラシュが繰り返す。

「でも、まぁ。世は無常、とも言いますし。あ、これも日本語か。無常に近い言葉ってないんですね。これ、仏教の概念だからかな？」

「？」

「変わらないものなんてこの世にない、ということです」

諸行無常。無常、という言葉は無情に音が似ていて、どこかマイナスなイメージを持ってしまいそうだけれど、私は悪い意味ではないと思う。

「全てはたえず変化していく、ということで、無常（変わる）。だから、苦しまなくていいということだと」

「変わることが苦しいのに？」

「それだって、変わります。苦しい時も、いつか過ぎ去って、変わるんですって」

今のカイ・ラシュには「今が変わってその先」の苦しみが見えている。けれど、その先にもまた変化があるんじゃないかと、そう言ってみるが、カイ・ラシュは顔を顰（しか）めた。

「僕は苦しみたくないぞ」

「それは無理ですよ。人生、楽もあれば苦もあると、御老公もおっしゃっています」

「誰だその迷惑な老人は」

「徒歩で一国を旅する健脚なおじいさんですよ」

ぶすっと、カイ・ラシュが膨れた。私が適当なことを言っていると思ったのかもしれない。私はさらさらと、カイ・ラシュの髪を梳く。

「レンツェにいた頃、エレンディラと呼ばれていた頃、私の扱いは酷いものでした。でも、無常だから、この世は変わりゆくものだから、ヤシュバルさまに出会えて、カイ・ラシュに出会えたわけですね」

「……いつか別れる日が来るのも仕方ないと思ってるのか？」

　そりゃ来るだろう。

　予定されているものであれば、順調にいけば、私はレンツェの女王になるわけだし、そこにカイ・ラシュはついていけない。はたまた不幸な事故で、メリッサでも治せない状態になって私があっけなく死ぬ未来もありえる。ありそうだな……。

「まぁ、ままならないものですからね」

　思い通りにいかないのが人生だ。私が軽く言うのが、カイ・ラシュには気に入らないらしい。眦を強くして、下から私を睨んでくる。

「そんな可愛い顔をしたって、ずっと一緒にはいられないし、私だっていつまでもアグドニグルにいるわけにはいかないんですが～」

　ご縁があれば、繋がりというのは続くもの。私は自分がどう生きたいか決めているし、そうなるように努力している真っ只中だ。

　そこにカイ・ラシュの存在はないけれど、それはそれ。カイ・ラシュだって自分の人生、思い描くものがあるのなら、そうなるようにすればいいだけのことだ。

「……僕はずっと、今が続けばいい」

　だからそれは無理なんですって。

　私は言おうとしたけれど、そう呟く膝の上の男の子の顔があんまりにも泣きそうだったので、止めておいた。

＊

「立てるか」

すっ、と伸ばされた手にカイ・ラシュは悔しくなった。

真剣勝負をと、挑んでおいて、まるで勝負にならなかった。

こちらの繰り出した攻撃を悉く躱され、流され、ただ一度ヤシュバルが振った槍の柄はカイ・ラシュを一瞬気絶させた。

……氷の祝福を使われることもなく、殺気を放たれることもなく、こうも容易く。何の勝負にもならない。子供がじゃれつく程度。いや、それ以下でしかない。

「……はい。お手を煩わせて申し訳ありませんでした」

「構わない」

悔し気に唇を噛み締めたが、カイ・ラシュは出された手を摑み立ち上がった。

「今のを受けて直ぐに起き上がるのは大したものだ」

「それは獣人族の体の頑丈さというだけです」

「だがそれも君の持つ武器だろう」

体の使い方を本能的にわかっている、とヤシュバルはカイ・ラシュを評価した。本日、何も思いつきで挑んだわけではない。カイ・ラシュは挑むと決めてから今日まで、どうすれば第四皇子に勝てるのかと本気で考え、どう動くべきか作戦を立てて来た。

だがまるで歯が立たなかった。結果としては、それだけだ。

これが、今の自分と第四皇子の「差」だ。
（シェラ）
脳裏に浮かぶのは、穏やかな日差しを受けて笑っている白い髪に褐色の肌の女の子。

（僕はいずれ、外に出される。他国の婿に入るのか、それともどこかへ養子に出されるのかはわからないが、僕は、父上にとって邪魔になるから。生まれてくる弟の、邪魔になるから。兄弟同士が争うようなことになれば母上は悲しまれるから、父上はそうならないようにと、僕を外へ出すはずだ）

残された時間は少ない。

シェラは「無常」だと言った。変わらないものなどないと、それは、カイ・ラシュだってわかっている。

痛いほどわかっていて、それでも、望みとして、いつまでもいつまでも、白梅宮で、自分を笑顔で迎えてくれるシェラがいて欲しかった。

だけど、それが無理なら。無常の世の中であるのなら。

カイ・ラシュは「君の動きのここが……」と、先ほどの総評をしてくれるヤシュバルの言葉を笑顔で聞きながら、掌をぎゅっと握りしめる。

シェラを見ていると、カイ・ラシュは喉が渇いて仕方なかった。獣人族の飢えだと知って、そして、自分の体が大人になっていくのを感じた。

草食の母譲りだった歯は、乳歯が抜けて牙になった。

カイ・ラシュはシェラの肩や腕に嚙みつきたかった。そうして自分の牙が皮膚を食い破ったら、舌に彼女の肉を感じたら、この飢えが収まることを本能的にわかっていた。それで、カイ・ラシュは思ったのだ。

きっと、そんなことをしたらシェラは痛い。

彼女の背中には女神の奇跡でも消せなかった鞭の跡が今も残っていると聞く。もう二度と、カイ・ラシュはシェラを傷つけたくなかった。

だから、どれだけ喉が渇こうと飢えていようと、カイ・ラシュは「シェラが痛い思いをするよりずっといい」と、そう、自分が空腹でいる方を選んだ。

そうしてずっと耐えていて、思うのはただ一つ。

(変わらないものがないのなら、叔父上とシェラのことだって、変わったって、いいはずだ)

4　ヤシュバル殿下とメリッサ

化け物。と、そのように叫んだ声は複数あった。けれどヤシュバルは、今更それらに注視しない。氷の柱を幾本も出現させ、生物の存在が許されぬ空間を作り出す。

体内の水分も、魂までも凍てつかせる絶対零度。喚いていた何もかもが一瞬で沈黙し、ヤシュバルが剣を振れば全て砕け散った。

「あんたも十分、人間辞めてるわ」

「……」

「ちょぉっ、とぉ!?　無言で女神に斬りつけるんじゃないわよぅ！　不敬！」

「なぜいる」

戦場と言うほど大がかりなものでもない。ただの反乱分子の始末。レンツェが支配していた土地に、アグドニグルから神殿の力を借りて移動したのはヤシュバルだったが、大神殿レグラディカの女神メリッサがこの地に一緒について来る理由はない。

レンツェの旧貴族らを粉砕した氷の如き男は、瞳ばかりは燃えるように赤い。血が炎の中で沸きたつような赤の瞳には信仰心の欠片もなく、女神と相手を認識していても、道端の石ころを見るのと変わらぬ表情。それを受けて、不敬だとひとしきり吠えてから、女神はすぅっと、表情から感情を消した。神、すなわち人の心の反射鏡であるゆえに、シュヘラザード姫のような表情のコロコロ変わる眩しい娘を前にすれば喧しい小娘のように振る舞う。けれど氷の仮面の男を相手にすれば、女神の顔も冷たくなる。

「お前、そちらが素でしょう。お前のそのひとでなしの面、シェラにも見せてやりたい」

「……」

「シェラはレンツェの人間のためになんか色々してるっていうのに、お前はこうしてあっさり、シェラの国の人間を砕くのね」

なじってもヤシュバルの顔には何も浮かばない。自分が言われている言葉を言葉として、意味を認識する気がない、他人に対して興味を抱かない男のごく当たり前の反応だった。

そりゃそうだわ、とメリッサは息を吐く。女神であろうとなんだろうと、この男には有象無象。アグドニグルにとって邪魔なら凍らせて砕く。視界に入っても不快だなんだと思うことすらない。

それがメリッサの知る、アグドニグル第四皇子ヤシュバルという男であった。

「シェラが寄越したのよ。あんたのところに行って欲しいって」

「……シュヘラに何かあったのか？」

「そ！　女神を使いっぱしりにするなんて緊急事態に決まってるじゃない？　ぎゃぁあああ!?　ちょ……あんた!?　女神の頭を摑まないでよ!?　不敬!!」

ヤシュバルはこちらの質問に明確に答えず、茶化すような口調のメリッサの頭を摑んだ。みしり、と軋む。骨ではなく神核に直接圧をかけている。

「今すぐローアンへ飛べ」

「あんたたちあたしのことを便利な移動手段だと思ってるでしょ!?　いだだだだっ、いだいわよぅ！　ちょっと！　落ち着きなさいって、別に、シェラになにかあったわけじゃないわよぅ!!」

「シュヘラは。彼女は、目を離すとすぐに死にかける。死んだ魂と混合しているからか、死の淵へ寄せようと、本来の有様に戻そうと、死がこびりつく」

「だとしても今回は違うわよぅ！　今回は、あんたに！　お弁当を持って行けって！　シェラが!!」

ぴたり、とヤシュバルの動きが止まった。その隙に女神メリッサはありったけの力を込めてヤシュバルに攻撃する。女神の本気の一撃。神の槍は光よりも速くヤシュバルを貫くかと思われたが、ヤシュバルが軽く腕を振っただけで、槍は凍り、砕けた。


「……私に、弁当……？」

「そ、そうよ！　あんたがローアンにいない間は、殆ど食事をしなくて味気ない軍用食だけしか口にしないって聞いたシェラが『軍用食は効率の良い優れた食べ物であると理解はしていますし、悪いわけではありませんが……ヤシュバルさまは、私のお婿さんになるという自覚が少し足りないのではないですか？』って！　まぁ、シェラは料理が好きだし、あんたが軍用食ばっかり齧ってるのが嫌なんでしょ」

さすがは女神。シュヘラの言葉らしいところは、幼い彼女の声そのままでヤシュバルの耳に届いた。

「……」

ヤシュバルは、この場にいない彼女の言葉を借りるなら『未来のお嫁さん』になる少女の顔が浮かぶ。困ったように眉を寄せながら、小首を傾げて心底不思議そうな表情で言ったのだろう。聞く者にはやや疑問が浮かぶ言葉も、彼女にとっては「道理」であるのに、どうしてわからないんだろう、という顔だ。

「……シュヘラは、」

「レンツェに行ってるっていうのは知らないわよ。知らされないわ。絶対にね。あの子はそういう立場なんだもの。仕方ないわ。だから、シェラはあんたがレンツェに行ったのを咎めてるとか、あんたが何をしているかとか、そんなことは何も知らないおめでたい子のまま、あんたを心配してるのよ」

「正確には私の食生活のようだが」

「同じでしょ。馬鹿な男」

あー、やだやだ。と、メリッサはうんざりしたように首を振り、ひょいっと虚空から何かを取り出した。

「えーっと、なんだっけ。これ。えぇっと？　お湯を沸かして……この包みをお椀に入れて……ちょっとあんた座ってなさいよ。今用意するから」

「……弁当では？」

「シェラはあんたがどこ行ったのかクシャナに聞いたら、あの女は『ピクニックに行った』って答えたのよ。で、それならって、なんか沢山持たされたわ」

ヤシュバルの知る弁当というのは、小さな箱の中に食材を詰め込むものだ。冷えているもので、量もそれほど多くはない。だが女神は歪んだ空間に手を突っ込み、あれこれとポンポン、道具を出していく。

ヤシュバルは腰を下ろすのに丁度いい岩に腰かけ、メリッサが足元に広げた布に視線を落とす。茶器のようなもの。湯気が立っている。椀の中に注がれた湯が、包みの中の物と混ざって汁物になった。

「……」

黒い四角い、四段になっている箱もあった。それを開けてみると、一段一段に丁寧に、華やかな料理が詰められている。一段に六種類は入っていて、これだけの物を作るのは大変だったのではないかと、そんなことを考えた。

「あー！　もう、やだここ寒い！　凍ってる魂って女神の体にもしんどいのよね！　あー！　寒いったらありゃしない！　あたしもそのスープ貰うわよ！」

「……これらは、手間だっただろうに」

一度の食事だけのために、小一時間もかからない食事などのために、シュヘラはどれほどの時間をかけたのだろうか。ヤシュバルの眉間に皺が寄った。

「彼女が料理を好んでいることは理解している。彼女にそれらの素晴らしい想像力や腕があることも知っている。その上で、それらは彼女は自身の望みを叶えるために、その価値を理解される皇帝陛下のためだけに振る舞うべきだろう」

「……は？」

ヤシュバルは布の上に広げられる、芸術品、まるで宝石で作られた装飾品のような料理を眺め、ただただ、『無駄』だと、そのように感じた。

これは陛下に献上すべきだろう。陛下はこの料理の美しさを認め、正しく味わい、シュヘラの才を更にお認めになり、褒美をくださったかもしれない。あるいは、白皇后へ贈り親愛の証としても良い結果になっただろう。カイ・ラシュと共に食べて親交を深めても良い。イブラヒムなどはこれを受け取れば、眉間に皺を寄せながらも、シュヘラに茶を入れて持て成しただろう。

美しい宮中で、美しい人間により、美しい所作で扱われる価値のある物であると、ヤシュバルは考えた。

手の込んだ料理の一つ一つに、シュヘラが思いを込めているのがわかる。何か、食材の組み合わせにも意味があるのだろう。見かけが華やかなだけではなく、栄養というものも考えている料理を作るのがシュヘラであった。

「それをこのような。まともな人間のいない場所で。殺戮の行われた場所で。私のような者の口に入り、消えてしまうのは、なんとも無駄な行為だろうか」

岩から降りて、ヤシュバルは布の上に膝を揃えて座る。真っ直ぐに伸びた背筋で椀を手に取り、口を付けた。

温かい汁物。深い味は、野菜だけのものではないだろうが、手間がかかっているというのが想像できるくらいで詳しいことはわからない。それでも、喉を通れば体中が温かくなる。

「……無駄なことをする」

と、今度は自身への自嘲。

いくら体を温めたところで、氷の祝福者の体温は低く、凍えた心が人並になるわけでもない。

「馬鹿な男」

箸を付けようとしないヤシュバルを、メリッサは眺めて只管(ひたすら)呆れた。

5 春桃妃とクリームソーダ

絢爛たる華の都、ローアン。アグドニグルの夏は暑く、市井では「皇帝陛下が千夜千食のうちに召し上がられた」と評判の氷菓子が流行っていた。

以前、牛の乳で作ったアイスクリンという物の評判は、春桃妃の暮らす蒲公英宮にも届いていて、乳製品なら息子のカイ・ラシュも抵抗なく口にできるはずだからと取り寄せた。

千夜千食の内に作られる料理の製作方法は惜しむことなくその翌朝の情報誌に掲載される。

そのため、それらを読んだ者が、家庭で、あるいは商売品として、人の口に気軽に入るようになっていた。

ひと工夫されたものや、そのままの製法を尊び完全に再現しようと試みたものなど、皇帝陛下の御言葉を借りれば一種の「ブーム」だという。

もちろん、本家本元、というものはあり、白梅宮の姫君が支援する高級店にて、材料から手順全てが陛下に献上されたままのものが堪能できる。

この店は所謂「価格の決まりのない店」らしく、高級店であるので利用客はそれなりに富のある者。その支払い額は利用客の「心次第」であるという。

これは、そのうちの経費以外の「売り上げ」は、そのまま貧困層への支援金に回される仕組みだそうだ。つまり、利用客は、富裕層にとって義務の一つである喜捨が店を利用することにより行える。それもアグドニグルの国民の誰もが敬愛する皇帝陛下と同じ物を口にし、楽しみながら義務を果たせる、という。

店をよく利用するということは、それだけ喜捨に熱心であり、皇帝陛下への忠を奉げる証にもなった。店に入るという姿を見られるだけでも「あの人は徳の高い方だ」という評判が立つ。

その上、店で出される品々は、皇帝陛下のお墨付きという点を除いたとしても、舌の肥えた人間を唸らせ再び足を運び、大金を支払いたいと思うだけの価値があるという。

それらの話をカイ・ラシュから聞いた春桃妃は「あの無教養そうな娘が、一人でそこまでの仕組みを考えられたのだろうか」とそのように首を傾げたが、息子は嬉し気に「シェラは凄いのですよ、母上」と語るので微笑んで聞き役に徹した。

「それで、シェラがその氷菓子の他の種類をいくつか作るということで、僕に手伝いをしないかとお誘いがありました。行ってもよろしいでしょうか？」

「シェラさんのところでしたら心配はありませんね。お父様にもお知らせしておきますが、粗相のないようになさいませ」

「はい！」

「何かお土産も持って行くべきでしょう。どんなものが良いかしら」


あの姫の性格上、珍しい菓子や果実など喜ぶだろうが、こちらから食べ物を贈り何かあった時のことを考えると、口に入る物はよすべきだろう。白梅宮は先日の火災の後にそれなりに警備が強化されたようだが、側に他の皇子の密偵や、息のかかった者が数人いるままになっている。春桃を、息子を陥れようとする者がそっと悪意の瓶を傾けないという保証はない。

「そうですね。シェラは、そういえば食事の場には花を飾りたいと言っていました。宮の庭から僕が選んで摘んでいってもよろしいですか？」

「まぁ。ええ、それは素敵ですね。シェラさんもきっと喜ばれますよ。殿下はシェラさんのお好きなことがよくわかってるのですね」

高価なものの類は相手の負担になることを、カイ・ラシュはその歳で理解しているようだった。相手の性格や考えを知ろうと努め、そして相手が「嬉しい」と感じてくれるものを選べる男は少ない。

しゃらり、と頭の金の簪（かんざし）を揺らしながら春桃が微笑むと、カイ・ラシュは白い頬を朱に染めた。そして早口で何かまくし立てて、庭へ降りていく。照れている。年頃の男の子。

可愛らしく、素直な子に育った。

一時は癇癪が酷く、しかし深く傷付いている故のことで、初めての育児、それも……望まぬ相手に孕まされた末の子で、どう接していいかわからなかったけれど、自分にはもったいない良い子であると、ここ最近やっと、春桃は息子の顔を怯えずに見ることができるようになった。

「……」

「春桃妃様。少しお疲れではありませんか？　何かお飲み物を、」

「良い。少し、静かにしておくれ」

「はい」

息子が去り、一室は急に静寂に包まれた。春桃が何か言わずとも女官たちは口を開かなかっただろう。

春桃の胎が膨れて暫く。時折内側からとんとんと、胎を蹴る様子がある。水の祝福を受けた、医神と名高い第二皇子ニスリーンによれば、この子は男児であるそうだ。

「……」

美しい内装。豪華で一つ一つが特注品の調度品。格式高い家の娘たちが最上級の教育を受けて成った優秀な女官たち。呼び鈴一つで遠い地の何もかもが、春桃の元へ運ばれる。

「………」

春桃は飾り窓の外を眺めた。真っ白い、狼の耳を持つ息子が夏の庭の中で花を選んでいる。匂いのきつい物は食卓の場に相応しくないということをわかっているのだろう。獣人の鼻ではなく、人間種は「このくらいならわからないかな」という匂いの程度を、小首を傾げながら探っている様子。

（あのレンツェの姫が、カイ・ラシュを連れて行ってくれないだろうか）

息子は好意を抱いているようだった。何もかもに癇癪を起こし、疎み、嫌い、それでいて、愛されることを望んでいた息子が「君が良い」と思っているらしい異国の娘。

（……）

春桃は胎を撫でる。膨らんでいくことが恐ろしい、と怯えていたのはカイ・ラシュを身ごもっていた頃で、今はもう、その恐ろしさに慣れた。震えても嘆いても叫んでも、胎は膨れていく。

草原で暮らしていた頃は痩せ細るばかりだった腕が、頬が、ローアンに来てからはふっくらとしていったのと同じだ。春桃が何かしたところで、どうしようもない。

胎の子が生まれたら、あの子は殺されるだろう。

それは、春桃にもわかることだった。夫は、あの男は、春桃と自分の間に子を作れば、春桃が自分を愛してくれると信じている。そして春桃が子供を慈しみ、それを奪えば憎まれるとそれを怖がっていた。あの大男が。

だからこれまでカイ・ラシュは安全だった。頭にあるのが狼の耳であっても、春桃が腹を痛めて産んだ子であれば、恐ろしい皇帝陛下に嘆願し、カイ・ラシュに「皇子」の称号を頂けるよう尽力した。けれど、致命的に、情というものが欠落している男。「子供は一人いれば十分だろう」とそのような考え。不格好な長子ではなく、完璧な獅子の息子。それに愛する妃。それらを庭に囲い、黄金で埋め尽くせば良いのだ。

「……」

わかっていて、春桃は何もできない。根から切り離された花である春桃は、与えられる水を有り難く、か細く、弱々しくなるばかりの切られた茎から吸い上げて生きるしかない。

＊

「母上が何やら思い悩んでいらっしゃるご様子なんだ。シェラ、母上の気晴らしになるような料理はないか？」

珍しくカイ・ラシュが白梅宮に積極的に遊びに来てくれたと思ったら、そういうお願いがあってのことか。

来て早々。挨拶もそこそこに、思いつめた顔で言う友人に私は首を傾げた。

「マタニティーブルーじゃないですか？」

「また、に？」

「妊娠中に起こりやすい、軽度の抑うつ症状や涙もろさ、とかなんとか。私はなったことがないので想像ですけど」

前世でも成人する前に自主的にグッバイ今世をしたのでそういう経験はない。

あのいつもふわふわ花のように微笑む美しい春桃妃様。私とイブラヒムさんのあれこれ問題に巻き込まれた際にも「良いのですよ、良いのですよ」と微笑んで流してくださったし、大らかな感じがしたけれど、それでも妊娠出産時の精神的な不安定さがないわけではないのだろう。

「こういう時のスィヤヴシュさんたち心療師だと思いますけど、受診はされてないんですか？」

「医療面であれば、当然母上のお体のことやお心の問題についてはニスリーン叔父上のところの医師たちが担ってくれているはずだが……」

十分でない、と、カイ・ラシュは感じて自分ができることは何かないかと私を頼ってきてくれたわけだ。

確かに医療面でのサポートがされている中で、子供であるカイ・ラシュができることといえば「何か気晴らしに美味しいもの」を母親に持って行くことだろう。話し相手が欲しいなら女官たちがいるだろうし、子供という自身が母親にとって保護対象では話せる内容も限られるものだ。

「なるほど、気晴らし……春桃妃様のお好きな物とかってなんですか？」

「母上は花がお好きだ」

「……いえ、他にこう、何をするのが好きとか。どんな食べ物とか、味がお好き、とか？」

「宮で出される料理は全て母上のお好みの物のはずだが」

「……」

首を傾げるカイ・ラシュに私も首を傾げた。

……そういえば、私も母親の好きな食べ物とか、好きなことって知らないな？　いや、私のというか、正確にはエレンディラのお母さまの。あまり記憶がない、というのもそうだが、子供にとって母親というのは「母親」で、友達ではない。いつも自分に微笑みかけて優しくしてくれることを望むくらいで、母親が何を考えて何を望んでいるのか、というのは……疎いものかもしれない。特に王族という立場であるカイ・ラシュと春桃妃様とでは普通のご家庭の親子関係とはまた違うのかもしれない。

……もしかして、とりあえずインスタ映えするような料理を作っておけばＯＫな陛下より、春桃妃様に喜んで貰える料理を作るの、難しいんじゃないか？

それとなくシーランにも春桃妃様について聞いてみるが……穏やかで物静かな貴婦人。ジャフ・ジャハン殿下の正妃であらせられ、白皇后の治める後宮では賢妃の称号を得ている、とかそういう情報。

草原生まれの獣人族で、当然兎の特徴を持ち肉は召し上がらないとのこと。どこぞの妃に意地悪された女官を庇ったとか、お優しいエピソードは出て来るけれど、聞いている限り……。

「存在感が薄いような」

いや、春桃妃様という人格を持った人物がいることはわかるのだけれど、あまりに、希薄。あえてご自分でその存在、というか、自我？　主張？　がなんというか、薄い。

優しくて平和主義者、無抵抗主義、人畜無害である、ということだけを他人の意識の中に残そうとしているような。

「……」

まぁ、それは、そうだろう。

春桃妃様の一族。白兎族というのは、元々蹂躙され滅ぼされるはずだった部族と聞いている。それが幸運にも、ジャフ・ジャハン殿下に春桃妃様が愛されることによって、厚遇を受けられるようになり、他のか弱い部族が悉く従属となった今も、春桃妃様の一族は金獅子の一族にとって「庇護すべき・慈しむべき・尊重すべき」相手になれているのだ。

殴られないように。嫌われないように。憎まれないように。相手が思わず見惚れて、これは良く麗しいものであると、そのように思われるように。

「……確か、檸檬が……沢山あったような」

作る物が決まったと、私は頭の中に食材のリストを思い浮かべる。力仕事もあるから、カイ・ラシュにも手伝って貰おうと、カイ・ラシュに時間はあるかと聞いたら、素直な子供は「僕にできることならなんでも」と受けてくれた。

＊

「……白梅宮から、これが？」

魔法で保存された品が届けられたのは、カイ・ラシュが戻ってくる前だった。

宮同士での食べ物の贈り合いの危険性はレンツェの姫には関係ないのか、とそういうわけではない。

持ってきたのは、丸い眼鏡に癖のある髪の、神経質そうな青年。

「この私が態々運んだので、毒の心配などはありませんよ」

ぶすーっと、不機嫌であることを隠しもせずに「お使い」らしい青年は言う。アグドニグルにて三人しかいない「賢者」の一人、イブラヒムが態々飲み物を運ぶためだけに動いたのかと、女官たちは顔を引き攣らせ震えている。

「……賢者様は、もうお加減はよろしいのですか？」

「何のことです」

「そうですね」

春桃の耳にも少し入ってきた、賢者殿のちょっとした色恋沙汰を、張本人はなかったことにする気らしい。その口止めというか、意思表示にわざわざ来たのか。

いや、と春桃は微笑みの裏で思案する。そんな無駄なことをなさる方ではない。賢者イブラヒムが蒲公英宮と懇意にする、などということは政治的にあまりよろしいことではなく、それを当人も十分わかっている。かといって、白梅宮のお使いをして、白梅宮寄りと思わせたいという思惑、とも思えない。

……忠告。

春桃へ、ではない。

蒲公英宮の主、ジャフ・ジャハン、あるいはその「言葉にせぬ本意」を察して動こうという、男たちに対してか。

陛下の御意思でないことは春桃にはわかっている。ジャフ・ジャハンが息子たちをどうするのかについて、クシャナ陛下は関与しない。

　であれば、ヤシュバル殿下の指示だろう。

「……感謝致します」

「殿下はご子息をことのほか、見込まれているようです」

　それは感じている。紫陽花宮への出入りを許して頂けていた過去。それとなく、カイ・ラシュに武術の指導をしてくれていることも知っている。叔父として甥を可愛がるという姿勢はどこか義務感から行っているという冷たい印象がないわけではなかったが。

「これなる品は、白梅宮のあの姫君が作りだしたようです」

「なんでしょう、これは……水の上に、アイスクリンが載っているのですね」

「……水に、ええ、見えますよね。ええ……」

「?」

　ぐっと、イブラヒムが悔し気な表情を浮かべた。

「透明な……水ではないのですか？」

　美しく、縦長の硝子（ガラス）の杯には氷と水が入っているように見えた。その上の部分には、以前評判だった真っ白いアイスクリンが、真っ赤なサクランボと共に添えられている。

「お飲みになればよろしいかと」

「……では、折角ですので。頂きますわね」

　女官の一人が「危険なものではないのか」という表情を浮かべた。けれど賢者が態々持ってきた物で、春桃に、その胎の子に何かあればどのような騒ぎになるのか。

「……」

硝子の杯を側に寄せた。

美しい透明さだ。何にも染まっておらず、何も脅かさない。何かが触れてくれば、抵抗することなく、その色に染まるだろう透明さ。

杯には長細い管のようなものがささっていた。それを吸い上げて飲むのだという。不思議な飲み方だ。

「……まぁ」

あら、と、思わず春桃は目を見開く。

口内に入った、水だとばかり思っていた液体は甘く、ほんのりと檸檬の味がした。そしてさらに、驚いたことに、その水はシュワシュワと、口の中で弾ける。

「まぁ、まぁ」

驚く。

不思議。

あら、と、春桃は口元を押さえ、目を丸くして、そして微笑んだ。

「おかしなこと」

シュワシュワと、弾ける。水。甘い。長細い匙（スプーン）でアイスクリンをすくって食べる。まろやかで、
そして冷たい。

上の部分はこのように、甘く、優しく、ただただ、夢見る少女の瞼のようであるのに、下の部分の、何の意味もなさそうな、透明な水の如きものの、激しいこと。

「炭酸水というもので、クエン酸と重曹の反応でこのような刺激性のある液体に変化するそうです」

「重曹、というのはお掃除に使うものではないかしら?」

娘時代に使用した覚えのあるものだ。

小麦粉と混ぜてパンにする方法があるというのは聞いたことがあるが、そのまま飲み物に、砂糖でも混ぜるように使えるものなのか。

イブラヒムの説明していることは春桃には少し難しかったが、そういう「仕組み」らしいことはわかった。

「美味しいわ」

シェラさんにお礼を言わないとね、と春桃が微笑むとイブラヒムは沈黙した。この青年が話し相手になってやろうという気になるのは皇帝陛下くらいなもので、春桃に対してのその態度を春桃は咎めない。

そのまま特になんの社交辞令も歓談もないまま、イブラヒムは辞する。賢者が白梅宮から蒲公英宮へ来た、という事実だけが人の耳に入ればそれでいいのだろう。

(このようなものを作るようにと指示したのは賢者様? それとも、第四皇子殿下かしら)

じっと、春桃は透明なソーダのグラスを見つめた。見かけは透明で、水のよう。上層部にあったアイスクリンや鮮やかなサクランボを食べてしまえば、氷が解けてしまえば、水にしか見えない。

けれど、それは間違いなく、口に含めば口内に自分がただの水ではないと主張する激しさがあるのだ。

あの飲み物の意図を、春桃は考える。

第四皇子の指示であるのなら、その意図は「このまま黙ってカイ・ラシュを殺させるつもりか」ということだろう。

……もしやシェラ姫か、とも思うが、あの幼い姫君がそのような思考をするわけがない。

第四皇子は春桃と同じく元は草原の民。ギン族と白兎族には交流があり、春桃は幼い頃のヤシュバルを知っている。

それであれば、ヤシュバルが春桃の気質を見抜いているのもなんら不思議ではない。

沈黙を貫き。ただただ花として枯れるのを待つのか。

（……）

春桃は胎を押さえた。トントン、と、存在を主張する胎の御子。生まれれば一族は一層、獣人たちの間で地位を高め、より良い扱いを受け続けるだろう。生まれる前から、この御子に皇子の称号が与えられるようにとジャフ・ジャハンが根回しをしている。

祝福された子供。誰もに望まれ、その輝く人生が約束されている黄金の御子。

その足元に、カイ・ラシュの躯（むくろ）がある。

「…………紙と、筆を」

女官へ命じた。お礼状を書くのだろうと女官は思い、白梅宮の姫君に宛てるのに良い淡い花が隅に描かれた紙を持ってきたが、春桃はそれとは別にもう一揃え。白兎の部族同士が使う紙を用意するようにと付け足した。

「父に文を送ります」

それだけ伝えれば心得ている女官は何も言ってこない。その文がどのように白兎の土地へ運ばれるべきか、正規のルートではなく、秘密裏にすべきことであるということまで察して、女官の一人がその場を離れ支度をしに行く。

6 南瓜プリンと賢者のお仕事

いい加減仲直りしてくるように、とのお達しがあったのは、イブラヒムさんとの衝撃的なお見合い（仮）事件から一か月ほど経った頃。

別段お互い関わる立場ではないのだけれど、縁のある人間同士がいつまでも避け続けていると不都合も生じる。具体的には、イブラヒムさんはヤシュバルさまの「側」とみなされている部分もあるのに、ヤシュバルさまの婚約者である私が避けられ続けている状況はあんまりよろしくない、というわけだ。

「仲直りもなにも……問題を拗（こじ）らせたのはイブラヒムさんご本人と陛下だと思いますが」

「……それはそうだが」

　こほん、とヤシュバルさまが咳ばらいをされる。

「君の味方はできる限り多い方が良く、イブラヒムは君に良い影響を与えるだろう」

　良い影響。

　ヤシュバルさまは、私の保護者で教育者になりたがっているご様子。賢者であり、その名の通り「賢い者」のイブラヒムさんが私の教育に携わるのは良いことだとお考えなのだ。

「白皇后に色々教えて頂いています」

「皇后陛下はご聡明な方でいらっしゃるが、全ての分野に精通しているわけではない。私が君に教えられること、皇后陛下が教えられること、そしてイブラヒムが教えられることは皆異なるはずだ。特にイブラヒムが賢者として研究している分野は将来的に君がレンツェに戻った時、役に立つだろう」

「……イブラヒムさんって何の研究をされているんです？」

　そういえばぼやーっとした説明を受けたような受けていないような。

　通訳とか便利な能力があるのは知っているけれど、そう言えばそれはあくまで賢者の能力のオマケらしい。

「私は戦うことくらいしか能のない武人だから、彼の専門的な内容について詳しくは理解しきれていないが……魔力のない人間、力のない人間でも平等に使用できる道具の研究をしている。魔石を用いての長距離通信や、別の場所の映像を投影させる技術などはイブラヒムの発明だよ」

ヤシュバルさまは幼女の私がわかりやすいように、できるだけ優しい言葉を使ってくださっているようだ。

「シュヘラの宮にもある火とは異なる灯りは、あれはイブラヒムが幼い頃に発明した物が改良され続けて実用化された物だ。魔石ではなく、雷などの力を溜めておき発電させているという」

「…………はい？」

さらり、と語られるのは……どう聞いてもファンタジーマジックではなく、サイエンス。

魔石というのがこの世界のエネルギー資源であるのはぼんやりわかっていたが、え、もしかして、普通に……存在できるの？　科学。

「……そういえばイブラヒムさん、プリンとかマドレーヌを……結構、科学的な視点で見てましたね……料理の材料の化学反応があるんだから、起こりうることですよね、サイエンス」

魔法と科学が共生してる世界ってどういう感じなのか、科学オンリーワールドから転生している私にはちょっとわからないが、特に異端な知識とかそういう扱いにはならないのか？

ヤシュバルさまにそれとなく聞いてみると、他国では異端な研究扱いされることもあるらしい。

特に神聖ルドヴィカの教え的には、全ての現象は神々の齎す奇跡・恩恵・ご慈悲であり、雨が降り風が吹き、雷が轟くことも神の御業で、それを他の理由があると唱えることは、禁忌だという。

「確かに、神官の祈りや奇跡、あるいは祝福により干ばつ地に雨を降らせることはできるが、イブラヒムの研究は、そうした雨の少ない土地が孤立しないよう、他の豊かな土地から支援を受けられるよう、祝福を受けていない者でも瞬時に他の場所へ移動できる道具を作ることが、最終的な目標らしいが」

どこでもドアでも作りたいのか？

通信機や映像関連の発明というのはかなり画期的だと思うし、それを軍事利用されているらしいアグドニグルはさすがである。

しかし、子供の私でもわかるのだが、神殿勢力が「特別」としている祝福者の神殿から神殿への長距離移動を神の奇跡の力を借りずに実現させようとしているイブラヒムさん。

……ここがアグドニグルじゃなかったら、火炙りにされてないか？

思い出してみれば神殿にお世話になっていた頃、おじいちゃん神官さんたちは私には優しかったがイブラヒムさんには冷たかった。イブラヒムさんの性格が悪いので嫌われているんだとばかり思っていたが、そういう背景もあったのか。

＊

「ということで、仲直りしに来ました。はい、握手でもしてお茶飲んで帰りますから、持て成してくださいよ」

「とっととお帰りくださいやがれ」

はーい、ときちんと手土産も持参でイブラヒムさんの研究室のある北の塔に上った私を、視線も合わさずに追い出す気の賢者様。

「……勝手に勘違いして私に惚れたのはあなただっていうのに、いつまで被害者面してふてくされているんですか？　大人げないですよ？」

「私は別に貴方を好きになったわけではありませんが？　誰が貴方のような頭の悪い小娘、あれはただの気の迷いですが？　今は正気に戻りましたので、貴方の顔を見ても吐き気がするだけです」

なぜヤシュバルさまは私がイブラヒムさんと友好的な関係を築けると思うんだろうな？　あの人、天然入っていて可愛らしいんだけど、ちょっと自分に近い人間に盲目過ぎない？　大丈夫？

口を開けば嫌味しか言ってこないイブラヒムさん。こちらも嫌がらせで大人の姿で来てやればよかったかと思うが、しかし、今回の目的は仲直りすることだ。

別に仲直りなんぞしなくてもいい、のだが。しておくと便利じゃないか？　とふと思ってしまった打算があるので、私はここでくじけたりしない。偉いね。

「まぁまぁ。一応、私も小指の爪の先くらいは申し訳ないなって思っている心があるので」

「ほぼ皆無じゃないですか」

「ゼロじゃありませんよ。で、お詫びのお菓子をお持ちしました」

「……」

そこで初めて、イブラヒムさんの瞳がこちらを見る。正確には私、ではなくて、私が持参した風呂敷包み。

「……客人を持て成せぬ無作法ものと思われるのも不愉快ですからね。席を用意します、こちらへ」

と、研究室の隣の小部屋に案内してくれた。

私の住居である新白梅宮は慰謝料としてコルヴィナス卿から多額の支援がされ最初の宮より一層豪華絢爛になったのだけれど、イブラヒムさんのお部屋は、何というか地味だ。

沢山の書物や研究道具が積み上げられていて、乱雑とも言える。イブラヒムさんの地位ならお世話をする人が何人も付いていると思うのだけれど、助手もお世話係も付けていないらしい。

ガチャガチャと、イブラヒムさんが慣れた手つきでお茶を入れる。面倒くさそうではあるが、その仕草はきちんとしていて、シーランが入れてくれるお茶と変わりない。

「で？」

「はい？」

「何を持ってきたのですか」

お茶を一口飲んだあたりで、イブラヒムさんが睨む。

あ、ハイ、と私は風呂敷包みをテーブルの上で開いて魔法で冷蔵保存された容器を取り出す。

「プリンですか。ふん、代わり映えのないことで、」

「それでは続いてこちらをご覧ください」

どん、と、私は続いて取り出す。

幼女の頭程もある大きさのカボチャを。

「どこに隠し持っていたんです!?」

「この風呂敷魔法仕様なので……」

「質量の法則を無視している……っ、これだから魔法はッ！」

「え、イブラヒムさんって魔法がお嫌いなんですか？」

「別に好きでも嫌いでもありませんが、原理が解明できずただ「神の奇跡」でしかないものは気持ちが悪いと思っています」

それを嫌いって言うんですが、まぁいいでしょう。

「こちらのカボチャを用いて作ったのが、このプリンです」

「……まぁ、南瓜（パンジャ）はデンプンが糖になり甘みが増す野菜ですが……」

「さすがそのあたりの知識はありますね！」

「この程度常識です。貴方だって知っているではありませんか」

くいっと、イブラヒムさんは眉間に皺を寄せながら眼鏡を上げた。

「まぁ、いいでしょう。それでは頂きましょう」

「どうぞどうぞ」

「……」

一緒に持ってきた銀の匙を持ってイブラヒムさんが口を付ける。

まず無言。味わうようにゆっくりと召し上がられ、顔を顰める
「……なんだこれは」

ふざけているのか、と、敵意に満ちた反応。

「え、美味しくないですか？」

「味は良いでしょう。品としても十分、販売可能な域と言えます」

「ですよね、ですよね」

けれどその一口を食べたきり、イブラヒムさんは不機嫌になって、匙を置く。もう口を付ける気がないのは明白だ。じろりと私を睨み、テーブルがなければ摑みかかってきそうな様子だった。

「どういうつもりだ」

「どうって、液体である牛乳と卵液に、固形物の南瓜を混ぜたらそうなりますよね？」

「あぁ。ざらついた舌触りが不愉快だ。これはこういうものだと、出されれば納得するだろう程度だが……貴方が、こんな程度の物を作るわけがない」

さて、作りました南瓜プリン。

きちんと南瓜を蒸かして柔らかくして、裏ごしして生クリームと混ぜて、丁寧に、水分が少なすぎないよう、かといって多すぎないよう、丁寧に、慎重に、一生懸命作りました。

そうして完成した南瓜プリン。自分で言うのもなんですが、良い出来だと思います。

しかしそれを、イブラヒムさんは「失敗作を寄越した」という顔で私を睨むわけです。

「この食感が「当然のもの」であるのなら、不快感を与えることは……貴方の料理であればありえないはずです。貴方の作るものは、五感で感じる全てをその料理を引き立てるものにしている。つまり、これは……あえて私に不快感を与えたということですね？」

「そんな過大評価して頂いているとは思いませんでした」

おやおや、と私はにっこりと笑って小首を傾げる。

「食感については十分配慮したつもりです」

「嘘をつかないでください。このザラつき加減は、私がプリンを作った際の失敗作に似ています」

イブラヒムさんの失敗のそれはすが入ったからだと思うし、加熱し過ぎ問題だと思うのだが、まぁ舌触りうんぬんは似ているだろう。

「まぁ……ちょっと妥協して作った、というのは認めます」

あんまりに睨んでくるので、私は観念した、というように頬に手を当ててため息をつく。

「妥協？」

「人力での限界です……私は非力な幼女なので……普段力仕事はマチルダさんにお願いするんですけど、このプリンはお詫びの品だし、私がちゃんと作らないとと思ったんですが……」

少し考えるようにして、イブラヒムさんは再び南瓜プリンに口を付けてくれた。味わい、首を傾げ、口を開く。

「……不可能と判断した工程は材料の攪拌(かくはん)ですか」

「そうですそうです」

おっ、やっぱりこの人、科学者要素あるな？

閃くイブラヒムさんの瞳は明るい。キラキラしていて、なるほど、と頷きながら席を立った。

「私もプリンを作る際に、自分に力が足りないと思い知らされた工程があります。その際に……いくつか設計してみました」

研究室の方へ行って引っ込んだかと思えば、手に二つの道具を持ってきた。

「既に現物がある、だと!?」

「なんです?」

「いえ、驚きが凄いと言いますか……え!?　作ったんですか、これ!?」

「プリンを試作している段階で必要だと思ったので作りましたが、それが何か?」

いや、ただのプリンには不要だと思いますが……。

私はテーブルの上に無造作に置かれた、イブラヒムさんの作品二つを眺める。

一つは壺、というほど大きくはないが、小振りな容器。ただの器ではなくて、底に仕掛けがしてある。

もう一つは片手で握れる柄のついた三十センチほどの棒。その先端には金属が付いている。

「スタンドミキサーとブレンダーじゃないですか……」

「違います。「攪拌機壱号」と「弐号」です」

名前のセンス……ッ!

というか、これでプリンの卵液作ろうとしたら、違う風になるんじゃなかろうか。その辺も失敗の原因な気がするが、ここで指摘すると不機嫌になってしまいそうなので黙っておく。

……ミキサー作って欲しくてこんなやり取りをしたのだけれど、すでにブツができているとは……。

「えー！　名前はともかく、凄いじゃないですかー！　うわー！　凄い！　えー！　イブラヒムさん凄いですねー!!」

「ふん、この程度、なんでもないことです。元々拷問道具として二枚の刃を回転させて手を切断していくものや、内臓をかき混ぜる道具は暗部より依頼されていましたから、その応用です」

「うん、聞かなかったことにしますね！」

確かに拷問道具に使えそうな品ではあるが、目の前のこれは調理用なので気にしないでおきたいですね。

さりげなく語られてしまったアグドニグルの闇の部分ではあるが、まぁ、どこの国にもそういう部分はあるでしょう。うん。

「それじゃあこれで作り直しますのでー、」

「貸すとは言っていませんが？」

私がニコニコとブツを風呂敷の中に入れようとするのを、イブラヒムさんがひょいっと持ち上げて阻止しやがりました。

「なぜこの私が、貴方に自分の作品を貸し与えないとならないのです？」

「今そういう流れでしたよね？」

「貴方の力量不足で菓子が完成しないのは私には関係のないことですが？」

「どうせなら美味しい完成品を食べたくないですか？」

どうせイブラヒムさん一人じゃプリンを完成できないのだし、とは言わずにいるが、表情で伝わってしまったらしい。

「私だって作れます」

嘘つけ。

ふん、とそっぽを向いていますが、ただの意地悪をしたいだけでブツを二つも持ってきたわけではないらしい。少しして、まぁ、と得意げに胸をそらした。

「どうしても、というのなら貸してさしあげてもいいですよ」

「いや、まぁ、そこまででではないです」

ミキサーもブレンダーもあれば便利だけど、なくてもできる知識があるし、南瓜プリンのざらつき加減も、まぁ、別に南瓜の割合をもう少し多くして南瓜感をマシマシにすれば、それはそれで硬めずっしり濃厚南瓜プリンになるのでＯＫです。

なめらかつるつる食感の南瓜プリンができないだけで。

「……はっ」

しかし、私の頭の中には浮かんできてしまったッ！

考えたのがいけなかったのか！　私の祝福の能力、料理関係の知識であれば前世の世界にあるものは引っ張ってこられる、何の役に立つかわからない能力の発動!!

ミキサーがあれば簡単に作れてしまう美味しい物……ベイクドチーズケーキッ！　フレッシュジュース!!　じゃがいものスープ!!　スムージー!!

なくても作れなくはないけれど、あると画期的に楽になってしまう……！　それを、その快適さと、仕上がりの良さが浮かんできてしまった!!

「くっ……」

しかもこの二種類が作れているのなら……イブラヒムさんなら、作れる……ハンドミキサー!!

今はちょっとお時間のかかるメレンゲ作りも……！　あっという間に……！　カステラだって簡単に作れるようになってしまうのではなかろうか!!　イエッス!!　We can!!

私は膝から崩れ落ち、苦し気にうめいた。

「私には……イブラヒムさんが必要なのか……!!」

「そこまでの苦悩と理解は求めていませんが……!?　なぜ急に這い蹲るんです!?」

「イブラヒムさんがあんまりにも便利なので!!　くそうっ！」

「まぁ、私が有能で優秀で価値の高い人間であることは当然のことですが。貴方の悔しがる姿が見られてとても満足です」

この性格の悪ささえなければ、ぜひともお友達になって今後とも良くお付き合いしたいものだけれど、この性格なので、ミキサーだけ頂けないものかと本気で思う。

「くっ……イブラヒムさん、ミキサー貸してくださいッ」

「嫌ですが？　まぁしかし、ここはアグドニグル。一つ、陛下に倣い、取引をしましょう」

「……取引」

「簡単です。私は貴方を優遇する理由も必要も一切ありません。ので、私の作品が欲しい、というのであれば、私に貴方の有能さを示して頂ければ結構です」

アグドニグルは「有能」か「無能」かのジャッジを行うお国柄。

「……」

有能さを示せ、というのは、どういう意味でのことか。

私は黙り、口元を押さえて考えた。

何かイブラヒムさんの得になる知識の披露、ということだろう。あれこれと、前世で使えそうな知識が引っ張ってこられればいいが、私の能力は料理関係のこと。自然に覚えていることで、例えば電車の仕組みなど話せればいいが、細かいところはわからないし、いきなりそんなぶっ飛んだテクノロジーの話をしても信じて貰えるのか。

「……ありませんか？　でしたらお引き取りを」

「……一週間で、体を健康に、改善できる方法、では？」

「……何かの薬、いえ貴方のことですから、食べ続けることで効果のある料理か何かですか？」

「いえ、必要な道具は一切ありません。イブラヒムさんは筋肉量が少ないことや……その姿勢などから見るに、肩腰の痛み、頭痛、不眠などに悩まされていらっしゃいませんか」

「必要な治療は受けています」

ノンノン、と私は指を振った。

「もっと簡単に手軽に、一日たった五分ですっきり解決。継続は力なり……ラジオ体操です！」

「は？」

「音楽に合わせて、決まった順番の体操！　これを一週間、一か月続けることで気分爽快、すっきり健康です！」

突然何を言い出すんだこいつ、という顔をされるが、私は怯まない。ノリと勢いは大切だ。

私は「毎朝、正門の大鐘が六つ鳴らされる時にお誘いに来ます、まずは一週間お試しで一緒にラジオ体操しましょう！」と畳み掛けた。

「な、なんで私が……」

「イブラヒムさんに足りないものは健康と筋力です！　それが一日たったの五分で解決できるというのに、やらないのは愚かだと思いますが⁉」

「この賢者である私が愚かだと……⁉　わかりました、そこまで言うのでしたら、ふん、一週間、付き合いますよ！　効果がなかった際は、何か罰を受けて頂きますからね！」

ははっ、チョロいねこの人！　わーい。

私はさっさと帰り支度をして、白梅宮に戻った。

音楽は……ピアノがなかったので、打楽器でそれっぽい音楽を演奏して貰えるようシーランにお願いすると、女官で良いところの出のアンがその方面の教育を受けていた。

アンにラジオ体操の音楽を口伝でお伝えし、なんとかそれらしいものが演奏できるようになり……。

……翌朝から、私とイブラヒムさんのラジオ体操週間が一週間、始まるのだった。

7　寒い冬の臆病者

青い空に白い雲！　アンド、目の前に広がる白銀の世界！

私の宮である白梅宮はその名の通り白梅の木が多く植えられている場所だが、そこは現在すっぽりすっかり、雪に覆われていた。

アグドニグルの本格的な冬が始まる前には大雪の予行練習としてヤシュバルさまが雪を降らせる「大寒冬（アショク・ナンダ）」というイベントがある。いや、イベント扱いしたら不謹慎なのか、まぁとにかく。ヤシュバルさまが首都ローアンに大雪を降らせ、市内のライフラインがきちんと通常通り機能するか、建物の老朽化の確認などなど。備えあれば憂いなしである。

ちなみにこの大寒冬、他国にアグドニグルの力を知らしめる役割も担っているそう。それはそうだろう。何の予告もなしに、自分のところの首都、あるいは要所に大雪を降らせられたら、ほぼ間違いなく、大量の死者が出る。

……毎年行っていることなのに、なぜレンツェは……アグドニグルに喧嘩を売れたのだろうな、本当に……。

「わたあめー、わたあめ！　うわすっごい、完全に、完璧に、雪と同化していますよ！　わからない！　完全に隠れられてる！　わたあめ凄い!!」

まぁ、レンツェの愚かな振る舞いは、今はいいとして、私は太陽が真上になった頃、やっと部屋から出ることを許された。誰にって、ヤシュパルさまだよ！　真剣な顔で「シュヘラを部屋から出さないように」とシーランに厳命されていました。

おかげで私は雪が降り積もる様子を見ることもできず……お昼過ぎまで部屋で大人しく、ぬくぬくと火鉢に囲まれて過ごしたわけですね。

しかし！　もう十分太陽が昇ったので!!

「わたあめ見ーっけ！」

「きゃわわわーん！」

私はわたあめとお庭で駆けまわり、かくれんぼや鬼ごっこをしていた。

さすが雪の魔獣のわたあめはこの雪の中でも寒そうな様子を少しも見せず、大変元気だ。残念ながら雪合戦はできない。わたあめは……雪玉は握れないだろう……。

イブラヒムさんあたりが来てくれたら雪玉を投げつけて強制参戦させられるのだけれど……イブラヒムさんやスィヤヴシュさんは大寒冬の記録作りやらなんやらでお忙しいらしい。皆ちゃんとお仕事をしていらっしゃる。

「……この、良い感じのタライ……これは、ソリになるのでは？」

かくれんぼも一対一だとさすがに飽きてくる。私は広いお庭で新たな遊び方を模索していた。

そこで用意したのは、金属製のタライ。そのまま座るとお尻が冷たいので座布団を敷く。

それをわたあめに引っ張って貰うと……これは、良い感じのソリになるのではなかろうか？

「はっしれそりよ〜。かぜのように〜。おかのうえを〜」

ふんふん、と私はにっこり笑う。

歌詞はうろ覚えだが、メロディーは完璧だ。雪の夜に白髪の老人が不法侵入して未成年に無差別に物資を提供するイベントはアグドニグルにはないが、冬！　雪！　という状況では……自然、私の気分はジングルベル。

「わたあめ、これに乗った私を引っ張れる？」

「きゃわん！」

小さいが雪の魔獣。大人が引く力より何倍も強い力を持っているわたあめは私の意図を理解してくれたようで、シーランが用意した紐を体に巻き付けて駆けだした。

「まっ、うわっ、速いですよ!?」

「きゃわーん！」

まさかの全力疾走。

大変嬉しそうなわたあめ。あれだ。言葉はわからないが……「ご主人様を乗せて駆けるぼく！有能!!　従魔やってるー!!」とでも言うように、ご機嫌だ。

普段ただの可愛いマスコット扱いされていることにわたあめご本人（ご本犬？　ご本魔獣？）も思うところがあったのだろう。

私はただ……ソリっぽいものに乗って、ジングルベルが歌いたかっただけなのだが……。

「っと、あまりはしゃぐと怪我をするぞ」

お庭でジェットコースター体験をすることになるとは思わなかったなー、と素早く通り過ぎていく景色を眺める余裕もない私の耳に、どすん、と軽い音と、静かな声。

「きゃわっ？」

「元気があって大変良いが、この光景をヤシュバルが見たら卒倒するのでここまでだ」

「陛下！」

全力ダッシュしていたはずのわたあめをひょいっと腕に抱き上げたのは、赤い髪に軍服姿のクシャナ陛下。

私は黒子さんたちにタライごと持ち上げられている。

お忙しいはずだが、何か御用だろうか。

とりあえず私は白皇后から教わった「貴人としての挨拶」を行い、陛下は満足気にそれを眺め頷かれる。

「……今、そなたが……恐ろしいことをしてたと報告を受けてな」

「……恐ろしいこと？」

私は自分に陛下の監視があったことには別に今更驚かない。知らなかったが、まぁ、そういうこともあるだろう。

「……うむ」

陛下が真顔になられる。

なんだろう。雪遊びは駄目だったのか。いや、しかし、ヤシュバルさまじゃあるまいし、陛下はそこまで私に過保護ではない。

何をしてしまったのだろうかと私が身構えていると、陛下は重々しく、ゆっくりと口を開いた。

「JA〇RACが来るぞ」

「……はい？」

え、何？　ジャ……？

「正直、そなたのラジオ体操もギリギリだと思っていたのだ……しかしあれはまぁ、イブラヒムが関与しているので音楽だけが広まることにはならんだろうが……危惧していたのだ」

……なんの話だろうか。

いや、なんとなく、わかるにはわかる。

私は額を押さえて整理した。

「……つまり、私が前世知識で音楽を……「自作しました」と広めないよう、監視されていたんですか？」

そういうつもりはないのだが、確かに、うっかり人に鼻唄を聞かれて「白梅宮の姫君が作られた曲だ」と思われる可能性も、あるかもしれない。

「具体的には、万が一、それが世に広まり、利益収入が出るようになってしまった場合だな。JA〇RACが来たらまずい」

「……え、えぇ……？」

「私もな。こう、「陛下って音楽の才能もあるんですね♡」とチヤホヤされたくて、あの世界の有名な音楽の自作発言をしようかと思ったことがあるのだが」

「それは駄目じゃないですか」

「神が降りて来て教わったとか適当に言えば音楽の素養がなくてもいけるだろ」

祝福とか神託がある世界ならではの言い訳である。

「だがな……ふと、思ったのだ。もし万が一……ＪＡ○ＲＡＣに気付かれたらまずい、とな」

「ＪＡ○ＲＡＣ」

ＪＡ○ＲＡＣとは、前世の地球の、日本に存在していた組織だ。ざっくり言うと、著作権を守り、作詞者・作曲者の権利を守り、それらが第三者に使用された場合の使用料の回収、権利者への分配をしてくれる団体である。

「いや、え、気付くもなにも……え？」

「ありえないと思うかもしれない。が、こうして、別の世界から私やそなたのような転生者が存在している以上……何かの拍子に、ＪＡ○ＲＡＣがこの世界に気付くかもしれない」

どういう理屈だろう。

だが陛下は恐ろしいと言わんばかりに体を震わせ、本気で怖がっていらっしゃる。

背後では黒子さん達が「無断使用駄目絶対」と書かれた板を掲げている。

「自作発言がまずいのなら、こう、どこか適当に滅ぼした国にモーツァルトとか美空○ばりという名の音楽家がいたという記録をねつ造しようとも思ったが……ＪＡ○ＲＡＣは、ＪＡ○ＲＡＣの回収は……そんな小手先のごまかしは通用しない……！」

どんだけ怖いんですかＪＡ○ＲＡＣ。

あれか、陛下、前世で何かあったのか。

「とにかく、そなた。今後気を付けるように。後宮は流行の発信地であるしな」

咳払いをして陛下は私の頭を撫でた。

「うむ。雪の中で駆けまわる元気があるのは大変よろしい。顔色も良く、そなたが心から雪を恐れず楽しんでいるのがよくわかった。これならヤシュバルが来ても良いだろう」

「？」

「あれはそなたが自分の雪で怯え、恐れ、嫌うようになると思っていたようだ」

「あの人なんで自己評価が低いんですか？」

まぁ、確かに、エレンディラはヤシュバルさまがレンツェに降らせた雪で死んだし、私も凍った池の中で震えていたわけですが……何を今更気になさっているんだろうか？

なるほど、陛下のＪＡ〇ＲＡＣ発言は言い訳のようなもので本題はこちらのようだ。

態々陛下がいらっしゃることでもないと思うが、ヤシュバルさまは本気でこの大雪で、私がヤシュバルさまを怖がって嫌うようになるとお考えになられたのだろう。

「罪悪感と責任感だけで私を養うの、そろそろやめて頂きたいんですけど、どうにかなりませんかね？」

「そなたの接し方にも問題があると思うが、まぁ、良い」

ちっとも良くありませんが、陛下にこれ以上何か言うのも、まぁ、意味はないだろう。

私はその後、陛下と今夜お出しする料理の話、折角の雪なのでかまくらでも作って中でお鍋でもしようかと、そんな雑談をした。

結局ヤシュバルさまが私と会ってくださったのは「これ以上都が冷えると陛下が風邪を召されるかもしれない」とコルヴィナス卿が都中の雪をすっかり溶かしてしまってからだった。

3章　夢十夜

第一夜

日記をつけるようにと白皇后陛下にすすめられたので、そのようにし始めました。

文字の勉強にもなるし、誰に見せるわけではないけれど、こうして記録していると自分が何を記録したいと思っていて、何に興味がないのかよくわかる。

千夜千食、本日は二百九十九品目。大神殿レグラディカから新鮮な牛乳と生クリームが届けられたので、それをゼラチンで固めたパンナコッタ。

大きな型で作って、スプーンでお皿に盛りつけ。そこにカラメルソースをたっぷりと垂らす。簡単だけれど、沸騰させず八十度程度に保つこと、冷ますための大量の氷が必要であること、当然だけれど衛生管理がしっかりされていることが大前提であるなど、この世界でこれを口にするには「贅沢な環境」が必要だ。

日記に材料や詳しい手順を記していく。陛下に献上した際には、書記官の方が私が話す料理の説明を記録してくれて、それが別室に待機している新聞社の記者さんへ渡される。

毎朝発行される「昨晩の陛下のご様子」コラムはローアンでは大変人気だ。やはり有名人の私生活の切り売りは皆興味津々なんですねぇ。

＊

真夜中に首を絞められる夢を見た。細い指先が食い込むものだから、普通に絞められるより少し痛いなぁと、そんな風に思うのは母親以外にも首を絞められたことがあるからだった。

昔は艶のあるうつくしい黒髪だったという母。砂色の肌に神秘的な黄金の瞳。彼女がうつくしかった頃を知らないけれど、きっとさぞうつくしかったのだろう、と、「うつくしい」という言葉の意味はわからないが、母という女がよく口にした言葉であったので、そのように思った。

「……泣いてるのはエレンディラ。私じゃありませんねぇ」

おやおや、と、ぱちりと目を開けて私、シュヘラザードは目を覚ます。真っ暗、ではなくて、ぼんやりとした灯りのある白梅宮(ヴェレス・ディネイシュ)の寝室。正確には新白梅宮(イル・ヴェレス・ディネイシュ)だけれど、旧白梅宮を知る人は殆どいないので、新(イル)と付けられても不思議そうに首を傾げられることが多かった。

「おや、これはこれは、ご主人さま。如何(いかが)なさいました」

喉が渇いたので果物でも切って貰おうかと廊下に出ると、見慣れない青年が声をかけてきた。白い顔が半分だけの、やけどで爛れた貌(かお)。真っ白い服を着ていて、私に気付くと白い頭巾を被った。

見覚えはなかったけれど、陛下の黒子さん達の色違いのような服装。口元を布で覆い隠して、目元だけが出ている。

「こんばんは」

「はい、こんばんは。ご主人さま」

如何なさいましたか、と、白子（？）さんがもう一度聞いてくる。喉が渇いたんですが、と控えめに言うと「それは困りましたね」と頷かれる。別に困っているほどではないけれど「そうなんです」と神妙な顔で頷くと白子さんは「ええ、わかります」ともう一度頷いた。

真っ暗い廊下。灯りがなく、ぼんやりと輪郭が見える。

「今夜は暑うございますものね」

「暑いですよね」

夏だったか。今は。

白梅宮が燃えて、新しい白梅宮になったのは、夏だったか。思い出そうとしても、頭が寝起きでぼんやりしていて、はっきりしない。

「危のうございますので」

と、白子さんが手を差し出してくれた。白い踵を追いかけるより、手を繋いで歩いた方が危なくないかもしれない。触れると手が熱かった。なので今は夏なんだろうと納得した。

ギャアギャアと外で何か、鳥のようなものの鳴き声が聞こえる。

「夜なのに」

「夜に鳴く鳥もおりましょう」

「なんだか、こわいですね」

「なに、この宮へは入らせませぬ」

ご安心ください、と振り返って、微笑んだのが見えずとも気配でわかった。

てっきり、食房へ連れていってくれるのだろうと思っていたけれど、一向につかない。真っ直ぐ廊下を歩いて、時々曲がって、の繰り返し。私の宮はこんなに広かっただろうかと、いや、子供の足なのだし、真夜中だし、そう感じるのかもしれないとついていく。

そうしてもう少し歩くと、大きな部屋。椅子と机があって、明かりがある。

こんな部屋はあっただろうかと思いながら部屋に入ると、違和感。

扉がある。

三つ。

けれど、違和感。白梅宮は、ローアンは、アグドニグルは、中華ファンタジー溢れる世界。建物の造りは、引き戸だ。それなのに、扉。ドア。ドアノブが付いていて、鍵が机の上に三つ並べてあった。

＊

「おはようございます、シェラ姫さま」

「…………うん？」

朝。

朝日が眩しい。朝。

シーランがそっと声をかけて起床を促し、アンがお湯の入った器と顔を拭く布を用意してくれる。

「……」

うん？

「どうかされました？」

「いえ……夢、を」

見ていたんでしょう。と、私は頭を振る。夢の中で、誰かと話をしていた気がするが、誰だったか。アンやシーランではなかったけれど、白梅宮の人だった。

「良い夢ですか？」

と、アンが私の髪を梳かしながら聞いてくる。朝の世間話。頭を段々はっきりさせるための刺激は必要だ。

「なんか、全体的に暗かったです」

「怖い夢ですか？」

「なんか、鳥が絞殺されるような音は聞こえましたね」

「怖い夢ですね……!? 大丈夫ですよ、シェラ姫さま！　もうすっかり明るいですし、あたしがおりますからね！」

幼い子供がそんな夢を見ていたら怖いだろうと、アンは真剣に心配してくれる。

……これで第三皇子のスパイじゃなければ、本当に、アンは良い子なんだけどなぁ……。

「シェラ姫様。朝早くから申し訳ありませんが、大神殿レグラディカの神官が、姫様に献上品をと訪ねてまいりました」

「二日続けてですか？」

昨日乳製品を頂いたばかりだ。今朝新聞でパンナコッタの作り方が公開されたら、乳製品を「お礼の品」として扱う大神殿はそれなりに忙しくなるはずなのだけれど、予想がはずれて暇なのか。

「？　いえ。神殿の者が来るのはひと月ぶりでございますが」

「昨日、牛乳をくれたじゃないですか。それで昨晩、パンナコッタを陛下に献上できたんですし」

「？　昨日？　姫君はカラアゲなるものを作られ、皇帝陛下はいたくお気に召されていらっしゃったかと存じます」

「カラアゲは一昨日ですよね？」

あれ？　と、私は首を傾げる。

けれどシーランが私に嘘をつく理由がない。私は日記を開いて、最後の頁を確認した。

……作った料理はからあげになっている。

「……うん？」

＊

「うむ。この舌触りの滑らかさ。プリンとはまた異なる美味たるもの」

「……」

今夜の献上品として、作りましたパンナコッタ。それを金の器に入れてお出ししたところ、皇帝陛下の高評価。

……もし、続けて二夜同じ物を出していたのなら、陛下は不快感を露わにされていただろう。それが、初めて食べたという反応。

昨晩のからあげについても再度「あれは本当に良かった。また頼む」と昼食での希望を出されたので、やはり、私が昨日作った料理はからあげで間違いないのだろう。

うーん？

……デジャヴ？　そんなことがあったような気がしただけ。

あるいは、夢で今日のことをぼんやり見たのか。

女神や魔法のある世界なら、そういうこともあるのだろうか。

「どうかしたか、シェラ姫」

「いえ。なんだか……ぼんやりしてしまいました」

申し訳ありません、と謝罪すると、陛下は「夜、子供を付き合せるのはよくないか？」と今更ながらな疑問を口にされる。

「朝にするとか？」

「それでは千夜一夜のマネができません」

「それはそうだな。そなたは私のシュヘラザードなのだから、やはり夜、寝所に招こう」

器を下げて、陛下と歓談して、いつものように退室する。

新白梅宮に戻りながら、見える外の景色を眺めると冬の空は寒々しく鳥もいない。

うーん。

自室に戻って、私は日記を広げた。

「朝起きて、神官さんたちから牛乳や生クリームを貰って。今夜のメニューを雨々さんと話して、マチルダさんの作ったサンドイッチを朝食に食べて……」

午前中は白皇后のところで礼儀作法の勉強。午後からはスィヤヴシュさんの診察と治療を受けて、その後軽く体を動かす。

おやつを食べて夕方までの少しの時間にパンナコッタの仕込みをして、陛下にお会いするための湯あみやら何やらの準備をする。これが一番時間がかかる。

いつもとあまり変わり映えのない日だった。

なのに違和感。同じ日を一度経験したような覚えがあるからか、違和感。

「うーん」

第二夜

げほり、と咳をすると、掌に白い歯が零れ落ちた。小さな歯だ。唾液と血液が混ざって、ピンク色のねばっけのあるものが一緒だった
これは夢だなと、私は頷く。

抜けたのは奥歯で、舌で口の中をさぐるとぶよぶよとしたものが、抜けた歯の隙間にあった。

私は幼女なのだから、歯が抜けることもあるだろう。けれど、抜ければ新しい歯が下からぐいっと、タケノコのように伸びてきているはずなので、何もないこれは、なるほど夢なのだと合点がいく。

「と、なると、夢の中の私はエレンディラでもシュヘラザードでもないのでしょうか」

「と、おっしゃいますと」

目を開けて、すぐに入った視界には真っ白い布で顔を覆った白子さんがいる。背の高い、ぼうっとしていればでくの坊にも思えてしまうほど、大きな体が礼儀正しい視線であるので、品がある。

「白子さん」

私が呼ぶと、白子さんはお辞儀をした。

名前は白子さんではないだろうに、私がそう思っているので否定はしないということだ。

「これも夢ですか?」

覚えのない部屋。いや、昨晩来た、いや、あるいは、夢の中で入った？　部屋。今は丸いテーブルの上に、鍵が三本置いてある。部屋の向かい側には扉が三つ。

ザァザァと雨の音。外は大降りのようだった。

「鍵があって、扉がある。ってことは、使って開けろ、ということでしょうか」

夢の中で夢を見て、その夢から覚めたら今で、これも多分夢だと思うのに、今は意識がはっきりしている。歯が抜ける夢。口の中に広がった鉄っぽい味をよくよく覚えているけれど、あれは夢だったと、折り合いがつく。

「ご主人様のご自由に」

私が鍵を三つ、ガチャガチャとさせていると白子さんは静かにそれを見守った。シーランやアンではなくて、この人が夢の中に出て来る理由はなんだろうか。そんなことも考える。私に対して敵意はないし、この夢の中に「鍵」と「扉」という、意味ありげな物があって、その場所まで連れて来てくれたということは、味方ととらえていいのか。

「……まぁ、意味ありげな鍵に扉、ですからね。使ってみるのがいいでしょう」

夢の中なのだから、何かあっても起きればいい。

そう思って立ち上がって、鍵を手に取る。

鍵は三色。金色の鍵は、金色の扉に使えるのだろう。挿し込み回してみるとガチャリと開いた。

＊

「……これはなんの行列ですか？」

明るい光が一瞬。

場所が変わった。夢の中なので、何でもありなんだなぁと感心する。

大きな、宮殿のようだった。ただし、朱金城ではない。

アラジンと魔法のランプにでも出て来そうな……アラビアンチックな、どこぞから歌やらお香の良い香りが流れてくるお城の中。

長い階段があった。そこには行列ができていて、私は階段の下に立っているようだった。

ガヤガヤと騒がしい。並んでいるのは老若男女。活気があって、皆何か言っているけれど、夢の中なので、それはよくわからない。

近づいてみると、私に気付いた男の子が一人、ぐいっと私の腕を引っ張った。

「あれ？　カイ・ラシュ？」

「？　誰だよそれ。おれは違うよ」

顔はどう見てもカイ・ラシュで、声もそうなのだが、当人は違うと言う。着ている物もカイ・ラシュが着るはずのない、平民が着ているような質素なものだった。

……夢の中なので、まぁ、登場人物の顔が知っている人の顔になることも、あるのか？

「おまえ、横入りする気だろ。駄目だぞ」

「いえ。そういうつもりはなくて……なんですか、この行列」

「なんだ知らないのか？」

「教えてくれますか？」

「仕方ないなァ」

カイ・ラシュの姿の男の子は、カイ・ラシュらしくない口調で肩を竦める。お兄ちゃんぶっているのが可愛い。

「金のガチョウをくれるっていうんだ。だから、並んでんだよ。王様がさ。何でもいいから、自分に「そんなことはでたらめだ！」って言わせる話をしたらくれるって」

ははぁん。暇を持て余した金持ちの戯れですね。

それで、参加資格は誰にでもあるので（ただし一度きり）、皆が列を成しているそうだ。

「おれの兄ちゃんや父ちゃんが先に並んで挑戦したんだけど、駄目だったんだ。で、しょうがないからおれも行ってこいって」

「お兄さんたちはどんな話をしたんです？」

「兄ちゃんは「自分の妹は世の女性たちと同じく、長い髪をしているのですが。並と異なるのはその長さが塔のてっぺんから下まですっかりついてしまうほどでございます」って話したんだ。もちろんでたらめさ。そんなやついるわけないだろ？　そうしたら、王さまはさ、「お前の話はつまらないな。そんな女はどこにでもいる。私の知る長い髪の女は塔の中で暮らしていて、その塔にははしごがない。だから、育ての親が下に来ると、女は長い髪を垂らして、親はそれを使って登るのさ」だってさ。兄ちゃんは思わず「そんなことはでたらめだ！」って叫んじゃって、まぁ、駄目だったわけ」

父親の方の話も「その話より、私の知るこちらの方が」と、より面白い話を語られて終わった。

男の子が話すと、並んでいる他の挑戦者の人達も「自分の家族も」「自分の知人も」と、あれこれ失敗談を語ってくれた。

髪の毛のない男が夢に見た、色とりどりの髪が咲いている樹の話。

人の言葉を話すクジャクがくれた虹色の木の実の話。

私からすれば、どれも奇天烈で面白い話ばかり、ではあるが……王さまは彼らの話より「もっと詳しく、面白い話」をご存じなのだ。

なるほど。王様にとって真新しさがない話は失格なんですね。

この長い行列。いつからあるのか知らないけれど、すくなくとも男の子の家族が並んで話し終わって、まだ行列ができているのだから、既にかなりの人間が王様にあれこれと奇想天外な話をしているはずだ。

それでも挑戦は終わらない。

「……これ、悪循環では？」

列から少し離れ、私は首を傾げる。

夢の中のことなので、まぁ、普通に考えて……この金のガチョウゲット！　が私の目標になるんだろうけど……。

次々に人のいろんな話を聞いていけば、当然王さまの話のストックがどんどん増えるだけだ。そこから更に「こんな話はでたらめだ！」と思わず言ってしまうような話を……王さまより話のストックが少ない人間が達成するのは、ほぼ無理では？

「うーん」

でもまぁ、並んでみないことにはどうにもならないので、大人しく列には並ぼうか。

「なぁ、おまえさ。ちょっと変わった恰好してるし、きっと変な話も知ってるんだろ？　だから一人で来たんだろ？」

「え？」

私が列の最後尾を探そうとうろうろしていると、カイ・ラシュの姿の男の子が手招きしてきた。

「あのさ。もしおまえが上手くいったら、ガチョウの羽根を何枚かわけてくれよ。そうしてくれるなら、おれのところに並ばせてやってもいいぜ」

「え？　いいんですか？」

折角ここまで並んだのにもったいなくないか？

私が驚いていると男の子は肩を竦める。

「兄ちゃんや父ちゃんより面白い話をおれができるわけないし。可能性があるならこういうのも作戦ってやつだろ？」

「なるほど……」

カイ・ラシュという私にとって「味方」の姿をしていたのは……この夢でのお助けキャラ、という設定故なのか……。私は妙に納得してしまい、男の子に順番を譲って貰った。

そうすると、夢の中は便利なもので、あれよあれよと列がさばけていく。

「おまえの話はつまらないな」

と、ついに、王さまらしい人の声が聞こえてくるまでの距離になった。

「王さま、王さま。どんな顔かな～」

ひょいっと、私はがんばって列の先頭の方が見えないかと背伸びをするが、無理そうだ。

自分の順番になるまで見えない、そういう仕様なのかもしれない。

それから暫くして、やっと私の前の人が話しに行って、失格になって、私は王さまのいる玉座の方へてこてこと歩いていくことができるようになった。

「なんだ、次は。異人の女か」

玉座というか、大きなクッションを何個も重ね、金銀財宝を辺りに散らばせた、いかにもアラビアンチックな王さまの風体。長いガウンに、ゆったりとした服装。ごちゃごちゃとした装飾品。

……眉間に寄った深い皺。

丸い大きな眼鏡。

「王さま役、イブラヒムさんか――――――――！！！！！！！」

私は全力で叫んだ。

＊

「はっ……叫んだら起きちゃったじゃないですか、イブラヒムさんのアホー！」

「……シェラ姫様？」

朝の眩しい光が燦燦と降り注ぐ、新白梅宮の寝所。

私が目を開けるなり、体も起こさず叫んだので、そろそろ起こそうと近づいていたらしいシーランがびっくり、と目を見開く。

「あ、シーラン。おはようございます」

「おはようございます、シェラ姫様」

すぐにアンがお湯の入った器を持ってきてくれて、始まる私の朝の身支度タイム。

「……一応、念のために……聞いておきたいのですが。もしかして、神殿から乳製品のお届けとか、来ていませんか？」

夢の中でちょっと進展があったのだから、変わっていないだろうかと期待を込めて聞く。

「まぁ、シェラ姫。なぜそれを？　大神殿レグラディカの神官が、姫様に献上品をと訪ねてまいりました」

「あまり早いので失礼だって、シーラン様はお怒りなんですよ」

「アン」

窘められてアンは頭を下げる。

私は日記を開き、日付と昨晩作った料理の確認をする。

二百九十八品目。からあげ。

「うーん……エンドレスデイ」

どうしたものか。

＊

「白梅宮は壮麗なる姫君、シュヘラザード様。神聖ルドヴィカの祝福がありますように」

「ありがとうございます。朝からわざわざすいません。えぇっと」

昨日とはちょっと違うことをしてみよう、と私は自分から神殿の神官さんに会うことにした。前回、前々回はシーランが対応してくれて、私は神官さんには会っていない。

牛乳と生クリームを届けに来てくれた神官さんは、覚えのない若いお兄さん。

黒髪で、前髪が長くて、頭を垂れていると目元が見えない。

「これは申し遅れました。わたくし、神聖ルドヴィカより参りました。モーリアス・モーティマーと申します」

「私が神殿にお世話になっていた頃は、お会いしたことがなかったと思いますが……」

「はい。先日、本国より異動になった身でございます。姫君にお目通りする機会をこの度頂けて、光栄です」

なるほど、それで下っ端神官さんの服ではなく、きちんと正神官さんっぽい人なのにお使い役になったのか。

「メリッサは元気にしていますか？」

「偉大なる女神、レグラディカ様はわたくしのような卑しい者の前には、御姿を御見せにはなりません。ですが恙なくお過ごしかと存じます」

マカロンとか置いたらすぐに来そうな気がしますが、まぁ、メリッサも信徒たちの前では女神モードで威厳を保っておきたいのだろう。

モーリアスさんはとても話しやすいお兄さんで、柔らかく穏やかな雰囲気の人だった。私が乳製品のお礼を言うと、にこにこと微笑み丁寧に頭を下げる。

「祝福を抱く姫君のお役に立てましたなら幸いです」

「神殿の牛乳はとても美味しいので、本当に嬉しいです。寝る前にホットミルク……温めた牛乳に蜂蜜を少し入れて飲むと、すぐに眠れるんですよ」

あ、しまった。と私は思った。

これは本当なら「今日」この神官さんがシーランにおすすめするはずだったことだ。

「昨日」の夜も、私は神殿から貰った牛乳のホットミルクを飲んでいる。牛乳を届けてくれた神官さんがシーランに「よろしければこのような飲み方を」と教えてくれて、それをシーランが作って用意してくれた。

さすが聖職者、モーリアスさんは自分が言おうとしていたことを幼女が言っても「自分も同じことを知っています」とは言わない。それどころか「姫君は博識でいらっしゃいますね」と褒めてくださる。聖人か？

＊

「……うん？　うーん……？　あれ？」

午後。私の診察を始めたスィヤヴシュさんが、私の眼球の動きを確認するなり、首を傾げた。

「ううん？　うん？　うーん……？　うん？」

「え？　え？　なんです？　何……？　何かあります!?」

うーん、と首を傾げるスィヤヴシュさん。

「昨日」の私のカルテを手に取って確認して、また首を傾げる。

え、何。怖い。

普段ちょっとお酒に目がなかったり、おふざけな言動の見られるスィヤヴシュさんだけれど、そのお医者さんとしての腕はアグドニグルでも「特級」と位置付けられる方の、この反応。

「何かあります!?」

「うーん……大したことじゃないんだけど……シェラちゃん、君、なんか、呪われてない？」

「大事(おおごと)では？」

「うーん、でも、これ。うーん……なんか、弱いっていうか、ちょっと目の中にゴミが入り込んだ程度っていうか……寝れば治る程度なんだよね～。こう、紙で指先ひっかいちゃった、くらい？」

　でもなんでだろー、と、スィヤヴシュさんは訝る。

「昨日はこんな兆候なかったんだよねー。でもこれ、なんか……今日初めて呪われたってやつじゃなくて……呪われてから結構経ってる？　でも、シェラちゃんのことは僕が毎日診てるし……うーん。なんだろこれ？」

　カキカキ、とスィヤヴシュさんはカルテにあれこれ書き込んでいく。

「え、これ、え、大丈夫なやつですか？」

「うん。そんなに強いものじゃないし、シェラちゃんは祝福持ちだから、時間が経てば消えるよ。一日や二日でどうなるもんじゃないから、まぁ、明日ヤシュバルが視察から帰ってくるまでは様子見かな～」

「え～不安なんですけど～」

　そもそも明日が無事に来るのか？

　あ、でも、明日が来ない、のなら、この呪いはずっと同じ状態のままかな？　同じ日を繰り返して髪の長さが変わっていないのなら、これも同じようなものか？

「あ、そうだ。スィヤヴシュさん」

「うん？」

「イブラヒムさん、今日は研究室にいますかね？」

＊

さて、白梅宮には私の超個人的な台所がある。

陛下へお出しするお料理などは雨々さんとマチルダさんが仕切る食房で作るのだけれど、ヤシュバルさまが「君が好きに遊べるように」と、こぢんまりとしたお台所をご用意してくださいました。

たぶんあの人、この期に及んで、私が料理するのおままごとの延長だとか思ってらっしゃるよ。

ここは基本的に誰も入ってこないように、掃除片付けも全部私が行う。材料の消費期限の管理や、整理整頓。こうしたことが私は嫌いではない。

L字形の、動線が可能な限り短く済む配置の台所で、私が並べたのはまずはジャガイモ。

ジャガイモは皮を剝いて、まずは五ミリほどにスライス。それを並べて千切りにして、水に浸けておく。

その間に、早朝から仕込んでおいたサワークリームさんのご様子を確認する。

「うんうん、良い感じに発酵していますね」

牛乳とヨーグルトを混ぜて作れるお手軽版サワークリーム。本来なら一日半発酵させたいところだが、私に「明日」が来るかどうかがまだわからない！

ぺろっと味見すると、きちんと爽やかな酸味の良い感じ。

「白皇后のところでお勉強してると……口から出す単語一つひとつに……気を遣うから……解放されると、語彙が……死ぬなぁ」

何もかも「良い感じ」で駄目なんだろうか。駄目なんだろうな。

ボウルに塩コショウ、卵、しっかり水気を切った千切りのジャガイモ、辛子、お酢、砂糖を入れてざっくりと混ぜる。

「あとは油を一センチほど鍋に入れて熱してー、具材を平たく延ばしながら揚げれば良い感じですねー」

バジバジと油が跳ねる。水切りが足りなかったか……クッキングペーパーが欲しい。本当に欲しい。アグドニグルに紙はあるけれど、クッキングペーパーってどうやったら作れるんだろう……。そもそも、記録を残すための貴重な紙を……使い捨て、油を吸うためだけに……使わせてくれるだろうか……。

＊

「と、いうことで、上手に焼けましたので、休憩して食べてください王さま、じゃなかった、イブラヒムさん」

「…………………」

研究室に行きますよ、ときちんと先ぶれは出しました。一応、私の方がイブラヒムさんより地位が上（宮持ち）なので、イブラヒムさんに基本的に拒否権はありません。

物凄く嫌な顔をして迎えたイブラヒムさんは、私が腕に抱えているバスケットをじぃっと見つめてから、物凄く嫌そうな顔のまま、研究室に入れてくれました。

「……で、なんです？」

「はい。これは、レシュティというジャガイモ料理でして、薄く、可能な限り薄く、カリッカリに揚げたものに、サワークリームと蜂蜜をかけて甘じょっぱいを楽しむ、良い感じのおやつです」

「良い感じの。貴方、白皇后のところで礼儀作法を習っているのに、身についていないんじゃないですか」

「イブラヒムさん、私に『賢者様におかれましてはご機嫌麗しゅう存じます。こちら、春の芽吹きの祝福を受けました甘美なる一品でございますのよ』って挨拶されたいですか」

「止めろ、吐き気がする」

「偶然ですね、私もです」

イブラヒムさんが興味があるのは私の料理だけだし、私もイブラヒムさんの頭脳にしか興味がありません。

お茶を出され、それをゆっくり飲んでいると、イブラヒムさんがジャガイモ料理を食べ始めた。

「……」

美味しいと。まぁ、口に合ったのだろう。眉間に寄った皺がまた深くなる。もぐもぐと、無言で召し上がられ、時々お茶を飲まれる。ふと、この料理には別のお茶が合うと思ったらしく席を立ち、私の分も新しく入れてくださる。

最初に出て来たのはウーロン茶っぽいものだったが、新しいのはお花が浮いていた。

「この賄賂の目的は」

「賄賂って……まぁ、合ってますけど。イブラヒムさん、ちょっと知恵を貸して欲しくて」

「フン。なんです？」

「なんか面白い話知りません？」

実は、と、私は夢の中で変な金のガチョウの配布をのたまう王さまの話をした。

「夢の中のことでしょう」

「夢の中なんですけど、なんかこう、次に見た時に王さまをギャフン、と言わせたくて」

「誰のどんな話を聞いても驚かず、それより上位の話を知っている、あるいは思いついている知恵者ということですか……」

芋料理を食べた以上、イブラヒムさんはきちんと相手をしてくれる。そういうところは律儀である。

「例えば、自分の娘は木の中から生まれたのです。とか話しても、王さまは「それだけか？　そなたの話はつまらないな。私の知っている娘は、珍しい竹という植物から生まれて、金色に光り輝くほどの美しさだ。あまりに美しく、求婚者があとを絶たないので、養父は四つの宝物を持ってくるようにと条件を出した」って、その四つのお宝をめぐる冒険譚を話し始めちゃいまして、あまりに奇想天外な話過ぎて、挑戦した人の方が「そんな話はでたらめだ！」って叫んじゃうんですよね」

「実際私も似たような話を知っていますね。木から生まれるくらい、よくあることです」

そうかなぁ……。

ふん、とつまらなそうに鼻を鳴らすイブラヒムさん。

「しかしこの……料理……単純そうですが、甘い物と、しょっぱい物を和えて一緒にすると……なるほど、これは……軽食に良いな」

「作り方は簡単なので、材料さえ常備しておけばいつでも食べられますよ～」

「別に作り方を知りたいなんて言っていませんが」

「まぁまぁ。それで、イブラヒムさんなら、その王さまにどうやって「そんな話はでたらめだ！」って言わせます？」

「簡単ですね。というより、そういう寓話を知っています」

ただ「そんな話はでたらめだ！」と言わせるくらいなら、そう難しくないとあっさりイブラヒムさんはおっしゃる。さすが博識な賢者様だ。陰険で陰湿なだけじゃないんですね。

「私の知る話は、自分の知識をひけらかしたい愚物のものですね。他人があれこれ話す内容を聞いて、自分が「そんな話は知らない！」と叫べば、金貨百枚やる、といって、他人が語る様々な知識や経験を「たいした話じゃないな」とあざ笑うんです」

……申し訳ない、イブラヒムさん。私の脳内では、その登場人物がイブラヒムさんの姿で再現されてしまっている。すまない。

「え、で、どうするんです？」

「簡単です。まず、身の丈ほどの大きな瓶を用意するんです。そして、挑戦者は語る。自分の祖父は、貴方の父君の親友だった者です。父君がお若い頃、事業に失敗され、大損をした際に、支払いに困窮されました。祖父はこの瓶いっぱいに真珠と金貨の詰まった財産がありましたから、父君の窮地に快く貸してさしあげたのです。見たところご子息である貴方様は立派にお屋敷を構えられ、窮地を脱したご様子。今こそ、祖父の財産を返して頂きたく存じます。とね」

「うわ……せ、せこい……」

卑怯だな、その挑戦者。私は顔を引き攣らせた。

これでその大金持ちの方が、その挑戦者の話を否定しなかったら、瓶いっぱいの金銀財宝を入れて返さないといけない。けれど、「そんな話は知らない！」と突っぱねれば、金貨百枚の損で済む。

「いや、でもその話ですと……そもそも、お題の趣旨が違うような……自分の知らない知識や知恵を持ってこいって話ですよね……」

「自分の知恵をひけらかす凡人は醜い、という寓話です」

「えぇええ……」

そもそも本当に知恵者なら、そういう「穴」があることに気付いていないのがありえないと、賢者であるイブラヒムさんはばっさり切り捨てる。

「まぁ、貴方の夢の中のことなんて興味ありませんが……こうした「挑戦」というのはこういう、発想の転換でどうにでもできるものだということです」

サワークリームをたっぷり付けて、最後のレシュテイを口に運んだイブラヒムさんは、「明日もこれを持って来なさいよ」と、そんなことをのたまった。

第三夜

頭に手をやると、指の隙間にびっしりと髪が絡んだ。痛みもなくハラハラと抜け落ちてゆくらしい。木から枯れ葉が落ちるように身じろぎするとその度にまたひと房と、抜けて肩に触れて落ちていく。掌に残った髪は黒だった。首を絞められ歯が抜けた夢に続いてこの有様。

エレンディラの髪がまだ黒かった頃のものなのか。

「……」

「おめざめでございますか、ご主人様」

「……今って、一応夜ですよね？」

「さようでございます」

目を開けて、見えるのは例の部屋。三つの扉に三つの鍵。机に椅子。そして壁際には真っ白い装束の白子さん。イブラヒムさんにジャガイモ料理をお届けし、知恵をお借りして、そして、三度目のパンナコッタを皇帝陛下に献上した。

前回と、前々回同様のお褒めの言葉を陛下より賜って、そうして、ホットミルクを飲んで就寝。の、後。

この部屋には窓がなく、今夜は鳥の鳴き声も雨の音もしなかった。

「白子さんは、」

「はい」

「一緒にこの鍵を使って、扉の向こうに入って頂けないのでしょうか」

「わたくしはこの部屋を守る役目がございます」

「ここって、私の夢の中なんですよね？」

「……」

この夢の中で何か問題を解かないと、覚めてもまた同じ日が繰り返すのだと、そう私は漠然と考えた。

私をこの部屋に連れて来たのがこの白子さんなのだから、三つの問題は白子さんが出しているのだろうか？

白子さんは答えず、背筋を伸ばして立っている。

「お顔を見てもいいですか」

「……」

夢の中で、私を助けてくれるのはカイ・ラシュで、面倒くさい相手なのがイブラヒムさんの姿だった。夢の中なので、私のイメージが反映されているのだろう。

となると、この白子さんの姿をきちんと、はっきり、ちゃんと見れば、何かわかるのではないだろうか？

「……畏まりました」

やや躊躇（ためら）うようにしてから、白子さんが私の方に近付いて、顔を覆っている白い布を上げた。

「……」

「もうよろしいでしょうか」

「え、あ。はい」

「お見苦しい物を御見せいたしました」

そう言えば最初、焼けた顔を見た覚えはあった。けれどその時は顔という認識より「火傷」の方が強くて、顔の造形を気にしていなかった。それがこうして、きちんと見てみる。すると、やっぱり、白い布の下にあるのは、火傷で爛れた顔。

知っている人ではない。覚えのない目鼻、顔立ち。

敵or味方ジャッジができかねるな!? うーん、しかし、地面のラインからボールが出ていたとしても、上から見たらギリ、ミリ単位で重なっていることもある。私にスケキヨの知り合いはいないが、知らないお顔でもアウト判定は早計かもしれない。

それに。

「……」

「どうかなさいましたか。ご主人様」

「……いえ。どこかで、お会いしたような……微妙な懐かしさが」

「わたくしはご主人様をよく存じております」

妙な感覚。安心感が、この白子さんを前にするとある。

最初にお会いした時。暗闇の中で出会えてほっとしたから、というだけではない。そして、私がこの胡散臭くて仕方ない空間で、恐怖心を全く感じないのは……白子さんが私に向ける視線だ。布で顔を覆っていてもわかる。私に害意を持っていない、優しさがあった。

（うーん、私にこんなに「無条件で味方です！」オーラを出してくれるのはヤシュバルさまくらいしか心当たりがないいんですけど、それなのにお顔はヤシュバルさまじゃないいんですよね〜）

悩んでいても現時点で答えが出るわけでもない。

とりあえずの謎を私は頭の中でリストアップしてみた。
・繰り返すパンナコッタ献上日
↓　ループしていても、その中で異なった行動は取れる。繰り返す同日の中でも、出て来る人たちの行動はまるっきり同じことを繰り返しているわけではない。
・真夜中の夢のこの部屋
↓　三つの扉に三つの鍵。とりあえず金のガチョウゲットを試みる。

「攻略法はもうお考えになられたのですか？」

「ふふふ、賢者さまのありがたーい、お話を聞けましたのでね！　その点に関しては、わりと自信があります」

「それはようございますね」

胸をはる私に、白子さんはパチパチと拍手をしてくれた。ありがとう、ありがとう。

そうして見送られ、私は扉に鍵を差し込む。

＊

「と、いうわけでございます。イブラヒムさ、じゃなかった、王さま。これなる金のガチョウ、元々は私の祖国にて大量に飼育されていた品種の末裔でございましょう。こうして王さまのお手元に置かれるようになったこと、私もとても光栄に存じます。ですが、誠に残念ながら、王さまはこの金のガチョウを、正しくご理解されていないご様子」

お助け役カイ・ラシュ似の男の子に順番を譲って貰って、やってきました王さまの面前。私は他の人達がそうしていたように「王さま万歳、万々歳。神々の御加護が王さまにありますように！」と挨拶？　をしてから、「お話」を試みた。

「この私が理解していない？」

イブラヒムさんのお顔の王さまが、不機嫌そうに眉間に皺を寄せた。

おぉ、王さまへの不敬罪で打ち首にされるかと思ったけど、堪えてくれた！　このイブラヒムさん、本物より忍耐力あるんじゃない？　いや、実際イブラヒムさんが権力持ったらどうなるか知らないけど。

「何を言い出すかと思えば。これなる金のガチョウは黄金の卵を産み落とす。一羽でもいれば富が溢れ栄え大金持ちになるだろう」

「はい。そこでございます。それが、どうにも王さま。誠にもって残念ながら、王さまともあろうお方が、なんともまぁ、ケチなお考えかと。ガチョウは食べると美味しいものでございますよ？」

「……たべ、は？　なんだって？」

「グワッ!?」

　重ねられたクッションの上でふんぞりかえっていた王さまと、そのお隣、ビロードのクッションの上で優雅に葡萄（ぶどう）をついばんでいた金のガチョウが揃って素っ頓狂な声を上げた。

「食べるんです。絞めて、毟（むし）って、捌いて、食べます。贅沢な暮らしをしているから、肝臓も良い感じに育ってますよね？　フォアグラは欠かせないですし、お肉はコンフィにしてもいいです。あ、丸焼き？　ローストもいいですよね。いっそカラッと揚げてカラアゲか、卵を産める雌というのなら、卵と合わせて親子丼にします？　あ、でも卵は金なんでしたっけ」

　にこにこと、私は調理方法について提案していく。

「私の祖国では天下人は黄金を好まれました。黄金のお城に黄金の茶室、黄金の器と、まぁ、権力者の象徴ですね。それで、時の支配者は金を産む金色のガチョウを作り、それをただの「食料」として扱うことこそ、最上級の「贅沢」と致しました」

　一晩で一個、黄金の卵を産む存在をあっけなく絞めて食べてしまう。飼えば得られる富など、たいしたことがないと、笑って飲み干せる豪快さ。

「……ぐ、ぬぅ……」

　賢い王さま。

　悔し気に顔を顰め、ぐっと、唇を噛むご様子に、私は「あ、このひと、やっぱりイブラヒムさんの顔をしているだけの別人だな」と、そう感じた。

ここで王さま、私の話を否定して「そんな話はでたらめだ！」と言えば、金のガチョウを私に渡さないといけなくなる。といって、肯定するのなら、権力者として、金のガチョウを侍らせ卵を産ませるだけでは、王さまは「金を惜しんでるケチな男」ということを認めなければならない。

この王さま、こんな大会を開いたのは、ご自分の知識をひけらかしたいのと、そして、金のガチョウを自慢したいのだ。

そのご自慢のガチョウを使っての、私のこの話。

自慢のガチョウを手放したくはないし、かといって、肯定して傍に置き続ければ自分の名に傷が付く。けれど、食べるのは「もったいない」と、賢くて決められない。

（あなたがもしイブラヒムさんだったら、ここでカラアゲパーティーになるんですけどね）

そういうところが、イブラヒムさんにはちゃんとある。知らないことなら、知ってみよう、調べてみよう。持ってこい。と、その姿勢。この王さまがイブラヒムさんなら、ここであっさり金のガチョウがお肉になって、「なるほど、食べるとこんな味でしたか」とあの方の知識の一つになっただろう。

追い込まれた気の毒な王さまが取れるのは「そなたの話はでたらめだ！」と言ってしまって、私に金のガチョウを渡すことだけだ。

そうすれば、私の話は「でたらめ」だから、これまで、金のガチョウを食べずに卵を産ませていたことは、なんら恥ずかしい、ケチな振る舞いではなくなる。

この王さまに選べるのは、ご自分の名誉を守ることしかないんだよね!!

＊

「グワァー！　グワァー!!」

「痛いッ、ちょ、止めてくださいよ！　別に今すぐ食べようってわけじゃ……痛い！　地味に痛い！　ガチョウのキックが地味に痛い！！！」

数分後、私は金のガチョウを繋いだ縄を片手に、例の部屋に戻っていた。

戻れるんだ!?　まぁ、いいけど。

「おめでとうございます」

出迎えてくれた白子さんは、金のガチョウをひょいっと抱き上げる。白子さんが触れると、ガチョウは嘘のように大人しくなった。

「良い調子ですね。このまま次の部屋に行ってどんなものか見てみたいんですけど、」

「ご主人様。これにて第三夜は終了となります。残すは七夜。どうか、一夜一夜を慎重にお過ごしください」

「……はい？」

ぺこり、と、ガチョウを抱きながら白子さんが頭を下げた。

そうして告げられる、残り時間。

え？　と、私が聞き返そうとして。

「…………そういう、大事なことは先に説明するべきだと思います!!」


おはよう、朝。

チュンチュンと鳥のさえずり。いつもの、新白梅宮の寝所の天井に、私は叫んでいた。


突っ込みとともに目覚める、同日四回目の朝。

大声で私が叫んだのを、アンは「何か楽しい夢でも見たんですか?」と前向きにとらえてくれる。すがすがしい朝である。

日記を見れば、やっぱり前日の料理はカラアゲ。本日も朝から神殿からのお客様がいると、はいはい、もうわかってますよ。

「次の扉の試練? 試験? が、何なのか調べることができなかったのは痛いですね……うーん、こういう流れだと……今日が四回目。夜にまた扉をくぐって内容確認して、五回目の間に対策を考えて、挑戦して上手くいけば、次の夜にまた扉の内容確認、次の日にチャレンジに……」

トントン拍子に順調に行けば、それでも十回目まで三回も余裕がある計算だけれど、そう挑戦が上手くクリアできるという保証はない。

「うーん、うー………ん?」

唸りながら立ち上がり、アンが服を着せてくれるのをされるがままにいたところで、くらり、と、頭の中が揺れる感覚がした。

急激に、キインと、耳鳴り。視界が真っ暗になる。

「シェラ姫様!?」

だらりと、鼻から何か流れる感覚と、自分の体が後ろの寝台に倒れたのは同時だった。

「……ぐ、ぅ……ぅ……ェ」

口の中に逆流した鼻血が広がる。揺れる頭の中。貧血か何かだろうかと、ぼんやり思いながら、耳鳴りのする中でアンの悲鳴に、シーランがすかさずスィヤヴシュを呼びに行くと言う声が聞こえる。

＊

「……呪われてるね。それも、濃い。……なんだって、シェラちゃん……シュヘラザード姫殿下に、こんなことが起きるんだ?」

横向きに寝かされ安静にして暫く。私の診察を終えたスィヤヴシュさんが、いつもの明るい雰囲気から一変して、厳しい顔付きになった。いつも飄々（ひょうひょう）とされているから、こういうお顔は珍しいな。

「……スィヤヴシュさん」

「やぁ、シェラちゃん。気が付いた?　軽い貧血みたいな症状だけど……呪われる心当たりってある?」

「ストレート～」

私が話を聞いてることをわかっているスィヤヴシュさんは単刀直入に言う。

「私、どんな風に呪われてるんですか？」

「強い呪いだ。ただ、呪い方が奇妙なんだ。こうね。例えば……コップの中に黒い水を入れる。ほんの少しね。凄く薄いんだ。でも、それを固めて、また上に黒い水を入れて、固める。そうして、だんだん、濃く、強くなっていった呪いだけど……君のことは僕が毎日欠かさず診ているし、ここは君の宮。白梅宮の建設には神木の使用や神職の祈りが奉げられてて……外から君を呪うことなんかできっこないんだ」

その上、私には駄女神、じゃなかった、大神殿レグラディィカの主たる女神メリッサの加護がある。こんな呪いが私にあるのは「不可能だ」と、スィヤヴシュさんは「それが大前提」とした。

「今は体の血の巡り方がぐちゃぐちゃにされてたから、僕が元の流れに戻したけど……体の内に溜まってる呪いが消せない。あ、いや、まだ、そう、命に関わるっていう危機的なほどじゃないけど……例えば、明日明後日、一週間後と重ねられると……」

「……あ～～あ～～、そういう、十日!!　そういう、残り日……!!」

私は頭を抱えた。

「呪われてる心当たりあります～～!!　というか、これ、今まさに呪い発動中っていうことですか!?」

「え？　え？　何!?」

深刻そうな顔をしていたスィヤヴシュさんは私の悶絶に驚く。

なるほど～、なるほど～。そういうことか。

夜のあの夢の中に入る前に、必ず何だか苦しい前フリがあったのだけれど、あれはつまり、あの時に呪われているっていうことーー！

さて……話して、信じてくれるだろうか。

「実はですね、スィヤヴシュさん。私、今日という日をもう、四回繰り返していたりするんですよ。それで、毎晩夢の中で、変な白い服を着た男の人に会ってまして……」

かくかくしかじか、と私は事情を説明した。

スィヤヴシュさんは最初から「え、何言ってるのシェラちゃん」と、全く信じない顔をしたけれど、その間にも私が三回程、鼻や耳や目から血を流したので「可能性として……」と、その話を受け入れてくれた。

「……いや、でも、ちょっと信じられないんだけど。だって、そうなると……シェラちゃんだけが『今日が繰り返してる』って覚えていられて、僕やその他の人間は、全く気付かないで同じ日を繰り返してるってことだよね」

「私の認識ではそうですね」

「うーん……確かに、シェラちゃんに薄い呪いをかけて、それを繰り返してるっていうのは、同じ日を繰り返してて僕が気付けないってことで、納得できる要素はあるんだけど……うーん、でも」

そもそも、同じ日を繰り返す、という「現象」が、スィヤヴシュさんは「不可能」だとおっしゃる。

「それって、この城だけじゃなくて街も国も、大陸も何もかも巻き込んで「繰り返してる」ってことでしょ？　または、シェラちゃんの精神だけが過去に戻って、今をやり直し続けてる可能性もあるけど……そうすると、巻き戻されたシェラちゃんとは別に、シェラちゃんの精神が消えた「明日」がいくつもできることになるんだよね」

魔法の性質上、そんなことは神々なら行えるかもしれないが、神の力なら、か細い呪いを重ねがけせずとも、私を呪いで狙い撃ちできるはずだとのこと。まぁ、そうだ。

「……と、まぁ。僕としては「同じ日が繰り返されてる」っていうのは、僕の知る限り「不可能」だと思うんだけど、現状、実際にシェラちゃんは呪いが重ねがけされてて、昨日までの僕はそれに全く気付けなかったわけだから……シェラちゃんにとって、今日は四回目だけど、三回目までは普通に生活できてたんだよね？」

「はい。でも、三回目のスィヤヴシュさんも「呪われてる」って気付いてくださいました」

「……何か、変わったことってあった？　夜の夢の中で……一回目や二回目と違うことをしたっていうのは……」

「扉をくぐりました」

そこで王さまなイブラヒムさんに会って、試練？　試験？　まぁ、そういうものをクリアして、金のガチョウをゲットしたんです、と私は明るく話す。

面白い冒険譚のような感じで話したのに、スィヤヴシュさんの眉間には皺が寄った。

「…………それが、呪いの術式だったりしない？」

「え、え？」

「シェラちゃんはまず絶対に普通じゃ呪えない。でも、夢の中で嬉々として、シェラちゃん自らが、呪いを招き入れたら？」

「……あ」

楽しそうな試練に、愉快な登場人物たち。扉を開いたのは、私だ。

「まぁ、でも安心してよ。これくらいの呪いなら、僕がなんとかできるしね！」

不安になって黙ってしまった私に、スィヤヴシュさんは明るく言った。

「これでも特級心療師だしね～。シェラちゃんに良いとこ見せるよ。なんか最近、僕のイメージが頼れる素敵なお兄さんっていうより、お酒大好きな軽いお兄さんになってる気がするし」

「スィヤヴシュさんがお酒を好きなのは事実では？」

「事実だねぇ」

ははは、とスィヤヴシュさんが笑った。この人はいつも私に優しい。

寝台の上にいる私を手早く寝かせて、鞄の中から「お仕事道具」を取り出す。お医者さんであるスィヤヴシュさんのお顔になるととても真面目で、綺麗な顔がもっとずっと綺麗に見える。

「心療師っていうのはね～、相手の心の中に直接入って治療したりもできるんだよ。でもまぁ、お互い信頼関係がないと難しくて、あ、僕はその気になれば信頼関係皆無の相手の心の中にも入り込めるんだけどね」

「心の中の治療って、どんなことするんですか？」

何それ面白そう！、と私が興味を持つと、スィヤヴシュさんはちょっと真顔になった。

「その人、その人で違うよ。っていうかシェラちゃん、今の話で僕のこと気持ち悪くならない？」

「このタイミングで私がスィヤヴシュさんのこと嫌がったら心に入れなくなりません？」

「うーん、ちょっと傷を付けた方が入りやすいっていうか。まぁ、入れなくはないんだけどさ。シェラちゃん、頭が良いし。僕がこうして説明したら、僕が「優しい口調」で「優しい外見」してるのも、この職種に便利だからだーって、わかりそうなものなのになぁ」

ゴロンと天井を見上げている私を覗き込むスィヤヴシュさん。いつもと変わらない穏やかで優しい顔。仮面を被って相手を油断させ、ぱくりと、食べてしまうんだよ、と脅されているよう。

「と、言われましても……私も料理する時は髪の毛をまとめて入らないようにしたり、引火しないようにすっきりした服を着ますし……作業しやすいようにするのは当然では？」

「え～、当然かな～、そうかな～」

私のおでこを撫でるスィヤヴシュさんの手は柔らかくて優しい。枕元に石？　宝石のようなキラキラ光る石を並べ、何かぶつぶつと聞きなれない言葉を呟く。

目を伏せてスィヤヴシュさんは眉間に皺を寄せた。

「あ、入れた。暗いな……通路？　なんだろこれ……木が……あ。ヤバ……」

バシャン。

「は？」

スィヤヴシュさんの頭が破裂した。

首から下。残った体からぴゅーぴゅーと、血が溢れだす。噴水のようだ。

飛び散った髪の房、眼球、脳髄。砕けた骨が、私の体に降り注ぐ。

暗転。

第四夜

「おめざめでございますか、ご主人様」

ぱちり、と、目を開けると。真っ白い布で顔を覆い隠した人が私を見つめていた。

「……っ！」

私は勢いよく手を振り上げ、その人を殴った。幼女の力。相手の体を動かせるほどの勢いもなく、ぱすん、と、軽い音がたっただけ。

ガチガチと震える自分の体。口の中に入ったスィヤヴシュさんの血の味が、この夢の中でも鮮明に思い出せる。生温かさが、今もまだ肌の上にあるように思い出せる。

「どうかされましたか」

「っ！　白々しい……!!　あなたが……あなたが、私を呪っているんでしょう!!」

私は白子さんの服を強く摑み、感情に任せて怒鳴った。

グワグワと騒ぐのは私だけではなくて、金のガチョウ。白子さんに摑みかかっている私の間に入ろうと、ぴょんぴょん跳ねて鳴いていた。

「どうして私を呪うんです！　どうしてこんなに、まどろっこしいことをしているんです!!　私に死んで欲しいなら、今ここで首を絞めて殺せばいいじゃないですか!!」

「……それでは、意味がないことでございますので」

「っ！」

認めた。あっさりと、白子さんが言う。私は僅かに抱いていた「この人は味方で、勘違いで。こうしてなじれば、何か教えてくれるのではないか」という期待が打ち砕かれる。

「あなたは、何者なんですか……？　なんで、どうして、こんなことをするんですか？」

「それを解くのはご主人様でございます。そのための夜。そのための、夢十夜にございます」

ずるずるとしゃがみ込んだ私に視線を合わせるため、自身も膝をつく白子さん。私が苛立って乱暴に顔の布を剝ぎ取るのも抵抗しない。露わになった、おぞましいとさえ言える焼け爛れた顔には、何の表情も浮かべられていないけれど、緑の瞳は美しく、私を労わる色さえあった。

「扉をお開けになりますか。ご主人様」

「何もしなかったら、どうなるんです」

「進まなければ繰り返すことはありません。停滞し、微睡み、淀みます」

「……何言ってるかわからないんですけど」

扉を開けて、謎を解けば私の呪いが深くなるのではないか。私の推測では、この扉を開けるべきではないと思う。

けれど、何もしなくても、私に明日は来ないし。そもそも、この夢は、何もしなかったら、覚めるのだろうか。

「……」

同じ日が繰り返すのなら、私がここで何かすれば、目が覚めた時にまた「同じ日」が来るのなら、スィヤヴシュさんは私の呪いを解こうとする前に戻れる。

ぐいっと、私は泣き叫んでぐちゃぐちゃになっていた顔を拭った。

「進みます」

それはようございますね、と、白子さんが頷いた。


二つ目の扉をくぐると、一瞬、眩い光。


「おや……これはこれは。ごきげんよう」

「え？　あ、れ？」

景色は変わって、中華ファンタジー溢れるお部屋。けれど私の知る朱金城とは少し違う匂い。白梅宮でもないし、紫陽花宮でももちろんない。茶室。

細かな彫刻が施された丸テーブルに椅子。腰かけて、優雅にお茶を飲んでいるのは真っ白い髪に優しい眼差しのおじいさん。

「……あれ、おじいさん……」

「異界のお嬢さん、また黒化なさったのですか？　身長から察するに……あれからそれほど経ってはいないと思いますが」

おじいさんは穏やかな口調で話しかけてくる。

王さま役だったイブラヒムさんやサポート役だったカイ・ラシュのように「姿だけ私の知っている人」という感じがしない。

聖女のお姉さんに黒化を押し付けられてよくわからない空間で出会ったおじいさんそのもののような反応だ。

「……配役じゃ、ない？」

「はい？」

「いえ、これも罠……？　そう思わせてるだけ的な……？　夢の世界のにせもの……」

「おや、私の偽者がいるのですか？」

「おじいさんが私の知ってるおじいさんかどうか考えてるんです」

「おや、これはこれは」

ほほほ、とおじいさんは面白そうに笑った。

「つまり、ここはお嬢さんの夢の中というわけですか」

「そうなんです。私、今呪われているみたいで……毎晩、眠るとこうして夢の中で、何かしないといけなくて。うん？　していいんだっけ？　それもちょっとよくわからないんですけど……夢なので、知っている人が登場人物の姿になってくれてるみたいなんです」

「それはそれは。中々面白い夢でございますなぁ」

どうぞ、とおじいさんが席をすすめてくれるので、私は向かい側に座った。お茶を入れてくれる。

とても丁寧な手つきだ。シーランの入れ方とは少し違う。

私はおじいさんが聞きたいと言うので、ここ最近の自分の身に起きたことを説明してみた。

繰り返す同日。呪い。不思議な部屋に、三つの扉。最初の部屋で起きたこと。

「……私の目には、お嬢さんが呪われているようには見えませんが」

「夢の中なので元気なんだと思います」

「ふむ……」

少し考えるようにおじいさんは沈黙して、目を伏せた。

「……その心療師の青年。呪いの負荷に耐え切れず死んだようですが、その時に、それまで貴方に重ねられた呪いは解除したのでは？　男の意地と申しましょうか。死ぬとわかって、その刹那、命を守るより、貴方の呪いを解いたのでしょうな。繰り返す同日から、この夢の中に入るまでに貴方は毎回、何かしらの呪いを受けて、絞首や、毛が抜け落ちるなどの悪夢があったそうですが、今回、それはなかったのでは？」

「……」

言われてみると、確かにそうだった。

……スィヤヴシュさんは、私を守ってくれたのか。

「……」

「猶予ができた、ということでしょう。貴方があちらで身動きが取れなくなるほど呪いが深くなっていたものが、まっさらな状態に戻った。次の「同日」は、苦しまず何か成せる、ということです」

興味深いことです、と、おじいさんが繰り返す。

「顔の焼けた青年に、見知らぬ部屋。三つの扉。繰り返す同日。夢十夜の呪い。お嬢さんはこれが夢だとお考えになり、三つの扉を開けることが危険だと警戒されているようですが……私は逆に、この夢十夜は、お嬢さんを守るためのものだと思いますなぁ」

「……いや、おじいさんは夢の中の登場人物なので……扉をくぐって遭遇したおじいさんの言葉は、罠の可能性があって、あんまり信じられないです」

「おやおやおや、それは困りましたねぇ」

ちっとも困っていないような微笑みで言われても説得力はないですね。

私は扉をくぐった先にいたおじいさんが、何の役なのか考えないといけないのだけれど、イブラヒムさんやカイ・ラシュと違って、わかりやすい要素がない。

そもそもおじいさんとは少しの交流しかないので、どうして私の意識は「何かの配役」にこのおじいさんを当て嵌めたのか……。

「私(わたくし)は私(わたくし)であると思って存在しておりますが、お嬢さんにとって私は夢の中のまやかしなのですね」

「夢の中で扉を開けてこうしてここにいるので、夢の中だと思います。黒化してないですし、あの変な空間で出会ったおじいさんとは簡単に会える感じじゃないですよね？」

「はい。それはそうですね」

この扉の試練は何なんだろうか。

私は考える。最初の扉は簡単だった。王さまを負かして金のガチョウを手に入れる。単純明快。

謎があって、答えがあった。

だけど今回、目の前にいるのは何の問題提起もしないおじいさん。

でも、扉の先であるので何か「意味」があるんだと私は思わなければならない。

うーん、うーんと、唸って頭を抱える。

「お嬢さんにとって私がお嬢さんの夢であるとして、お嬢さんは、私にとって私の夢の中のまやかしではないという証明はできるのでしょうか」

「え？　私はおじいさんの夢じゃないですが？」

何を言い出すのか、と私は首を傾げる。

「私はシェラ。シュヘラザードです。自分で自分がちゃんと「自分」だってわかってますから、おじいさんの夢の中の登場人物じゃないです」

「私も私が自分だという自意識を持ち合わせておりますよ」

「夢の中の登場人物が自分の存在を夢だとは思わないのでは？」

小説の中の登場人物が自分を物語の中のキャラクターと自覚していないのと同じである。

「ふむ……では、私がお嬢さんの夢ではないという証明として……三つの扉の試練によりお嬢さんが得るものの必要性を考えてみますが……私はお嬢さんの呪いを解く「鍵」だと思いますよ」

「……試練を受けると呪われてしまうと疑ってるのにですか？」

「連れ出された、というのが気になります。最初の話によれば……目を覚まして、部屋から出て、扉のある部屋まで「連れて来られた」のですよね？　そのまま、部屋にい続けた場合、どうなっていたのでしょう」

「……」

もうその時点で、私への呪いが始まっていたのなら、わざわざ連れ出す必要などなかったのではないかとおじいさんは指摘する。

「物ごとには規則があるもので、理（ことわり）がございます。呪いにも作法があり、それを邪魔だてする手段もございましょう」

「……つまりおじいさんは、この夢十夜は呪いを邪魔するためのものだって思うんですか？」

「私はお嬢さんの夢ではなく、自我を持った一人の人間だという自覚がありますからね。お嬢さんが困っているのなら、お嬢さんがわからないで悩んでいることの助言をしましょう」

「それは、呪いを深くするための罠で、おじいさんは悪意でそれを語ってる可能性もありますよね」

「さて、それでは異界のお嬢さん。自分が相手の夢ではないという証明は、どのようにすればできると思いますか？」

クエスチョン。

これがここの試練なのだろうか。

問われて私は目をぱちり、と瞬かせた。

夢の中なのに、夢の中の住人じゃないという、証明。

「……私はおじいさんのお顔は知ってますけど、名前は知りません。名前を知ることができたなら、
それが、正しい答えなら、おじいさんは、私の夢ではない、という証明になるんですか……？」

「あるいは、証拠。暴き。中々興味深いことです。なるほど、よくできている。貴方は私の存在を
証明することで、繰り返す同日の呪いを誰がかけたか、探ることができるようになるでしょう」

泥の記憶の中で親切にしてくれたおじいさん。

私にとって、意外な人物で、私が知らないことを知っていて、そして、助けてくれた人。

だから、おじいさんが現れたのか。

「私の名はヨナーリスと申します。星辰。聖剣。薔薇の番人など、様々な呼ばれ方をいたしました
が。私の殿下は私を「ヨナ」と、親しみを込めて呼んでくださいましたよ」

「ヨナおじいさん」

呼ぶと、ヨナーリスさんは微笑んだ。

「つまり、お嬢さん。貴方が夢だと思ったここは、夢ではありません。貴方の意識が私の元へ現れ
た。夢とはまた異なる現象。扉の真意でしょうな。貴方が夢だと思っている今は夢ではない。で、
あれば。夢であるのは、」

ぐらり、と世界が歪んだ。

私を呼ぶヨナーリスさんの声が遠くなる。

落下していくような感覚。意識が遠のいた。

＊

「こっちが夢だと疑ってみることにして……」

朝の眩しい光の中、新白梅宮の寝室で目覚めた私は天上を見上げて呟く。

「……いつも、眠って夢だと思ってたあの〝夜〟の世界に入る前に、歯が抜けたり首を絞めたりする感覚があったのは、こっちの〝日中〟で呪われてたから？」

うーん。頭が混乱してきた。

しかも夢の中で考え事ってできるものなのか。

柔らかい枕の感覚も、寝心地の良い寝台の感覚も、私には本当のように思えるけれど、これを夢だと疑う……うーん。難しい。

体の不調は今はなかった。

スィヤヴシュさんが私のあの時点までの呪いを全て解除してくれたらしいけれど、夢の中の人間がそんなことをできるものなんだろうか。

「現状。今の私に重複されてる呪いはない。以前はあった。夜じゃなくて日中が夢の可能性があるとヨナおじいさんは言ってたけど……」

私の乏しい知識では、どうにも考えがまとまらない。

＊

「と、いうことで、教えてくださいイブラヒムさん!!」

「貴方、私のことなんだと思ってるんですか」

朝、繰り返しの同日通りの出来事を行い、きちんと手続きを取って、お昼後の空いた時間にイブラヒムさんの研究所に行きました。

そう言えば、金のガチョウゲットについてのお礼をまだ言ってなかったな、とも思ったので、お礼を兼ねてのことでもあります。

「わからないことを教えてくれるアグドニグルの知恵袋じゃないんですか!?」

「賢者を便利な道具扱いする為政者は多いですが、貴方のそれはまた一寸違う失礼さがありますね」

「ちなみにこちら、本日お持ちいたしました美味しいお菓子のエンガディナです。サクサクのクッキー生地に、ナッツ入りのキャラメルヌガーを包んだ、甘さの暴力です」

「まぁ、話くらいは聞きましょう」

さすがイブラヒムさん。甘い物がお好きですね。

外面としては「立派なアグドニグル男子である私は女子供が好むような甘い物は好きではありま

せん」と、全く以て意味のわからないスタンスを取っていらっしゃるが、こと私に対して「甘い物が嫌いです」を貫き続けると、私が甘い物を持ってこないとわかっていらっしゃる。

「甘さの強い菓子ならこっちの茶葉か……？　いや、それとも……」

私を座らせ、お茶の用意をするイブラヒムさんは、ぶつぶつとお茶の葉っぱが入っている缶を見比べ首を傾げる。

洋菓子なので、個人的には珈琲とかあれば嬉しいけれど、陛下曰く珈琲豆らしいものはアグドニグル及び、その属国や同盟国で発見されていないそうである。残念。

少ししてお茶の厳選が終わり、入れて頂いたお茶と糖分の塊を堪能したので、私は話を切り出した。

「今ちょっと、夢の世界に閉じ込められてるっぽいんですよ、私」

「夢の定義を「睡眠中に見る映像。現実の体験のように感じる幻覚」とするなら、幻覚の中で起こり得ることは夢の主である者の見聞きしたもの、組み合わせて想像しきれる範囲の「限度」があるはずなので、貴方が作るこの菓子を初めて食べる私の夢ではないでしょう」

お茶を飲みながら、さらり、とイブラヒムさんは答えた。

「……」

「なんです」

「いえ、イブラヒムさんのことなので……まず、この世界が夢じゃない否定から入るかと……」

「自分が存在している「ここ」が、〝誰かの夢〟であったとして、ここが〝現実〟であると認識している私に、何か問題がありますか？」

「え、えぇぇぇぇ……」

言われてみると問題……ない、のか？　ない？　そう？

私にはちょっと理解しきれない感覚だけれど、まぁ、イブラヒムさんがそう言うなら……そうなんだろうな。多分。

ここが夢であるうんぬんは、イブラヒムさんにとっては些事だというので、話を進める。

私は自分が同じ日を繰り返している感覚、夜の世界で出会った白子さんや三つの扉、スィヤヴシュさんに起きたことを、なるべく客観的に説明した。

「……ちょっと待て。その老人、いえ、御老公。ヨナーリス殿、と名乗ったのですか？」

「え？　あ、はい」

「…………………なるほど」

長い沈黙、ため息さえついてから、イブラヒムさんは首を振る。

「いえ。貴方の現状に関して、このことは問題ではありません。誰かの夢の世界の住人である私が、現実の陛下にこのことをご報告できないことが悔やまれて仕方ありませんが……あの方の存在と、貴方が呪われ同日を繰り返している問題に関係はありません。現状で問題があることといえば、私は貴方が私の助言を得るために作ったという、ジャガイモ料理を食べていない、ということです」

「エンガディナは食べてるじゃないですか」

「そう。そこです。つまり、貴方がこの繰り返しの同日の中で、違う料理を作って持ってくる度に、それ以外を食べられなかった私が存在し続けるわけですが？」

大問題でしょう、と至極真面目な顔でイブラヒムさんはおっしゃる。

そして椅子から立ち上がり、研究室のキャスター付きの黒板をずるずると持ってきて、何やら文字を書いていく。

「まずこの夢は誰の夢であるか。私ではありません。スィヤヴシュでもないでしょう。シュヘラザード姫、貴方の夢であるというのなら、ヨナーリス様のことを私が知っている、という反応を私が取れるはずがありません。まずこの夢は、自由度が高すぎる」

夢の世界。と大ざっぱに定義され過ぎているとイブラヒムさんは、黒板に書かれた文字を見て目を細めた。

「夢というものは、誰かの記憶の組み合わせで、繰り返しでしかない。で、あるのに夢であると違和感を覚えているシュヘラザード姫はともかく、この世界でスィヤヴシュが「呪いを解く」という行動を取り、実行できた。夢の世界の出来事が、現実に影響している」

「……仮想世界とか？」

「カソウ……？」

「えっと、ですね。ＡＩ、人工知能で色んな人の行動とか考えとか学習したものが、シミュレーションして」

「……シミ……？」

説明が難しい、映画『マトリックス』を観て欲しい……ッ！

わやわやな説明になるが、私は一生懸命がんばった！　理解をがんばって欲しいイブラヒムさん！　賢者だから察して欲しい!!

「……つまり、一個人の作り出す〝夢〟ではないということですか。そしてそれは、生物ではない可能性もある、という」

「そ、そんな感じです……」

「……ですが、この世界でそれが可能だとすれば、現状では神々の領域」

「でも神様が関係してるなら、私をチマチマ呪うことはしないだろうって、スィヤヴシュさんがおっしゃってました」

「……神格を持つ者、あるいは能力が、一方は貴方に悪意を持ち、一方がそれを阻もうとしている、としたら？」

もう一度最初から、説明をするようにとイブラヒムさんは求めた。

「最初から……えっと、ですね。私はカラアゲを作って、陛下にお出しして、いつも通り夜を終えて、新白梅宮の自分の寝室で寝ました。それで、夜に〝目が覚めた〟と思って、廊下に出て、白い布で顔を覆った男の人、私が白子さんって呼んでる人に、三つの扉のある部屋まで連れて行かれました」

「新白梅宮（イル・ヴェレス・ディネイシュ）？」

「はい？」

「なぜ新（イル）と？　確かに建設されて一年は経っていませんが」

「え、だって、前の白梅宮は燃やされちゃったじゃないですか。綺麗さっぱり」

「は？　そんなことがあれば大事件ですよ。皇帝陛下のおわす朱金城にて大火災が起きるはずがないでしょう」

「えー、私のこと気に入らないコルヴィナス卿が燃やしたじゃないですか〜」

おかげで私も大怪我したじゃないですか、と、急に記憶障害になったイブラヒムさんに、説明してみる。

私は白梅宮が全焼して建て直された新白梅宮の話をする。間取りは同じで、使っている木材も大体同じだとヤシュバル様もおっしゃっていた。燃やしたコルヴィナス卿が資金の大半を出したこと以外は、そっくりそのまま、復元されたと言える。

「……私の賢者の能力は、忘れる、ということはありません。それはこの夢の世界でも変わらず機能している、というのを前提として」

説明を黙って聞いていたイブラヒムさんは、少し頭の中で整理するように黒板に私には読めない文字を書き殴り、くるり、とこちらを向いた。

「この世界は、白梅宮が燃えなかった世界。この世界は、白梅宮が作りだしたシュヘラザード姫を守るための世界ですね」

私は火傷を負った、白子さんの顔を思い出した。

百年

祝福あれ。幸いであれ。

日々心地よく、健やかに。悲しみなどないように。
愛らしい瞳に、麗しい姿の乙女よ。

十人の神官の祈りと、百の賢人の願いと、千の武人の憐憫をもって、建てられしは壮麗なり、白梅宮。

そうして称えられ、造られた建物。
小さな足音がパタパタと響けば、耳にした者の口元に笑みが浮かび、そこに誰かがいれば「今日も、お元気なご様子」と嬉し気な言葉が続く。
朝から晩まで、炉の火は消えず、良い香りが常に漂う場所だった。仕える者たちは皆「今日はどんなものを作られるのか」と、胸躍らせて過ごす。

喜びと労わりと、慈しみの生まれる場所。

その場所。建物。木材。あるいは、何か。微睡むように、足音を、人々の笑顔を、囁きを。炉の火の揺らめきを、水音を。トントントンと、刻まれる食材の音を。甲高い子供の声を、聞いていた。

その音が聞こえなくなったのは、突然だった。

ある雨の日。

慟哭が白梅宮を震わせた。嘆いていたのは誰だったか、あまりに多くの人が叫んだ。泣いた。怒鳴った。ので、わからなかった。

誰かが真珠貝で穴を掘った。

小さな足音は聞こえず、その日からすっかり、白梅宮の人が減った。

足音が聞こえていたのは、時間にすれば一年にもなかったと、指折り日時を数えられるようになって理解する。


忘れ去られたように、ひっそりと佇む白梅宮。

時折、気難しい顔の人がやってきては、少し掃除らしいことをして、炉に火を入れて、お茶を飲んで暫く過ごしていた。誰もおらず、何を言うわけでもない。


日が白梅宮を照らした。

星が白梅宮を照らした。

日が昇って、沈んで、また昇った。

その人も、そのうちに来なくなった。

彼らの選択

「……シェラ様が」

目覚めない。という話は早朝から聞いていた。千夜千食を作られる白梅宮の主人、シュヘラザード姫は毎朝食房のマチルダと雨々に「今夜の料理の確認なんですけど」と顔を出してくださる。指示と作業の確認と、それにちょっとしたお喋り。それが終われば多忙なお方であるので、行儀作法や教養のお勉強が始まるらしい。

そのシェラ姫、今朝どうやっても目覚めなかった。なので今朝はまだ来られない、と。困った顔で告げるのは侍女のアンであった。

まだお小さい方であるから、眠くてぐずることもあるだろう。あの妙に大人びた姫君にもそういう面があるのかと、聞いた当初はマチルダはほっこりして、雨々は「では今の内に納品された食材の確認でもしますか」と、いつも通りであった。

日が高く昇ってくると、だんだんと「異常」だという様子が、マチルダにも感じ取れてくる。騒ぎになっているということはない。ひっそりと、ひそやかに、けれど、緊張感をもって「何かおかしい」「妙だ」「シーラン殿のご様子は冷静そのものだが、なぜか、スィヤヴシュ特級医師だけでなく、第二皇子ニスリーン殿下の片腕と言われるほど、優秀な侍医殿がいらっしゃった」と、誰もが「いつも通り」であろうとしながら、妙な胸騒ぎを覚えていた。

食房では、最初に雨々が呼び出された。

マチルダはいくら食房では雨々と同等の権利を頂いていても、それでも結局のところは奴隷である。雨々が呼ばれて、マチルダは呼ばれなかった。ということは、呼んだのはシーラン様ではない。それより上の方なのだということはマチルダにもわかった。

「……あー、全く。ついていない」

戻ってきた雨々は苛立った様子だった。乱暴な口調で、不機嫌さを隠そうともせず、どっかりと椅子に座り込む。

白梅宮の食房はいつでもシェラ姫のどんな要望にも応えられるようにと清潔にされ、火はおこされ、乾燥果実や保存食作りに忙しかった。だというのに雨々は戻ってくるなり「もういい」「あー、もう、やらなくていい」と、面倒くさそうな様子で周囲の作業を止めさせて、自身は与えられた事務室に閉じこもってしまった。

何かあったということは、食房の人間の誰もが察した。

それを追いかけることができるのはマチルダだけである。

「あ、あのぅ。雨々さん」

「はぁ……良い職場と、悪くない主人を得られたと思ったんですがね。そう、長く続く幸運ではなかった、と割り切りますよ」

「雨々さん！」

ぐったりと、雨々は事務室の長椅子の上に寝転がっていた。マチルダが入ってきても構うことなく、ぶつぶつと何か言っている。思わずマチルダが声を上げると、雨々はため息をついた。

「死んだそうですよ」

「……どなたが？」

「シェラ様ですよ。シュヘラザード姫様。あぁ、死んだ、というか、死ぬ、そうですが」

「……は？」

「それで、何もかも終わりです。おしまいですよ。姫様の楽しいお食事会は行われない。ここは解散。それなりに次の仕事場は用意して頂けるようですけど、レンツェの王族に仕えた人間が、次にどんな職場を得られるのやら……」

「……いやいや、え。何を、何、を、言ってらっしゃるんです。雨々さん」

マチルダは頭を振った。

あっさりと言われた言葉に、どうも頭が追いつかない。

「……シェラ様が、なんですって？」

「死ぬんです。目覚めず、このまま。どうしようもないという判断を上はなさったそうです」

「……上って、どなたです。第四皇子殿下が、そのような」

「姫君は我々を対等のように扱ってくださっていましたが、所詮我々はただの料理人ですよ。上が誰で、どんな考えをして、どうしてそうなったのかなど、ご丁寧に説明頂けると思いますか?」

「……」

マチルダは絶句した。

いや、わかっている。いや、それは、当然ではないかと、なぜ、自分がショックを受けているのかマチルダはわからなかった。自分は奴隷という身分を選択して、それがどういう扱いを受ける者なのか、理解していたはずではなかったか。

(……シェラ様がいらっしゃる時に、第四皇子殿下も、賢者様も、誰も彼も、あっしらの料理を召し上がってくださっていたから)

思い上がりだ。上の方々が、自分たちがシェラ様の身に何かあったら、それを知りたいと思うだろうと、配慮してくださるわけがないのに、そうなさってくださらなかったことに、ショックを受けている。

だが本来、シェラ姫は「上の方」で、そういう身分の方に何かあった場合、自分のような者はただそれを「人づてに知らされる」くらいが精々だろう。自分の知らないところで何かがある、それは、仕方のないことなのだ。

いや、それよりも。

「……シェラ様が、そんな。馬鹿なことが。目覚めない、ということは何かご病気でしょうか。それなら、大神殿の女神様がシェラ様をお救いくださらないでしょうか？　お怪我でもご病気でも、女神様なら」

「貴方がそれほど熱心な信者であるとは知りませんでしたが。ルドヴィカの奇跡で救えるなら、既にそうなさっていらっしゃるでしょうよ」

「……」

「………死なずに、なんとなかったとしても。上の方々が、どうにかなさったとしても、どのみち、ここは終わりです。レンツェの王族であるシュヘラザード姫は「毎晩」欠かさず皇帝陛下に料理を献上することが条件ですよ。病気だろうがなんだろうか、「できない」夜があれば、それで終わりです」

雨々はまたため息をついた。

もし姫君が目覚められたとしても、一日でも過ぎていれば姫君と皇帝陛下の「千夜千食」の物語はお終いだ。雨々が呼び出され、解体の旨を聞かされたのは夕刻。戻って来て、今も姫君が目覚めない。あと数刻で「今日」が終わると、もう何も間に合わないと、上が判断したのだ。

「……」

「納得しました？　なら、出て行って頂けませんか。私も、さすがに……一人でそっとしておいて頂きたいのですが」

疲れ切った雨々の様子に、マチルダは普段であれば「申し訳ございません」と頭を下げて、そそくさと出て行くはずであった。

だが、段々と、話を聞いて、マチルダは落ち着いてきた。

「……つまり、まだ、姫様は、シェラ様は、お亡くなりになっておられないのですよね？」

「一応は」

「……」

混乱したものの、その言葉は何より、マチルダの体に力を入れさせた。

……マチルダは雨々が知っている情報が最新のもので、最も重要性が高いという慢心はない。けれど、現状自分が「シェラ様はまだ生きていらっしゃる」という認識でいられるのなら、やらなければならないことがあるだろう、と、そのように。

「あっしに難しいことはわかりやせんが、雨々さん。それなら、あっしらは、こんなところでグダついている場合じゃありあせん。あと数刻で一日が終わる。その前に、夜になっちまう。そうなれば皇帝陛下に謁見できる方を見つけるのも、できなくなりやすよ」

「……はぁ？」

「さぁさぁ。雨々さん、しっかりなさってください」

ぐいぐいっと、マチルダは雨々の腕を強く摑んで引き起こした。

「あっしや雨々さんでは皇帝陛下にお目通りを願うことなんぞ不可能でございましょう。雨々さんは、奴隷のあっしより、出入りできる場所がございましょう。そのぐしゃぐしゃになった顔と髪をちゃんと整えてください。身なりをきちんとして、真っ直ぐに背筋を伸ばしていれば、聞いて頂ける話もありましょう」

さぁさぁとマチルダは急かす。今は一秒だって惜しむべきだ。だが、慌ててはいけない。

＊

弓の訓練を終え、あえて白梅宮の近くの道を通って帰るカイ・ラシュは喧噪にふと首を傾げた。

「白梅宮が、騒がしいな」

「レンツェの王族の品位が疑われますが。全く、もう日も沈んだというのに、喧しく何をしているのやら。あの宮の者どもは、礼儀作法がなっておりません」

「青蘭（せいらん）」

カイ・ラシュは最近側近にと付けられた三つ年上の少年の名を呼んだ。蘭家本家の次男である青蘭は、窘められたと気付いて一瞬不快気に顔を顰めた。けれどどれほど内心で侮っていても、目の前にいる白い狼の耳の少年はアグドニグルの王族である。直ぐに表情を慇懃なものに改めて、目を伏せる。

「申し訳ありません」

「うん。この時間、シェラはおばあさまのところに行っているはずだから、白梅宮はいつも静かなんだけど……何かあったのかな。シェラのことだから……何か忘れ物をして、それを白梅宮の人たちが見つけて慌ててる、とか？」

ありそうだなぁ、と、カイ・ラシュは想像して一人、クスクスと笑った。

「殿下が気にされるようなことではないでしょうが、もしそうだとしたら、白梅宮の連中がどれほど騒いでも無意味ですよ。あの宮には、瑠璃皇宮へ行ける位の者がいないのですから」

「シーランやスィヤヴシュなら行けるだろ？　あ、でも、二人がいないから騒いでるのかな」

「殿下、もしや」

「うん。僕が行こうかな」

日が沈んでいるが、カイ・ラシュは皇宮で唯一認められた「皇孫」である。突然行って会えるほどではないが、無下にされない立場だった。

「シェラが困ってるなら助けたいし」

最近会えない日が続いたから、会う理由もできて良いとカイ・ラシュは思う。けれど青蘭は首を振った。

「第一皇子殿下のご子息であらせられる殿下が、第四皇子殿下にゆかりのある方に関わることは良くないと、私は常々申し上げておりますが」

カイ・ラシュは「彼はこういうところが、本家に疎まれたんだろうな」と思いながら、くどくどと続く青蘭の話を聞く。自分の側近になることをどう理解しているのか、青蘭は事あるごとにカイ・ラシュを自分の発言で制御できると思っているらしい。これはカイ・ラシュに対してだけではなく、青蘭という少年は自分が最も価値の高い人物で、有能であると信じ切っている。だから、自分の言葉が他人に重要視されない、あるいは影響力がないなどとは想像もしていないらしい。

そもそもカイ・ラシュとシュヘラザード姫の因縁、あるいは好意的に見て友情、または腐れ縁は後宮の者であれば誰もが知っている。知っていて、黙って見過ごしている。本当に「まずい」のなら、春桃か白皇后がそれとなく行動を制限させるが、それがないのは、まだ許される範囲であるからだ。

後宮で仕えるのなら、そのあたりの道理を埋解しているべきだが、本家は次男を後宮に上げる際に、教育をしていないのか。自分と共に葬るつもりの捨て駒なので、教育する気もなかったのか。

＊

「と、いうわけでございまして、皇孫殿下。あっしら下々の者では畏れ多くも皇帝陛下の御前に出ることなど許されません。ですがこのままでは本日が終わり、シェラ姫様の願いが消えてしまいます」

「…………なので、僕に、おばあさまへ口添えをと…………え、ちょっと、待て。待ってくれ……その前に、そもそも……シェラが、え？　……し、死ぬって？」

「はぁ、そのあたりは、あっしらには何とも」

カイ・ラシュはすぐに青蘭を使いに出した。母の元へ確認に行かせた。白梅宮で起きていることだが、後宮を取り仕切る母が知らぬはずがない。いや、既に白梅宮にいるのに、態々出て他所で情報を仕入れねばならないのは妙なのだが、食房以外に「立ち入り禁止」と言われては、自身の宮でもないのでカイ・ラシュがどうこうできることはない。

青蘭はすぐに帰ってきた。春桃はカイ・ラシュに即時蒲公英宮へ戻るように、と、それだけだった。

「……」

つまり、知ることができない、ということだ。関われない、という意味でもある。けれど今この場を強制的に連れ戻されるほどのものではない。あるいは、シュヘラザードとカイ・ラシュの友情を知っている春桃妃は「何かしたいことがあるのなら、なさりなさい」と、黙認してくださっているのか。

白梅宮で、あるいは後宮全体で何かが起きていて、シェラが関係していて、そして、カイ・ラシュはシェラの安否を知ることができない。

「……シェラは、無事なのか…………？」

「あっしらの知る範囲では、このままお亡くなりになられる可能性が高い、ということでございますが」

「マチルダはどうしてそう落ち着いていられる!?」

いつものゆったりとした調子に、カイ・ラシュは思わず怒鳴った。

「叔父上は何をしている……シェラは、叔父上の婚約者なんだから……！　今、何をなさってるんだ!?　それに、おばあさまだって、シェラに何かあれば……」

「あっしらに知れること、できることは限られております。皇孫殿下。その上で、どうかお願い申し上げます。カイ・ラシュ皇孫殿下。このままではシュヘラザード姫様の千夜千食の物語は、シェラ様がお眠りの内に終わってしまいます。そしてシェラ様の多くの関係者は、そのことについて、重要視されておりやせん」

深々と、マチルダはカイ・ラシュに頭を下げた。床の上に両膝をついて、身を丸めて、両掌を床につけている。

マチルダはシュヘラザード姫が「目覚めない」状況であると、理解した。周囲もそうだろう。なので、白梅宮の食房は不要になった。それで、雨々へ解体のお達し。

「なので、あっしらが、作ります。シュヘラザード姫殿下のお言葉、お教え、お考え、料理に関してのシェラ様のことは、あっしと雨々殿がよく知っております。幸いにして、いくつか未だに陛下にお出ししておりません料理もございます。どうか。どうか」

シュヘラザード姫が目覚めるまで、自分たちが料理を作り、皇帝陛下に献上させて頂きたいとマチルダは懇願した。

「何を世迷い事を……！　貴様、奴隷であろう！　そのような身の者が作った物を……至高の存在たる皇帝陛下に……!!　なんという無礼な……!!　この場で手打ちにしてやる!!」

「青蘭」

腰の剣を抜いて怒鳴る青蘭に、切っ先を突きつけられながらもマチルダは微動だにしなかった。

カイ・ラシュは頭が混乱していた。シェラの身に起きたこと、どうなるのか、今どうなのか。走り出して、喚いて、なんとしても知りたい気持ちが強く出る。けれど、自分は今、そんなことをするよう求められるのではなく、今、眼下の奴隷が自分に「要求」していることを、カイ・ラシュは理解して考えなければならないのだ。

「マチルダはどうして、料理を作ることを選ぶんだ？」

「レンツェの王女がいなくなれば奴隷の者など、誰も優遇しませんから、惜しいのでしょうよ」

さもしいことだと、青蘭が吐き捨てる。我が身可愛さからの行動、浅ましいと、そのように。

「そうなのか？　マチルダ」

「あっしは、自分で奴隷になると選んだ者でございます。今更、我が身に関して何を憂うのでございましょう」

「フン、口ではどうとでも言える。殿下、こんなものに構うなど時間の無駄です。春桃妃様のお言いつけ通り、蒲公英宮へ戻りましょう」

「青蘭。君はなぜ、僕が他人に問い質した言葉を代わりに答えるんだ？」

カイ・ラシュはマチルダの方へ近づき、自分もその場にしゃがみ込んだ。

「マチルダ、君はわかってる。シェラの代わりにおばあさまに料理を差し出すということは、おばあさまが「良し」としなければ、代償を支払わないとならない。だけど、選択奴隷は既におばあさまの財産だ。マチルダは命で支払うことができないし、おばあさまにとって価値のある物を君は何一つ持ってない」

「はい、さようでございます」

「だから、僕にさせたいんだね？」

カイ・ラシュはマチルダの隣で同じように平伏している雨々を見た。黙っている。が、これだけ

のことをマチルダ一人で考えたとは思えない。

雨々はこの時間、カイ・ラシュが白梅宮の近くを通っていることを知っている。その上で、騒いだらカイ・ラシュが「どうしたんだろう」と、興味を、関わろうとする心を抱くことを、知っていた。

身分の低い二人が喚いて何か言って乞うのではなく、カイ・ラシュが自分から二人に近付けば、白梅宮のこの二人は、自分たちから情報を漏らしたことにはならない。

「僕でなければ他に誰か、候補はいたのか？」

「……シュヘラザード姫様に好意的で、なおかつ、ある程度の権力をお持ちの方は限られております」

「そうだな。でも、二人は、いや、マチルダは、どうして料理を作るってことを選んだんだ？」

今度は青蘭の邪魔は入らなかった。

マチルダは頭を伏せたまま、ゆっくりと答える。

「シェラ様が、悲しまれるでしょう」

あんなにお小さい方が、毎晩毎晩、一生懸命考えて作り続けていらっしゃる。

アグドニグルではレンツェの民は未だに憎悪の対象で、いかにシュヘラザード姫が朱金城で愛されようと、慈しまれようと、それはそれとして、レンツェの民なんぞどうなっても構わないと、シュヘラザード姫の願いなど、重要視されていない。異国人であるマチルダはそれを肌で感じて知っている。

多くのアグドニグルの人間にとって、シュヘラザード姫が千夜千食、皇帝陛下に献上するのは「娯楽」となっていた。陛下がどのように喜ばれたか、どんな物か、興味の対象でしかない。そこに、千夜続けばレンツェの国民を許して欲しいという、エレンディラ王女の思いは、考慮されていない。

眠っている間に台無しになってしまったら、シェラ姫が悲しむだろうとマチルダは言う。

「……このまま目覚めない、とは思わないのか？」

「そうはなさらないでしょう。普段、あれだけシェラ様を可愛がっていらっしゃる第四皇子殿下とて、このまま黙って、シェラ様がお亡くなりになるのを待つはずがございません。と、いうか、それくらいして頂かなければ困ります」

「……困る、って……叔父上は、シェラを見捨てるかもしれないじゃないか」

カイ・ラシュは以前、黒化したシュヘラザードを「処分」しようと動いたヤシュバルを知っている。自分がシェラを想うように、叔父がシェラを「選ぶ」だろうか、という不信感。

しかしふと、マチルダは顔を上げた。

「そうかもしれやせんが、しかし、それなら、第四皇子殿下に見捨てられた如きで、あっしの姫様が亡くなってしまうのかと考えますと、それもどうも、ありえねぇな、と思うもので」

マチルダは「シェラ様がお亡くなりになっていないのなら、自分が時間を稼ぐべき」と、すでに答えを出している様子だった。

カイ・ラシュは瞠目する。

隣の雨々はもう腹を括っているのか、黙ったままを貫いている。ここにはマチルダだけいればよかった、というのに、一緒にいる。例えば、マチルダが手打ちにされた場合は、マチルダに代わって雨々が料理を作ると言い続けるのだろう。一蓮托生というのか、なんなのか。

「おばあさまの口に入る物だ。僕が「不味かった場合、お気に召さなかった場合、僕の命をさしあげます」と言っても、周囲を説得させる力はない。そもそも、それは母上が許さないだろう」

「ですが、この問題を解決できるのは皇孫殿下だけでございます」

そこで初めて、雨々が顔を上げた。

細い目の男。カイ・ラシュはあまり交流こそなかったが、いつもシェラの名で高級食材を手に入れてはアグドニグルの宮廷料理を再現してシェラに「宮廷ではこういう料理が好まれます」と教えていた。

二人はレンツェの王女を「シェラ様」と呼ぶ。そしてシュヘラザードもそれを許している。その意味を、カイラシュは知っていた。

「……僕の『皇孫』の称号を、返上すると言えば、父上は喜んで協力してくださるだろう」

ややあって、カイ・ラシュが答えると、雨々は再び平伏する。

それが求められた答えなのだと、カイ・ラシュは頷いた。

第五夜

最後の扉をくぐると、まばゆい光、一瞬。その後に、景色が開かれた。

「……わーぁ。まぁ、そう、来ますよねぇ」

真っ白い、雪景色。視界が覚束ないほどの、吹雪。体が浮いて、水の中。ぼちゃん、と、突き落とされた、冷たい冬の池の中。

必死にもがいて、出ようとすれば、頭を押さえつけるブーツ。ゲラゲラ笑う男女の声。私は両手両足を一生懸命に動かして、寒くて、怖くて、凍えてしまって、沈んでいく。

（エレンディラの最後の記憶。最も怖くて、辛くて、最悪だった少女の記憶）

覚えていないわけではない。私が私として意識を取り戻した直前のこと。それを自分自身の経験だと、その時は妙に思うことができず、いや、できなかったから、今この、扉の中での再現か。あるいは。

「わ、わ、わだ、わだじが……唯一、憎悪を……抱くと、じ、じ、じだら……ご、ごご……で、ずぼん……で……」

アグドニグルの優しい人たちに保護されて、大切に扱われるようになりました、私。それで何もかも、一安心。いろいろ辛いことはあるけれど、もう、池に突き落とされることなどないし、犬をけしかけられ、噛みつかれ、引っかかれることなどありません。安心安全、幸せですね。

ので、思い出させられたわけです。

「……ぐ、うぅ……ぐ……ざ、ざぶい……」

ガタガタと体を震わせ、私は池からなんとか這い上がる。記憶の再現、ではなくて、状況の繰り返し。這い上がればまた、兄姉、けしかけられる犬が私を池に突き落とす。それを何度も何度も何度も何度も何度も何度も何度も何度も、飽きもせず、繰り返し続ける。

この酷い体験は「エレンディラのもの」と、そのように隔離していた私（シェラ）の意識にも、「これは自分がされたこと」「どうして自分がこんな目に」辛い。辛い。辛いい辛い辛い辛い辛いもう止めて、と。終わらない拷問に追い詰められる。けれどシェラの記憶では、ここでこの気の毒な少女は救われるはずなのだ。

哀れな幼い奴隷の子は、王女と名乗って、助けて貰える。この寒い池から這い上がり、抱きしめてくれる腕があるはずだった。けれど、それがない。何度繰り返しても、池に黒衣の人が現れることはなく、ただただ繰り返し繰り返し、氷の張った池の中。

これが、中々に、むごい。

救われるはずだ。助けて貰えるはずだ。と、なまじ記憶があるもので。どうして、どうして、なんで、助けてくれないのかと、そのような、裏切られたと思うような。池の水の冷たさよりも、犬の牙が食い込むよりも、ぐいぐいと、心を抉ってくる。

湧き上がってくるのは怒り。本来この場で抱いた、気の毒な幼女が虐げられたことに対する義憤ではない。利己的で傲慢な、他者へ対して、期待していた通りにして貰えないからと、湧き上がる、怒り。

客観視してみればこれほど身勝手なこともないけれど、「私がこんなに辛いのに、どうして助けてくれないのか」と、思ってしまうとどうしようもない。助けてくれたのに、助けてくれないと、そのように思う矛盾。辛くて悲しくて苦しいから生まれる、怒りの感情。ある種の憎悪とさえ言える感情が、私の中で溢れかえって、どんどんと。

ぐるぐると、嘔気。体調からなのか精神的なものからなのか、わからない。幼いのはエレンディラだけではなくて、前世の自分自身、そう長く生きたわけでもない。

（ここで、何をさせたいのか）

けれど客観的に。傍観者として、眺める心がまだあった。余裕、ではなくて、そういう風に俯瞰することで免れた経験が何度も、前世であったから。

この扉の中の、世界。幻想。映像と言うべきか。そのあたりの道理はもう、いい。けれどこの中での出来事は何もかも、私を救うものであるはずなのだと、その前提。

数々の私とて、ここにたどり着けていたかもしれない可能性。その上で、夢十夜を越えられなかったということを考えながら、この状況。

（誰も助けに来ないから。それを、私自身わかっているから。わかって、認めて、諦めて。その上

で、なんとかしないといけないと、それは。そう）

大前提。私は現在、この夢十夜の中、自分で何もかも、なんとかしないといけないと、思っている。考えている。外からの助けがないと、わかっている。と、いうよりも、私を助けようとして、夢の中のスィヤヴシュさんは破裂した。その血。その音。その感触は今も生々しい。

白梅さんの話によれば、彼の世界の私は死んだそう。その過程で何があったか私にはわからないし、白梅さんもそうだと思うけれど、誰かが何かしようとしてくれたとしても、だめだったということだ。

だからこその、夢十夜。白梅さんが、私を助けるために、必要だと起こしたこと。それを、私が私だけの力で解決させなければ、私が死んだという結果は変えられないのだろう。

「……と、いうことは。再確認、の意味ですか？　この状況。私が、今更自分を救えるのは自分だけ、と、突きつけたいのでしょうかね」

ぽがり、と、もがいて池の淵。

ただ。私の中で引っかかる。そんな、今更な。当たり前のことを、再確認してどうなるのか。

「……」

違和感。疑問。簡単すぎる問題に当たった時に、答えを疑う心理。

「なぜ、誰もお前を助けないと思うのか」

ぐいっと、誰かに引き上げられた。力強い腕。勢い、冷たい、手。

「……これは、これが。この扉の中の、登場人物Aってことですか」

私はぐしゃり、と顔を歪めた。

「ヤシュバル様のお姿で、今この場にいらっしゃるのは、あまりにも、あんまりにも、むごいことじゃありませんか」

ずるずると、私は体を引きずって這い上がり、ヤシュバル様の姿をした男性を見上げる。

「さて君は。君自身で何もかも解決できるだけの能力があり、覚悟がある。その上で、君はなぜ、自分を助ける外部の存在の可能性を、一切考慮しないのか」

「簡単な問題ですよ。あなたにとって、私は雪の中で震えていたかわいそうな女の子、というだけ」

「事実の何が問題なのか」

「あなたは私がかわいそうな女の子だから、助けてくださっているんです。それはあなたの善良さ。あなたの徳、故のこと。私自身に対して行われていることではありません。翻って、私は、エレンディラは人に助けられるべきかわいそうな子であると考えているけれど、私は、シュヘラザードは、守られるより、何かを守るために前を向いて、声を張り上げて、笑って、笑って、何もかも、気にしていないような顔をしていなければならないと思っているんですよ」

メリッサの神域で、ヤシュバル様は私を助けに来てくださった。あの時の私はエレンディラだった。

「……あぁ。本当に」

ぐいっと、私は自分の顔を両手で覆った。

「なんて自分勝手なこと」

この空間の、この、一種の試練の答えがわかった。

数々の私ができなかったこと。あるいは、答えにたどり着きながらも、得ることのできなかったもの。

「〝誰か助けて〟なんて」

言えるものか。言ってしまって、どうしようもないことなど、わかっている。これは、エレンディラの半生から、というだけではない。

エレンディラなら、私が助ける。私が救う。あるいは、彼女なら他人に庇護される理由がある。かわいそうな女の子。顧みられることなく死んでしまった女の子。気の毒で、けなげで、懸命な女の子。彼女の身に起きたことを、憤れる自分は「強く」「被害者」ではありえない。

「私は自分のために戦い、全力を尽くして、あがいて、進んで、それで、結果。上手くいかなかったとして、それは、自分の結果。自分の力不足。自分が悪くて、ちゃんと、戦ったのだから、それは、けして。惨めじゃないと」

虚しくはない。誰か助けて、などと、他力本願に叫んで、それで、誰も助けてくれない惨めさより、ずっと良い。

「私が、〝誰か〟が自分を助けてくれると、信じられたら。良いのでしょうね」

私は私を見下ろす、ヤシュバル様の姿をした答えを見上げた。

「私が、私を誰かに助けられる価値がある人間だと信じられたら、良いのでしょうね」

白梅さんが救えなかった多くの世界線の私が、たどり着けたとしても、踏み越えられない線。

止んでいた雪が、再び降り始めた。蹲り、私はじっと、凍り付いていく自分の体を感じる。

じんわりと、毒が回る。私が自分が生きるための道を諦めた途端。容赦なく。

白梅さんの守りが消えたのかもしれない。この私はこれ以上先に進めないと、そう判断。それでは次の私をと、そのように。

何千回、何万回と繰り返したところで無意味だと、私は白梅さんに言いたかった。

他人の悪意で私が死んだのが、白梅さんの世界線だったかもしれない。けれどそれ以降は。少なくとも、白梅さんが助けようと私を夢の中に閉じ込めてから、私が死んだのは、私自身の自業自得。

第六夜

「シュヘラザード」

「……」

ふわり、と、抱き上げられた。

「……」

瞼が凍り付いて、開かない。唇は動かず、体の感覚がほとんどない。肉体だけではなくて魂まで凍り付く私の体を、ぎゅぅっと、誰かが抱きしめた。

「……この雪は、私のものか。いや、違う」

険しい声が聞こえた。怒気を含んだ、強い音。

「私の雪が、氷が、君を傷つけることはなく。君は二度と、凍えることなどないのだから」

これらはまやかし。不要なものだと、そう、決めつける声。

「消え失せろ。悪意」

ゆっくりとした歩み、振動が心地よくさえあった。凍える体に染み込む他人の体温。瞼が段々持ち上がるようになってきて、目を開ければ真っ白い顔に赤い瞳、黒い髪のヤシュバルさま。

……改めて、顔がいいな、この人。

ではなくて。

「……本物ですか？」

「……私の偽者がいるのか？」

「えぇ、実は」

「それは……あまり、良いことではないな」

眉を顰めて「ゆゆしき事態だ」と真面目そうにおっしゃる。景色が変わったようだった。雪の降りしきるレンツェの王宮、ではなくて、真っ白く、何もない空間。

「ここ、何ですかね」

白梅さんが作った夢の空間とは、少し違うような感じがする。

「私が作った通路だ」

「通路」

「正確には、君にかけられた呪いを私に流し、私の魔力を君に繋いで……」

最初は私にもわかりやすい言葉を使ってくれたのだが、どうしても少し難しい単語を使う必要があるらしく、ヤシュバルさまは困ったように眉を顰める。

「イブラヒムであれば、わかりやすく君に説明ができるのだが……」

いや、どうだろうか。イブラヒムさんはあえて専門用語を使って私が混乱するのを楽しむタイプでは？　しかし、ご友人であるヤシュバルさまがそう思っていらっしゃるのを否定してはいけない。うん。

「要するに、助けに来てくださったんですね。ヤシュバルさま」

ありがとうございます、と笑顔でお礼を言うと、ヤシュバルさまは首を傾げた。

「何か?」

「いや、この空間は……私と君の精神世界のようなものだから、君の感情が少し、伝わってくるのだが」

「……」

「君は、私が来ない方がよかったのか」

ひくり、と、私は笑顔を張りつけたまま片目を引き攣らせた。

「い、いえ。そういうことは……ないんですけど……えぇっと、あの、感謝しています。助けに来てくださって、嬉しいですし……迷惑に思っている、のではなくて、どちらかといえば、困惑といいますか」

「君にかけられた呪い、含まされた毒は君自身では解決できない問題だった。それならば、私が君を助けるのは当然のことで、君はそれを理解していると思っていたが」

「うぅーん、うーん……なんでかなー、この人、なんでこう、あっさり言うかなー」

ぐじぐじ悩んで、一人でいじけて腐ってぐじゃぐじゃと、喚いて嘆いていたこちらの葛藤など、想像もしないらしいヤシュバルさま。いや、と、いうよりも。

「私のことを、好きでもないのに、どうしてここまでしてくださるのかと、困惑するんですよ」

「私は君を疎んだことはないが、そう感じさせる振る舞いがあっただろうか？」

「いえ、ありません。嫌いだ、とかそういうのではなくてですね。――ヤシュバルさまにとって、私は限定的に特別な存在、ではないのに、という意味です」

好意的に扱って頂いている自覚はある。大変、大切にしてくださっている感謝の念もある。けれど、決定的に。

この人、別に私のことを特別大切、とかじゃない。

過保護にされている部分もあるし、客観的に見れば「溺愛」されているようにも感じることはできるけれど、根本的な部分が「違う」のだ。

正直なところ、ヤシュバルさまより、まだイブラヒムさんの方が私を「特別視」しているとさえ言える。

ヤシュバルさまは私に関心がないわけではない。関わろうとしてくださって、あれこれと気にかけてくださっている。

けれど、興味はないのだ。

私が何をしようと、どんなことをしようと、ヤシュバルさまは私に対して向ける優しい眼差しを変えない。

私がどんな料理を作ろうと、ヤシュバルさまにとって、それが陛下の歓心を買うかどうか、それにより、私の願いが叶うかどうかと、そういう判断しかしない方だ。

「……常々、私も疑問には思っていたのだが」

「え、何ですか……」

助けに来てくれた人に対して、ちょっと酷い言葉を投げてしまった自覚はあるので、私は「クレームか!?」と身構える。

「私は君の後見人だ」

「それは、存じておりますが……？」

レンツェの池に落ちて震えていた幼女に見つかったばっかりに背負い込んだ苦労についてなら、私だってよく知っている。

何が言いたいのか、と首を傾げると、ヤシュバルさまは頷いた。

「つまり、私は君を守る責任がある。それは私自らが選んだもので、強制されたものではない。つまり、君に対して行うべき責任についての範囲は、私が決めるものなのだが」

「は、はぁ……」

いや、だから、何が言いたいのか。私は相槌を打ちつつ、言葉の続きを待つ。ヤシュバルさまは私を抱きかかえた腕を一度ずらし、少し落ちそうになっていた体勢を直すと、僅かに小首を傾げた。

「私が考えるに、君は常に、幸福であるべきだ」

「……はい？」

「暖かな場所で、花が咲くように穏やかで優しい場所で、君は笑っているべきだ」

「……え、え……え？」

「私はそうあるべきだと考えていて、君がそうであることを望んでいる。そうだ。望んで、いや、願っている。実際に難しい場面があることを理解しながら、立場と責任を自覚しながら、その上で、私は君の周りが常に、優しいものであるようにと。祈りのように、願っている」

じっと私を見る赤い目はいつも通り。真面目で真顔で、真剣だ。

（……気持ちが悪い）

さすがに言葉には出さないが、盛大な愛の告白じみた言葉を受けた私に湧き上がるのは、嫌悪感。触れていて、この空間で、ヤシュバルさまがそれを感じ取れないわけはないのに、私を抱きしめる腕の力も眼差しも変わらない。

唐突過ぎる。あまりにも、あんまりにも、一方的だ。

これで、私とヤシュバルさまの間に何か、例えば私とカイ・ラシュの間にあるような、友情、あるいは親愛、何かしらの、お互いの人間性を理解して、互いに尊重し合って、芽生えた感情があるのなら、これほど素晴らしく嬉しい言葉もなかっただろう。

私の抱く不安も疑問も葛藤も何もかも、一切合切、消してしまえるほどに強い言葉になっただろうに、けれど、そうは成りえない。

（そもそも私たち、そんなに、親しくないですよね？）

お互い、知っていることといえば、名前とどんな性格かと、姿をしているか程度じゃないか？　好意的に見てはいる。けれど、まだ、まだ、私たちは「知り合って、間もない」という程度の、お互い好意を抱ける対象であるという確信はあるけれど、そこまでだ。

私はヤシュバルさまに、こんな熱烈な言葉を頂く覚えがこれっぽっちもない。と、いうのに、ヤシュバルさまには、その疑問がないらしい。

「そうしてそのまま、連れ出されると困るのだが？」

コツコツと歩くヤシュバルさまの向かいに、誰か立っていた。

「……あれ？」

知っている声。そして、だんだんとはっきりしてくる姿に、私は思わず目を見開く。コツン、と、ヤシュバルさまの歩みも止まった。私を抱き上げたまま、僅かに体が強張ったのが私にもわかった。

「と、いうわけで、私がラスボスだ！　剣を抜くがよい、ヤシュバル・レ＝ギン！」

進む先に、立ちはだかる赤い髪に、軍服姿の女性。手にはすらりと長く黒い剣が握られ、素早く振り上げられた

「はぁあああぁあ！！！？」

私は先ほどまでのシリアスな雰囲気もこちらの葛藤も悩みも何もかも、台無しになるほど大声を

上げた。

「っ、ヤシュバルさま!!」

「……これは……？　なぜ、母上が」

ヤシュバルさまも腰の剣を抜き、応戦される。片腕で私を抱き上げたままで、だ。私は完全に足手まとい、文字通りお荷物である。

「へ、陛下……いえいえ、え？　本物……じゃないですよね!?」

「無論、この空間の生み出した偽者である！」

「うわぁ！　偽者なのに本物が嘘ついてるような気がする言動!!」

赤い髪を靡かせ、やる気満々で斬り付けてくる皇帝陛下。大変楽しそうで何よりですが、攻撃を受けているヤシュバルさまは一撃一撃を受けるたび、顔を顰めた。

「……呪いが姿を得た、ということか？　しかし、なぜ陛下なんだ？」

「まぁ、それは。今回、私を呪ったというか、毒を盛ったの、陛下だからじゃないですか？」

さらりと言う私にぴたり、と、ヤシュバルさまの動きが止まった。

まさかのお出ましに驚きはしたけれど、まぁ、考えてみれば出て来る可能性はあるわけで、私はヤシュバルさまより落ち着いている。

ひょいっと、私はヤシュバルさまの腕から降りた。危険だという顔をヤシュバルさまはされたが、今の陛下に殺意はない。私がどういう態度を取るのか、ニヤニヤと口元を楽し気に釣り上げて待っていらっしゃる。

……実は本物だったりしない？　そう？

「最後の難関と言いますか。なんですか。私が正しく、自分で脱出できたなら、いらっしゃらなかったと思いますけれど。私が今、この状況に納得してないからなのか、それとも、呪いが「このオチは不可」としているのか、知りませんが……」

「おぉ、賢いなぁ、シュヘラザード姫。そなた、色々、やっと理解したか？」

「まぁ、朱金城で、大事に守られてる私を呪うなんて、陛下が許可しないとできないでしょうし、かといって、陛下が私に悪意を抱かれる理由はありません。なので、考えられることは、まぁ、異端審問にでもかけられたのかなーと」

なぁなぁにしてくれないかと思っていたが、無理だったんだろうな、と理解する。

祝福を得ている私ではあるけれど、その詳細が不明。そしてその上、黒化から無事に元通り、になって元気に毎日生きています。

なんていう私を、さて、神聖ルドヴィカがいつまで放っておいてくれるのか、と。

「ただの呪いや病気なら、メリッサが治せるはずですし、私が死んでるのは妙なんですよね。それで、女神であるメリッサが出て来られない、としたらメリッサより上の神様の存在だと考えられます」

「……私が把握している限りでは、君は……ルドヴィカの〝尋ねる者〟に、審問のために呪いをかけられた、という話だが」

「この私のいる城で、たかだか神官一人が好きにできるわけがないだろう。あ、いや、私はもちろん、偽者なのだがな」

　ふふん、とふんぞり返る偽陛下。

「黒化し、生還したそなたは異物である。特異である。ゆえに、神聖ルドヴィカは問うてきた。そなたは魔女か、と。ルドヴィカの秘跡により、そなたを呪い、魔女であれば呪いは効かず、そなたは目覚めるだろうと申してな」

「はぁあああぁああ!?」

　あーあーあー、それあれだー。

　魔女裁判で、魔女疑惑の女性を両手両足縛って川に投げ込んで、「魔女は水に浮く」ので、浮かんできたら魔女である！　とか、そういうやつと一緒じゃないですかー!!

　あんまりなクソ実験に、私は頭を抱えた。

「陛下何許可してるんですかッ！」

「いや、ほら、私は偽陛下であるので、な?」

　詳しいことはちょっとわからないや、と、テヘペロ、とされる皇帝陛下。

「と、まぁ。そういうわけだ」

　おちゃらけた雰囲気が一瞬で切り変わる。ザンッ、と、再び陛下が剣を振り、ヤシュバルさまが私を抱えて後ろに大きく飛びのいた。

「ここから出せば、シェラ姫は魔女となる。故に、阻むぞ」

　青い目に、普段私へ向けられる優しさは一切ない。

私でも感じられる、殺意にびりびりと肌がひりつくようで、あ、いや、本当に、バチバチしている。

「偽陛下とはいえ、私はアグドニグル皇帝である。で、あるので、全力で殺しに行くぞ」

雷鳴。

目に見えるほどの電撃が周囲に弾けた。

「さぁボス戦だ!!　安心せよ！　最終形態を残しているとかそういうことはない!!　ただしブレイクゲージは三つほどあるぞ!!　一つブレイクするごとに防御無視の広範囲攻撃が入るから注意せよ!!」

第七夜

「ヤ、ヤシュバルさまッ!!」

刃物のぶつかり合う音の間に、私の叫び声が響く。

一定の感覚で襲いかかるオートの波状攻撃。雷のリングとなって陛下を中心に大きく広がり、避けなければ輪切りになる。これが一本ならいいのだけれど、ランダムに三本から十本、全方位から襲いかかってくる。

避けなければサイコロステーキまっしぐらだ。

なんだこのクソな音ゲー、と私だったら切れ散らかしているところだけれど、ヤシュバルさまは器用に避けられた。

避けられることは避けられる。けれど私の目にもわかる、ヤシュバルさまは防戦一方だ。私を腕に抱えているからかと思ったけれど、そうでもないらしい。

陛下が近づいてきて、一撃を繰り出し、それを受け防いでも、反撃はしない。

「……」

なので徐々に少しずつ、ヤシュバルさまに傷ができる。頬、腕、足、肩。あちこちと。陛下の剣、あるいは雷の刃が、体を傷つけていく。

「ヤシュバルさま……ッ!!」

どうして反撃しないのか。

受けるばかりで、防ぐばかりで、剣を振り上げようとなさらないヤシュバルさまに、私は叫ぶ。

「……アグドニグルの者として、私が陛下に剣を向けることなど、あってはならない」

「…………だったら、だったら……!!」

このまま殺されてもいいのか、と私は聞けなかった。そうだ、とこの方が頷く気がした。いや、頷くだろう。それが、私の知っているヤシュバルさまだ。

……ならなんで、ここに来たのか！

それは簡単だ。ここに陛下がいるとは思わなかったから。陛下が関与されているとは考えもしなかったから。

「……っ」

私はなじるべきだった。

それなら、今、私を強く抱きしめる腕の力はなんなんだ。今もずっと、陛下の剣から私を守り、そのために自分の体の傷が増えていらっしゃるじゃないか。

陛下と戦えないのなら。今ここで、私を見捨てるべきじゃないのか。

いや、それは、あまりにも、あまりにも、卑怯だと、私は自分をなじる。

優しい心で、私を助けに来てくださった方なのだ。

私を案じて、救いに来てくださった尊い方なのだ。

そのヤシュバルさまが私を見捨てられないのであれば、私が自分で飛び出して、ヤシュバルさまをアグドニグルの忠実な臣下に戻してさしあげるべきなのだ。そうすべきだとわかっていて、私がやるしかないと、気付いて、だというのに。

「……」

ぎゅっと、ヤシュバルさまの服を摑む私の手が、どうしても離れない。

(助けてくれるの?)

(本当に?)

(私のことを、守ってくれるの?)

心に浮かぶ、ぽつんと、ほわり、と、ふんわりとした、思い。

いや、だめだ。

だめ、だめ。そんなの、だめ。

振り切って、振り払って、身の程を弁えて。自分がどれほど、無価値で邪魔な存在か、思い出して。混乱。

「見苦しいわ！」

「ッ、シュヘラ!!」

陛下の剣が私に狙いを定めた。防ごうとするヤシュバルさまの剣を弾き、私を抱く反対の腕を切り落とし、私の頭を摑んで引きずり出した。

「そなたも、姫も。何も選ばず、何も捨てず。何も変えず、得ようとすらしておらぬ」

首を落とされる、と、わかった。目が合った。青い目。

私は目を閉じなかった。

けれど、視界が真っ黒になる。

黒。

真っ黒い服が、目の前に。

「……なんで、そこまでしてくれるの？」

私を庇って、背に何本もの雷の矢を受けて、血を吐き、私を抱きしめるようにして、膝をついて倒れた。

陛下の攻撃は少しも私に、かすりもしなかった。

無言。

私の問いに答えることもなく、ただヤシュバルさまは私を抱きしめて、庇い続ける。

「そなたはその男に一言、言えばよかったのだ。自分を助けてくれ、と。私を討て、と。そのように縋れば、その男は〝守護者（ヤシュバル）〟たる義務として、そなたを選べたであろうに」

「……」

コツコツと軍靴を鳴らして陛下が近づいてきた。

「そしてヤシュバル、貴様はシュヘラザードがそのように乞えずとも、私に剣を向け、歯向かえばよかったのだ。で、あれば、本来。そなたの方が私より強い。かような目に遭うことも、シュヘラザードを泣かせることもなかった」

呆れる声。

「そなたはなぜそうなのか。足掻く姿、もがき生きようとしていさえすれば、結果がどうなろうと構わない。私にプリンを献上しようとしたその時でさえ、駄目なら別段構わなかった。鞭打たれた時も、足を焼かれたその時すら、恐怖を感じず、怒りもしない。自分が理不尽な目に遭うことを当然として、それを嘆く方が「みっともない」と思っている」

「……」

「その気質、その悪癖。それは悲劇の王女エレンディラのものではなかろうな。そなた自身の、魂に、記憶に、何もかもにこびりついておるものだ。名を頂き、姿を変え、それでも拭えぬ前世の糞だ」

他人に優しくされることに懐疑的。その価値が自分自身にはなく、価値があるのは、そうと思える他人の「思いやり」のある徳ゆえのものと、そう考える思考。

「全く以て、バカげている。くだらない。そのような思考の持ち主が、そのような、他人が自分を想う心を信用しない愚か者が、周囲に毒を撒き散らす。そなたが自分を無価値と思おうが死にたがろうが、そなたを守りたいと、生かしたいと、願いを叶えてやりたいと思う〝他人〟が、そなたのために身を削る。全く以て、損害だ。有益、無益のどちらでもなく、そなたは害悪である。で、あれば、微睡みの内に、死ぬがよい」

死刑宣告。

あの時、レンツェの王宮での問答の再現。あの時私は陛下の答えを保留にした。そのやり直し。

死んだ方がいいのか。

私は陛下の青い目に映る自分の姿を眺めながら、納得した。

レンツェの国民のこと、より、私は今陛下がおっしゃった、私の身近な人達が、私によって不幸になると、そのことの方が気になった。

そうか。

死んだ方が、いいのか。

「おや、おや、おや」

私が諦めて目を閉じようとした途端、場違いなほどのんびりとした声が、どこかからか聞こえてくる。

「これはこれは。異界のお嬢さん、とんだ目に遭いましたなぁ」

「……え？　え？」

ぱちり、と瞬き。

コツコツと杖の音。

戸惑う私の後方から、杖をついたおじいさん、ヨナおじいさんがやってきた。

傍らには白い服の、白梅さん。

白梅さんは少し離れた場所で、片膝をついて畏まるようにしてしゃがむ。

ヨナおじいさんは私と陛下の方へ近づき、細い目をニコニコとさせてゆっくりと頭を下げた。

「……ヨナ、か」

「はい、殿下。ヨナーリスでございます」

恭しくヨナおじいさんは陛下の片手を取り、手の甲に口づけた。

あまりに自然なやりとりで、先ほどまでのぴりぴりとした殺気や敵意が嘘のよう。

「なぜヨナがここにおる？　そなたは今、」

「殿下が大人げなく、お若い方々をいじめていらっしゃるので、お節介に参りました」

凄いぞヨナおじいさん。

陛下の話を遮って、ご自分の話をする。

「いじめ……。ではない。かようなままではならぬゆえの叱責である」

「はぁ。ならぬ、と申しますのは？」

「その娘も、男も、何も選ばず何も得ようとしておらぬ。守る者、守られる者の想いも理解しようとしておらぬ。周囲にとって害悪。覚悟も決意も勇気も自覚も何もなく、生きていれば当人も苦しみ不幸であるだけ。ここで死なせることが慈悲であろう」

「それの何が問題なのです？」

きょとん、と、ヨナおじいさんは小首を傾げた。心底理解不能、何を世迷い事をおっしゃっているのかと、そのように、陛下の言動の何もかもが、酒に酔った人間の戯言のように聞こえる、と言わんばかりの態度。

「人は木を切り、獣の住処を奪い、肉を食べねば生きていけない不完全な存在。生きることは他を蹂躙し、奪い、身勝手に得る、見苦しいものでございましょう」

「……今はそういう話をしているのではない」

「何の違いが？　何の差がございましょう。罪を自覚し磔刑になることだけが、人に残された選択肢だという話をされたいのでは？」

「……ヨナ！」

怒号。

びりびりと、私は陛下の本気の怒鳴り声に体を強張らせた。

「もがき、苦しみ、他人を巻き込み、血反吐を吐き散らしながら進むのが人間でございますよ」

怒鳴られた張本人だというのに、それでもヨナおじいさんの声音は優しい。

「人の世とは、荒波のようなもの。嵐の中で、人は迷い溺れ、流され沈みゆくもの。貴方の光は一直線を指し照らす灯台の光。その光だけを見つめ進めることができたのなら、迷わずに生きられるのでしょう。ですが、人とは、そうはならない。そうは、なれないものなのです。このお若いお二人が、殿下の望む通りの変化、あるいは成長ができなかったとして、死を賜るほどのことでございましょうか？」

そこまで言って、ヨナおじいさんはくるり、と私の方に振り返った。気を失ったヤシュバルさまを私から引きはがそうとして、その腕がぴくりとも動かないことに微笑を漏らす。

「これだけの想いがあるというのに、まったく、これだからお若い方は」

「あ、あの？」

「いえいえ、なんでもありません。さて、異界のお嬢さん。貴方を大切に思っておられる方々は、自分たちが、貴方によって多少……損害を被るとして、貴方に「それなら死んでくれ」と、願うと思いますか？」

「……それは、ないです」

「おや」

私が迷いながらも、はっきり答えると、ヨナおじいさんは少し意外そうな顔をされた。

「さようでございますか」

「はい。カイ・ラシュも、マチルダさんも、スィヤヴシュさんも、シーランも……雨々さんとイブラヒムさんはちょっとわかんないですけど……でも、皆、良い人だから、そんな風には、思わない、です」

「人の善意、善性を信じておられるのですね」

「大切にして頂いていると思います」

「だというのに、彼らの想いを踏みにじれる。なるほど、これは、殿下がお怒りになられるわけだ」

「だろー、そいつら二人、死んだ方がいいだろー」

「殿下は黙っていてください」

ぴしゃり、とヨナおじいさんが陛下の突っ込みを切り捨てた。

「さて……ふむ。こちらの青年より、まだお嬢さんの方がいくらかマシだと思うのですが……今この場で、この青年が貴方と死んでもいいですか?」

「よくないです」

「では何か、差し出しなさい」

ヨナおじいさんは膝をつき、私に目線を合わせる。

「何でも良いのですよ。殿下に、いえ、貴方の陛下にさしあげられる何か。陛下を納得させられるもの。それらを、貴方なりにお考えください」

「……私が、価値があると思えるもの、ですか?」

「そういえば貴方は、陛下に千のお料理を献上される、とそのようなお約束をされたのでしたね」

その話をヨナおじいさんにしただろうか?

けれど、知っていらっしゃるらしい。

「……」

私は黙って思案する。

……自分がどうして「こう」なのか。私だって、わかっていないわけじゃない。

もう終わったことだからと、さらりと流し続けられればいい前世のことを、今でもずっと引きずってしまっているのは、どうしようもないけれど、でも、中々に難しいことだ。

……その点も、陛下は、同じ転生者であるから「今の自分は何者なのか」と、暴きたかったのかもしれない。

「……キッチンを」

私はゆっくり立ち上がり、とん、と、片足で地面を叩く。

第八夜

真っ白い何もなかったはずの空間が、がらりと変化する。

銀の世界。

大きな銀色の、巨大な箱が左右に置かれ、中央には銀の長い作業台。

使い古された、けれど手入れの行き届いたガステーブルの火口は六つ。

一歩、歩くごとに、視界が高くなった。キッチンの業務用冷蔵庫の前に立つ頃には、背は随分と伸びて、見慣れた高さになった。

私は肩までの黒髪を腕につけていた髪ゴムでまとめ、黒いキャップを被る。

「グワッ」

調理台の上には金のガチョウ。

目が合うと「わかってるんだろうな。上手くやってくれよ」と言うようにウィンクされた。

……下町の、小さな食堂のアルバイトが、手伝いで学べる技術じゃない。

けれど私は躊躇わず「まかせて」と頷いた。


血抜きをし、お湯を使って脱羽したガチョウは、多少の骨の構造の違いを除けば、鴨や鶏と同じ八つ落としで処理できる。

「と、その前に、産毛の処理をしないとですね」

ちょいっと、私はガスバーナーで表面に残った産毛を焼く。

「手慣れていらっしゃいますね」

「こうした処理は新人の仕事のうちなので。野菜を剥くのも早いですよ」

まず脚の関節を落とし、手羽先部分も切っていく。骨が当たるが、軟骨部分に包丁を当てるとそれほど力も必要ない。むしろ、力がいるということは、間違った部分に刃が当たっているということになる。

「兎のような小型の動物や、鳥類の解体なら手だけでもある程度可能なんです。まぁ、個人的にはハサミくらいは欲しいですけど」

ペティナイフで太もも部分の皮を寄せ、皮だけ切って、関節を外し、肉の形に添って剝がしていけばすんなりと外れる。

背骨に包丁を入れ、皮を切り、手羽元と一緒に切り取った。

そこからは無言の作業。

ヨナおじいさんは何も言わず、カウンター向こうの席で陛下と一緒に座った。

（私が初めて、丸鶏の解体をしたのは……十六歳の時だったっけ）

就職したフランス料理店。

朝は五時。夜は二時まで。

殴られて失明しかけて、店を辞めるまでの約四年。

「………何もかも、なかったことにしたかったんですけどねぇ」

シュヘラザードが作るのは可愛いお菓子や、家庭で作れるような日本の洋食料理。

祝福の力で、前世で「読んだ」知識は、分量や料理の詳細をありありと、思い出すことができても、使用する範囲はあくまで「ちょっと料理が好きな人間が知ってる」程度。

なかったことに。

何もかも、そんな「時間」はなかったと。

ずっと、小さな食堂で、優しい親戚と一緒に楽しく料理を作っていただけの半生で。

「手伝おう」

「……あれ？　ヤシュバルさま」

「何をすればいいか、指示を」

低温のオリーブオイルの中でガチョウ肉を調理し、思考に沈む私の耳にヤシュバルさまの声がかかった。

「……何か？」

「いえ、いつもより……視界が高いなぁ、と」

「確かにそうだな。だが、私からすればあまり変わらないのだが」

これでも百六十センチ近くはあったので、チビっこのシュヘラザードと一緒にされると、私としては不服である。

「まず全身きちんと滅菌して、コックコートに着替えるかなんかして頂きたいです。その銀色の扉の向こうがスタッフルームになってますから、私の記憶の再現通りなら、クリーニング済みの制服があるはずです」

というか、先ほどヤシュバルさまは死にかけていらっしゃらなかったか。

それがこうもあっさり、ピンピンしておられる。

「お怪我をされていませんでしたか？」

「空間が変わったからか、一度「なかったこと」にされたらしい」

「便利だな!!」

確かに血みどろで厨房を汚されるのはあまり望ましくない。ので、その辺の私の願望が叶ったのか。

さすが軍人さんというか、ヤシュバルさまの御着替えはとても早かった。待ってる間に私はホワイトボードにメニューと作業工程を……まぁ、日本語で書いてもアレなので、図を描く。

「まず三つの料理を作ります。ガチョウ肉のコンフィはあとは低温調理をするだけなので、ヤシュバルさまは腸詰肉の燻製をお願いします。私は白インゲンと豚肉の煮込み料理の仕込みをしますので」

「君の負担が多くないか？」

「私の調理技術は高いですが、人に指示を出す地位にはいませんでしたし、その能力もありません。ので、同時進行で複数の料理を調理するこの状況で、ヤシュバルさまに指示を出すことが負担です」

おぉっといけね。

地獄の職場のキッチンに舞い戻ったからか、口調からシェラ姫の可愛げがロスト!!

こんな口をきくから殴られるんだよ〜、と、前世の私の冷静な部分がツッコミを入れた。

第九夜

「と、いうわけで、折角なのでこちらでも作りました。カスレです」

はい、どうぞ、と、陛下に献上したのは夜のこと。

通算三百八夜となる日。

私はしっかり十日間、眠り続けていたらしい。

その間、私の代わりにマチルダさんと雨々さんが陛下に料理を献上してくれて、三日目あたりにコルヴィナス卿が北方からやってきて「貴様らの未熟な料理が陛下の舌を汚す気か」と、お二人に料理指南してくださったらしい。

あの顔だけは良いオジサマは私の味方なのか敵なのか、本当よくわからないが、結果的に助かったので良しとしましょう。

「ほうほう、これが、夢の中の私に献上したという料理か。これまでの料理とは趣が異なるな。そなたは、家庭料理しか作れないのかと思っていた」

「そういうわけじゃないので、今後は……お皿とか、色々我がままを言って揃えさせて頂きたいと思います」

「良い良い。面白いものが見られるのなら、構わぬ」

いつものように大量のクッションに埋もれながら、陛下は朗らかに笑う。

「そなたは死ぬと思っていた」

「知っています」

「そうなるだろうと思ってはいたが、そうなって欲しかったわけではない」

「わかっています」

「そうか」

もしかして陛下は、ここで私に責められたり文句を言われたかったのだろうか。

短く言って、ぐびぐびとお酒を飲まれる陛下は、暫く沈黙された後に青い目を細めて「そういえば」と切り出した。

「これで晴れて、そなたはルドヴィカにとって「魔女」あるいは「聖女」のどちらかであるという、価値になった。死んでいれば凡人のままだったのだが」

「魔女認定じゃないんですか」

「魔女も聖女もどちらも似たようなものだ。ルドヴィカにとって害があれば魔女。有益であれば聖女であると、そのように。勝手なものだ」

「そういえば私、夢の中で『生きていると周囲にとって害悪』認定を陛下からされたんですけど、その、ルドヴィカにとって魔女とか聖女って思われてて、アグドニグル的には大丈夫ですか？」

「え、夢の中の私……酷っ……そなたにそんなことを言ったのか……血も涙もないな……」

言ったんですよ、わりとストレートな言葉で散々に。

と、詳しいことは言わないでおいた。

（ヨナおじいさんのことは……）

お伝えするべきなのか、私は迷った。

そもそも、あのヨナおじいさん……何者なんだっけ？

言おうとすると、妙に頭の中にモヤがかかる。言わない方がいいような、そんな気になって、私は伝えられずにいた。まぁ、いい、かな？

＊

「カイ・ラシュ」

昨晩はそのまま陛下の寝所に泊まり、朝ゆっくりと白梅宮に戻る。

その通路でカイ・ラシュに会った。偶然というより、待っていたんだと思う。

「シェラ」

「カイ・ラシュ、あのね、ありが、」

「いいんだ」

私はカイ・ラシュが私のために何を犠牲にしてくれたのか聞いていた。だから陛下の次に必ずカイ・ラシュに会いに行かなければならないと思っていて、彼の方から会いに来てくれたので、真っ先にお礼を言おうとしたのだけれど、カイ・ラシュはそれを拒否する。

「でも」

「どのみち僕は、何かしらの理由を付けられて皇子の称号を取り上げられていた。皇孫の称号を持つのはたった一人で良いと、父上はお考えだから。大人たちに取られる前に、自分で返せたんだから、父上の思い通りになるよりずっとマシだったと思う」

「……でも、お礼を言っちゃだめ？　私のためにしてくれたことに、私が感謝したら駄目ですか？」

「うん。だめ」

ふわり、とカイ・ラシュは笑った。

こんな風に笑う子だっただろうか。獣人族の血なのか、もう私の倍は大きくなったカイ・ラシュは腰をかがめて私を見下ろし、目を細めた。

「これでシェラは、僕にずっと、言えない言葉がある」

カイ・ラシュはもう蒲公英宮には住めないのだと言う。

春桃妃様がご実家の白兎族に連絡を取り、カイ・ラシュは数日後にはローアンを発つ。

「僕もずっと、シェラに言えない言葉があるんだ」

「言わないいんですか」

「うん。言えなくて、辛いんだけど、でも、これでお揃いだよ」

嫌なお揃いだなぁ、と私が顔を顰めると、カイ・ラシュは笑った。

こうして優しい顔をされていると春桃妃様によく似ていると思う。

じぃっと見つめているとカイ・ラシュが顔を顰めた。

「僕がもう少し大人だったら」

「なんです?」

「ここで君を抱きしめてもよかっただろうなって」

「その場合、私も今より大人で、その時は、多分もう既婚者ではないですか」

絞り出すカイ・ラシュの言葉に私は容赦ない。そういう未来の可能性。そんなものは、ないでしようと言い続ける。

私がそうだから、カイ・ラシュは困ったように笑って、ぎゅっと、目を閉じた。

「そうだね。だからもう二度と、僕がシェラを抱きしめられる機会はないんだ」

言って、そして、くるり、と歩き出す。

私に恋してくれた男の子は、こうしてあっさりと私の幼年時代から姿を消した。

4章　レグラディカ

お久しぶりの登場です

「ひめぎみさま。ごしゅじんさま。ごらんください、けさのおゆはぼくがわかしたのです」

「キャワン！」

「わたあめどののゆきをとかしてぼくがわかしました」

「キャン！」

微笑ましい、白梅宮のとある朝。

寝起きの私の前に現れたのはシーランとアン、ではなくて、真っ白い衣に白い髪、真っ白な肌に瞳だけは緑の幼児。四歳くらいの子供が一生懸命、白湯（さゆ）の入った器をお盆に載せて私の方へ掲げてくる。

この幼児、白梅宮の化身です。

夢十夜の事件から一週間、私の枕元に火傷で爛れたお顔の白梅さんが現れた。

白梅宮の化身の白梅さんがこの時代であれこれ力を使った影響で、本来百年経たないと自我が確立しないはずの白梅宮に自意識ができてしまったらしいのです。

それで、生まれましたこの幼児。

白梅さん、ではなくて、名前はまだ幼児なので「青梅」と、そのように。

アグドニグルではこうして物に魂が宿ることは「めでたいこと」とされているらしく、シーランは喜び、「白梅宮に箔が付きます」と青梅を受け入れてくれた。

幼女に仕える幼児ってどうなんだ、と労基法を考えてしまわないわけではないけれど、それはそれ。多分、人外には適用されないのでしょう。

わたあめとはしゃぐ青梅をベッドの上で眺めながら、私は微笑みを浮かべた。

＊

「あ、レイヴン卿」

生きていたんですか、とはさすがに言わなかったが、まさかの再登場に私は驚いた。

スィヤヴシュさんの健康診断を受け花丸の結果を頂いた私は無事に外出許可を得た。

それで最初に行こうと考えたのが、大神殿レグラディカ。

朱金城からそれほど離れていない大神殿へ行く程度ならと、ヤシュバルさまから許可を頂き、護衛役にわたあめだけでは不安だということで付けられました、アグドニグルの新兵さん。

「姫君、お噂は聞いておりましたが……お変わりない、いえ、ずっと、お顔色が良くなられましたね」

「衣食住が充実していますので。レイヴン卿は……イメチェンされました？」

「いめちぇ？」

「髪の毛切ったからですかね？」

姉王女の自慢だった護衛騎士、長い銀髪の麗しい御姿だったはずのレイヴン卿。今は甲子園でも目指したのかと思うほど、芝生頭になっている。

「あの女が触れた髪、あの女と過ごして伸びた部分は全て、消してしまおうと」

「……」

あ、ハイ。

にこりと優し気に微笑んで述べられた回答に、私はスン、と黙る。

このレイヴン卿、アグドニグルの朱金城では唯一の「レンツェの元騎士」である。

元々は私の姉であるマルリカ王女の専属の護衛騎士。王族には絶対服従の呪いをかけられていて、クシャナ皇帝陛下の王族首切りショーという粛清と殺戮の中、命をかけてマルリカ王女を隠し守り続けた忠誠心溢れるお人で、エレンディラにも優しくしてくれた数少ないうちの一人だ。

同じタイミングでローアンに来たのだけれど、神殿で別れてそれっきりだった。一応ヤシュバルさまから「新兵としての訓練を積んでいる」というお話は聞いていたので、まぁ、生きているのは知っていましたが……コルヴィナス卿を知った後だと「生き残れたんですか」と、驚いてしまう。

が。

「レイヴン卿ッ!!」

「姫君!?」

ぎゅぅうっと、私の体はレイヴン卿の体に抱き着いた。

「……良かった……無事で、私ずっと……心配で……お会いしたかった……」

レイヴン卿の服にしがみついて震え、絞り出される幼女の声。

「姫君……」

じーん、と、何かこう、噛み締めるような、感慨深い感情を抱いていらっしゃるレイヴン卿のお声が頭上から聞こえ、震える私の背中にゆっくりと手が回された。

……誓って言うが、私じゃない。

なんなら、一応頭の隅に存在はしていたが、私はレイヴン卿の安否について、それほど心配はしていなかった。

だというのに、今にも泣きじゃくって、あ、いや、泣いてるな?

ぐずぐずと、嗚咽する幼女。

まるでこう……実は、敵陣に捕らえられ軟禁されずっと心細かった、気丈に振る舞ってはいたが、ここで昔から知る信頼のおける騎士と再会して、年相応の振る舞いが出てしまった、とでもいうような……態度!!

「シェラ姫様……」

「ぐすっ……よかったですね!!」

シーランとアンまで何かこう、感動の再会に立ち会ったような顔をして頷いている。

「…………」

ハッ……!!

私はここで、無言の視線を感じた!!

ヤシュバルさま!!

レイヴン卿を白梅宮まで連れて来てくださった、レイヴン卿の上司に当たる、というか、アグドニグル軍人のトップ!!

白梅宮入り口の壁にもたれかかり、私とレイヴン卿の感動の再会を眺めている、黒い髪に赤い瞳の、ヤシュバルさま……!!

「……」

無言!!

無表情!!

あっ、動いた。

ゆっくりと口元に手を運ばれて……「そうか」と、頷かれる!!

何が「そうか」なんですか!!!!!!?

う、動けぇ私の筋肉!!

「っ、ヤ、ヤシュバルさま……!!」

ぱっ、と私はレイヴン卿から離れ、ヤシュバルさまの元へ駆け寄る。浮かべるのは、全力の笑顔だ!! スマイル!! グッドスマイル!!

「ありがとうございます!!」

レイヴン卿を連れて来てくれて、と、ここで名前を出すのは良くないと私だってわかる!! ので、ただお礼を言う!! 感謝していると! 全力で、ヤシュバルさまありがとうございますと!! 伝えるのはそれだけでいい!!

「……」

だが無言!!

いつもなら私が何か言えばすぐに何かしらの反応を返してくださる、保護者の鑑(かがみ)のようなヤシュバルさまが、無言!!!

いや違う!

レイヴン卿を見つめている。

こっち見ろッ!!

なんでレイヴン卿も何かちょっと勝ち誇ったような顔でヤシュバルさまを見てるんだ!! 上司に向けて良い顔じゃないだろ!!

「あ、あのっ!」

ぐいっと、私はもう恥を捨ててヤシュバルさまの服を掴み、ぐいぐいと、引っ張って「こっち見てください!」と強請(ねだ)った。

「うん？」

「本当に、ありがとうございます!!」

「……あぁ」

顔を向け、頷かれるが、反応は鈍い。

ぐ……っ、かくなる上は……!!

バッ、と、私は両手上げてヤシュバルさまへ広げてみせた。

「……」

無言の訴え。

抱っこプリーズ。

「……」

なんか反応して!!

「……？」

きょとん、と首を傾げるヤシュバルさま。

そういえばこうして抱っこをお願いしたことなかったな!!　わからないかな！！？

そんな不安が浮かぶが、少し考えるように沈黙したヤシュバルさまは、何かに気付いたのか一度
頷いて、そっと私を抱き上げてくださった。

「これで良いのか？」

「はい!!　ありがとうございます!!」

わぁい、と、私は自分の思いが通じて嬉しくなり、にこにこと笑顔になる。

「そうか」

ヤシュバルさまは先ほどと同じような言葉をまた繰り返されるが、今度の声音は随分と柔らかい。

心持ち少し、口元も笑っていらっしゃるような気がするな!!　気のせいかな!!

「彼は君の物理的な盾として役に立てなさい。毒見から咄嗟の肉壁までこなすよう命じてある」

「あ、ハイ……」

穏やかな口調でさらりと「使用方法」を説明してくださるヤシュバルさま。

「レグラディカへ行くのであればそれほど心配はないが……あまり遅くならないように」

「メリッサを訪ねて少しお喋りするだけですから大丈夫です」

「あまり引き留めては戻りの時間が遅くなるな。そろそろ行きなさい」

そっと、硝子細工でも扱うようにヤシュバルさまは私を降ろしてくださった。

と、いうわけで、新しくレイヴン卿が仲間になった!!

＊

お友達のメリッサのお家に遊びに行くよ!!

「……会えない？」

そういうわけで、向かいました、ローアンが誇る……いえ、まぁ、別に誇ってはいないですが……お金だけはかけて建てられた大きな神殿レグラディカ。災害、あるいは戦時には避難場所として開放されることが想定された場所なだけあって、とても広い。

正面門をくぐり、無駄に長い階段を上がれば顔見知りの見習いさんが立っている、と思ったのですが、今日のレグラディカの様子は普段とは異なっていた。

「申し訳ありませんが、暫く関係者以外の神殿内部への出入りは禁止となっております」

メリッサを訪ねてやってきた私を、門前払い……ではなくて、本殿への扉の前で止めたのは、見慣れない赤い神官服を着た人たちだった。

「朱金城より、シュヘラザード姫が訪問することは事前に連絡していたはずだが」

「はぁ。だからどうだというのです？　神殿から許可が出ていない以上、お帰り頂きたいのですが」

レイヴン卿はやや無礼とも言える神官さんの態度に、軽く眉を跳ねさせた。

「一体、」

「こらこら、貴方たち。失礼をしてはいけませんよ。その方は炎の神の祝福を得ていらっしゃる尊い方です」

何か言いかけたレイヴン卿の言葉が形になる前に、扉が開き、奥から誰かやってきた。

彼らと同じく赤い神官服を着た、黒い髪に穏やかそうなお顔の……あ、モーリアス・モーティマーさんだ。

「あ」

　思わず名前を呼びそうになるが、私がモーリアスさんと挨拶したのは夢十夜の中でのこと。現実世界では初対面なので、なんとか堪える。

「炎の祝福者、レイヴン卿でいらっしゃいますね。部下が大変失礼致しました。わたくし、神聖ルドヴィカ〝尋ねる者〟の一人、モーリアス・モーティマーと申します」

「きょ、局長!?　「来る者は誰でも追い返せ」と……」

「なんです?」

「いえ……」

　部下の神官さんから何か訴えがあったようだが、ちらり、とモーリアスさんが微笑むと大人しく黙った。

「そしてそちらの方は……朱金城、白梅宮の姫君、シュヘラザード様でいらっしゃいますね」

「はい、はじめまして」

　ごきげんよう、とか言った方が良いのか。

　私は白皇后直伝の「ルドヴィカの聖職者の方に対して行う挨拶」を行い、モーリアスさんは「大変お行儀の良い方ですね」と褒めてくださった。わぁい。

「メリ……レグラディカ様に会いに来たのですが、少しだけでもお時間頂けないでしょうか?」

「王女殿下が女神メリッサ様とお心を通わされ、降臨の奇跡をお与えになられていることは素晴らしいことと存じます。ルドヴィカの長い歴史の中でも、神々が直接信徒の前に姿を現されることは稀。この大神殿はまさに大国アグドニグルに相応しい、神威を示したと言えるでしょう。神殿とは本来、厳かに、人が祈る場所であるべきですが」

……。

私の前世に……京都人か、イギリス人の友人は……いなかった。

なのでこう、言われた言葉の意味をそのまま受け取る素直な可愛い子である。

「……貴様ッ……！」

けれど、どうも、どうやら……言葉の通り褒められている、というわけではないらしい。大人で意味がわかるレイヴン卿は怒りの色を露わにして、モーリアスさんを睨み付ける。

「えっと、あの？」

きょとん、としている私にモーリアスさんは優しげに微笑んだ。

「わかりやすく申しますと、つまり、帰れ、ということです」

＊

「お……追い返された……」

帰りの馬車に放り込まれ、私はわなわなと震えた。

いや、このまま真っ直ぐお帰りコースでも問題ないと言えば、ない。

けれども、なんというか……嫌な予感がする。

レグラディカは、神殿は、私にとっては仲の良い友達の住んでるお家、という程度の認識。そこには優しいおじいちゃんやおじさんたちがいつもニコニコして待っていてくれて、遊びに行けば笑顔で迎え入れてくれる……近所の楽しい場所。

だったのだが。

「…………なんだかこう、物凄く……怖い予感がするのですが。あの、レイヴン卿……さっきの、モーリアスさん……〝尋ねる者〟って、なんですか？」

私がぼそっと呟くと、向かいに座っているレイヴン卿が顔を顰める。

「…………ルドヴィカの、特殊機関の一つだと、聞いたことはあります」

「特殊機関」

「……私も詳しく知るわけではないのですが……神聖ルドヴィカという組織は、基本的に人間種を主とした宗教団体です。神々の教えを説き、人がどうあるべきか、どう生きるべきかを示し、神の奇跡をもって人を救う、というのが彼らの大前提です」

ちなみに、クシャナ陛下がいらっしゃるからか、アグドニグルは神を信仰するのではなく、祖霊信仰がメインである。陛下は「まぁ、宗教は金になるし、色々便利だから……」と、ルドヴィカや他の宗教も受け入れる姿勢らしいが、国民の感覚的に「神様もいるんだろうが、先祖の方が大切にすべき存在」という感じだ。

「ルドヴィカの役目として他には、神の奇跡の管理、というものがあるそうです。聖遺物の管理保管、認定、祝福者の保護などがそうですね」

「でも、ヤシュバルさまはルドヴィカに所属していませんし、レイヴン卿もですよね？」

「そのあたりは少し複雑なのですが……一つの考えとして、祝福者が「暴走」するようなことがあれば、ルドヴィカはそれを押さえる使命がある、と考えているようです」

尋ねる者は、その中でもとりわけ……神の奇跡を私物化する行いをする者を、厳しく罰する者たちだ、とそういう説明。

……。

私は天井を見上げた。

「奇跡の私物化！　はい!!　心当たりしかありません!!」

しょっちゅうあちこち、致命傷を負っては気軽にメリッサを呼び出して便利な回復役にしてました!!

つまりあれか……？　ルドヴィカは……偉大なる女神メリッサをパシってしまっている私に……さすがにキレてる、ということか……？

いや、それだけならまだ良いのだが、神殿の……おじいちゃん神官さんたち……粛清とかされてないか……。普段それなりに活気のあるはずのレグラディカが静まり返っていたのも気になる。

「……」

中の様子を探れないだろうか。

「礼拝堂っぽいところ、ありましたよね？　さすがにあそこは開放されてると思うんですけど……」

いや、でも、私の可愛い顔はバレてしまっているので……駄目か？

「姫君、危険なことをお考えでは……」

「友達の家がちょっとゴタゴタしてて、私が原因だったりしたら……嫌ですし……」

メリッサがほいほい信者でもない他国の娘の前に姿を現したのもよくなかったのだろう。でも、それはともかくとして……。

「友達なので、ちょっと心配なんです」

私は私が知らない間に、私のために重大決意をして、あっさりいなくなってしまったカイ・ラシュのことを考えた。

……夢十夜。

メリッサは関わっていない、と思うけど、関わっていないのが、私には怖い。

私を呪ったこと。陛下の許可があった、ということはわかっているが、そもそも私を魔女か聖女かとその判断がしたくて呪ったのはルドヴィカなのだ。

メリッサは、先の件に関わらなかった。関われなかった、としたら。彼女は、あの女神様は、今、どうしているのだろう。

私が知らないところで、私の知らない内に、何か勝手に決めてしまっているんじゃないか。それが、怖い。

なので私はごそごそと、服の下に隠し持っていた古時計を取り出した。

「この前のお見合い事件の時に貸して貰った、素敵な変身アイテム～」

チャラララッラララ～、と、口で効果音を表現。

時針をいじればあら不思議！

「は……はぁ！！？」

ぱぁっと、眩い光が馬車の中いっぱいに広がって、すくすく成長する……私！

レイヴン卿が驚きの声を上げたので、高くなった視界から、私は満面の笑みを浮かべた。

「あちらもまさか、美幼女が美女になって礼拝堂にやってくるとは思わないでしょう!! レイヴン卿、シェラ姫の名代ということで、神殿に祈りを奉げに行きますよ!!」

＊

「あれ？　髪が黒い」

高くなった視界の端から見えた私の髪は、以前見た銀髪ではなくて黒になっていた。

「……メリッサは、私のこの姿は可能性の一つの姿って言ってたような……」

幼女の時の白い髪は元々の色から、虐待と苦労の日々で変わったらしい。アグドニグルで過ごしていて……そういえば、自分の髪の長さが……変わっていなかったような気がしてくる。

栄養失調から……成長が止まってたとか、そういう……？

まぁ、今は関係のないこと。

「ひ、姫君……その御姿は」

「はい。実は色々ありまして、マブでダチな女神様が貸してくれてた聖遺物なんですけど……あぁ、こういう感じで……気安く神の奇跡を私物化するから……」
そりゃあ、出禁になるわけだと私は頷く。だけれど、それはそれ。メリッサが私のために貸してくれたものだし、彼女の厚意を受け取るのは友達として当然だろう。知らない異端審問官たちより、優先すべきは友達だ。

「……ここが礼拝堂的な……」

「一般公開されている祈りの場ですね」

案内して貰ったのは神殿の比較的門に近い部分にある大きな部屋。以前私が神殿でお世話になっていた時は、基本的に奥の方で過ごしたのでここまで来たことはない。

「ちゃんと信者が……いる」

驚いたことに、広い部屋の中にはちらほらと人が絨毯の上に座り、部屋の一番目立つ場所に設置されている祭壇？　的なものに祈りを奉げていた。

ちゃんと信者がいることに私は妙に感動した。

よかったねメリッサ！　と、言ってあげたい気持ちになり、いや、揶揄（からか）うわけではないが……いつもアグドニグルに来たことを後悔してるような言動だったメリッサが、この光景を見たら少しは喜んでくれるんじゃないかと、そういう思い。

「あ。あの若いお兄さんなんて、物凄く熱心に…………熱心に……」

商人さんか何かだろうか、祭壇に祈りを奉げて床に頭をつけている人が上半身を起こした途端、私は顔を引き攣らせた。

髪の色は黒い。

肌は不健康そうな白。

着ている物こそ、普段のだぼっとしたガウンではなく……少し質の良い、動きやすい恰好、という軽装だが……。

……丸い眼鏡に、神に祈っていたとは思えないほど、ぶすっとした表情。

「…………………………………」

「…………………………………」

こちらの視線に気付いたのか、顔を動かし、その青年と目が合った。

ひくっと、私は引き攣った笑みを浮かべつつ、軽く手を振る。

「まぁ、ご、ごきげんよう」

人違いですー、勘違いですー。

黒い髪なので違いますー。わぁー、なんだってこんなところにいやがるんですか本当ふっしぎ～、と、私は物凄く、全力で、精一杯、冷静でいようと試みた。

「……ぐっ!!」

しかし、私の初対面のふりという渾身の演技虚しく、次の瞬間、街の青年に変装したイブラヒムさんが、泡を吹いて倒れた。

＊

「うぅ……」

突然祈りの場で若者がぶっ倒れた。

さすがに何やら剣呑な雰囲気になっている神殿の人たちもその辺に転がしておけ、とか、出て行け、とは言ってこず、突然倒れた青年を偶然目撃した婦人である私と、お抱えの騎士（変装済みのレイヴン卿）は、イブラヒムさんが気が付くまで小部屋を貸し与えて頂けた。

個人的には癒しの祈りを奉げてくれる神官さんとか、お医者さんらしい人が来てくれるのかと思ったが、お忙しいようで「気が付いたら帰るように」と、そのようなお達しである。それでいいのか大神殿。人を救わない宗教って必要？　まぁ、それは今はいいとして。

「……うっ、酷い……悪夢を見た……まさか、未だどこかで未練でもあっ、」

暫くしてイブラヒムさんが頭を押さえながら目を開き、自分が夢を見ていたのだろうと結論付けるような独り言の後に、枕元にちょこん、と座っている私を見て停止した。

はっ、今だ！！！！！

「こんにちはイブラヒムさんお元気そうで何よりですね私は今日は友達のメリッサが何か大変なことに巻き込まれてる気がして神殿を探ろうと大人の姿になっただけで他意はないですし偶然なので本当にイブラヒムさんに対して嫌がらせとかそういう意図は全くないです本当に申し訳ありませんでした！！！！！！！！！！！」

相手が思考停止している内に、私は畳み掛けた!!

今だ!!

今しかない!!!!

いくらイブラヒムさんでも、素直に謝っている人間に対して酷いことは言ってこないだろう!!

「本当に、本当にごめんなさい!!!!!」

私はここでイブラヒムさんに怒られて皇宮へ強制送還ルートは嫌だ!!

なんなら変身時計を持ってることが陛下やヤシュバルさまのお耳に入って没収されたりするのも嫌だ!!　全力で謝る!!

ぎゅっと、私はイブラヒムさんの手を両手で握って懇願した!!

いつも小生意気なことばかり言う私が!!　こんなに下手に出るのだから!!!　お願い見逃して!!!!

「……くっ……」

イブラヒムさんは私が手を握って暫く、その手をじぃっと見つめたかと思うと、空いている方の手で自分の胸を掻き毟るように押さえた。

あぁあああ!　怒ってる!!　めちゃくちゃ怒ってらっしゃるんですね!!

気が付いたばかりで気力がないのか、振り払われるだろうと思われた手はそのまま、イブラヒムさんは憎々し気に私を睨んでいる。

「お願いします……助けてください……!」

しかしもう、私にはお願いすることしかできない！！！

必死に必死に、懇願し続けると、イブラヒムさんは暫くして、ぎりっと、唇から血が零れるほど、悔し気に呟いた。

「……貴方の、頼みであれば」

　顔面偏差値の勝利である。

＊

「調査、ですか？」

「えぇ。これほどの数の〝尋ねる者〟が、たかだか場末の神殿に大挙するなど異常です。表向きは神殿内の規律を乱す神官たちの粛清だということですが」

　できる限り私を視界に入れないように、と顔を背けて話すイブラヒムさん。ニスリーン殿下のように仮面でも被ればいいんですか？　まぁ、今はありませんが。

「さらりと言いましたけど……粛清は駄目ですが!?　おじいちゃん神官さんたちは良い人ばかりですが!?」

「ルドヴィカのことですので、我が国には関与できる問題ではありません」

　ぴしゃり、と言うイブラヒムさん。

……あ〜、そうでしたそうでした〜、陛下もヤシュバルさまもイブラヒムさんも、アグドニグル以外のことに興味ないんですよね！！！！！

「私はお世話になった人たちなので気にします」

「琥……シュへ………貴方には、あの神殿の老人どもは良い顔をしていたかもしれませんが、それは貴方が祝福を授かった者で、女神に気に入られていたからです。あの神殿の連中は元々……ルドヴィカに入信しないローアンの住人を異教徒と見下していました」

……そういえば、私がレンツェから神殿に移動した時、おじいちゃん神官さんたちとヤシュバルさまたちはあまりいい雰囲気とは言えなかったっけ。

「我々アグドニグルは、他国の信仰や宗教を否定しません。ですがルドヴィカの者たちは、ルドヴィカの教え以外は全て悪しきもの、聖戦の大義名分を掲げて侵略戦争を起こすような武力を持つ連中ですよ」

「……そういう危険な神殿を、どうして陛下はローアンに？」

「便利だからです。そして、ルドヴィカと争いになったとしても、アグドニグルが敗北することはありません」

「……」

「なので、貴方が不安に思うことは………」

ゴンッ。

黙って俯いた私が「ルドヴィカが怖い」とでも思ったのか、慰めるような言葉を吐きかけ、イブラヒムさんは壁に自分の頭を打ち付けて、正気を保った。

「え、えっと、色々教えて頂いて……ありがとうございます。それで、でも、どうして……神殿の調査にイブラヒムさんが直接？」

この人、口は悪いし性格も悪いが、アグドニグルに三人しかいない賢者である。偉いのだ。こういう密偵のお仕事はイブラヒムさんじゃなくて、適任というか、アグドニグルならちゃんとそういうお仕事の人がいると思うのだが……。

「………………、あ、私が知ったらいけないやつかな？　秘密事項とか？

「……今回来ている〝尋ねる者〟の中に、油断ならない男がいます。私より頭の良い男です」

「へぇ……はい!?　そんな人間存在するんですか!!」

思わず突っ込みを入れてしまう。

驚く私に、イブラヒムさんは少し目を見開いてから小さく笑って、また壁に頭を打ち付けた。

「……あわわ、あわわわ……イブラヒムさん、それ以上やると……」

「失礼。正気に戻りたくて。――現実には存在します。その男は私と同じ賢者の祝福者であり、私と同時期に同じ師の元で学んだ者です。そういう人物ですので、下手な人間を送り込んでも利用されるだけ、または捕らえられそれを口実にアグドニグルに不利な要求をしてくるでしょう」

探るなら、万が一見つかってもルドヴィカが邪険に扱えない「祝福者」で、そして、その人物を相手に上手く立ち回れるほどの頭脳が必要だ、とイブラヒムさんは言う。

待って、情報量が多い。

「……つまり、イブラヒムさんの幼馴染さんがいて、その人は危ない人ってことですか？」

「まぁそんなところです。貴方も気を付けてくださいね。高位の神官なので会うことはないと思いますが…………貴方、計画性を持ってそんな恰好をしているんですよね？」

そこでふと、イブラヒムさんが嫌な予感がするというように顔を顰める。

メリッサに会うために奇跡を起こして姿を変えて来た私。

無計画にこのまま突き進むつもりじゃないよな、という確認。

私は微笑んだ。

「迷子になったふりをして神殿の奥まで突き進むつもりです」

「馬鹿だ!! 馬鹿がいるぞ！！！ この馬鹿の周りにはどうして止められる人間がいないんだ!!」

「基本的に皆、私のことが好きなので私のお願いを叶えてくれようとするんです～」

「その結果どうなるか考えられ……保護者が権力者だからか!!」

あぁ！ と、イブラヒムさんは顔を両手で押さえた。

まぁ、おふざけはさておいて……。

「イブラヒムさんだって、メリッサのことが気になりませんか？」

「……御しやすい女神は都合はいいですけどね。神殿の神に何があってもローアンに変化はありませんよ」

「私はおじいちゃん神官さんたちのこともメリッサのことも気になります。ので、やっぱりこのまま探りに行きます」

「……危険です」

今度は真剣な声だった。

「先ほども申し上げましたが、今回来ている神官の中には危険な男がいます。その御姿で「一般人」あるいはどこかの侍女のふりをしているところを見つかった場合でも、ただの注意では済みません。良くてその場で殺され、悪ければ拷問されます」

「ただの迷い込んだ一般人相手でもですか……？」

「疑わしき者は神の名のもとに裁く。それを許されているのが〝尋ねる者〟であり、怪しい女を見れば全て魔女だと判断し燃やしてしまうのがセーリアス・モーティマーという男です」

「…………モーリアス……？　モーティマー……」

え、あの優しそうな人が？

「確かに、ちょっと物言いはアレな人だと思いましたけど……全体的にはお優しそうな感じでしたよ？」

私は夢十夜の中のモーリアスさんと、先ほどレイヴン卿と会ったモーリアスさんを思い出して首を傾げた。

「そうですか」

見る目がありませんね、という副音声が聞こえてきそうな目でイブラヒムさんがため息をつく。

人生経験のない小娘なので仕方ないと思われてるんですね、わかります。

「こう言ったらなんですけど、私はほら、世間一般的に恐ろしいという評判のヤシュバルさまにも溺愛されてますし、愛される才能がほとばしる美幼女なので……見つかってもなんとかいける気がします」

「…………おい、そこの騎士。なぜこの方を止めずにここまで連れて来たんだ？　死なせたいのか？」

私の説得は無理だと悟ったイブラヒムさんはレイヴン卿に話しかける。

「……王族の方ですので、お止めしても無駄かと」

「はぁ……これだからレンツェの騎士は」

「あの、イブラヒムさん。レイヴン卿は私の意思を尊重してくれてるんです。それにこの方は、何かあった際はご自分が対処しようと覚悟を持って、私の選択を受け入れてくれているんです」

「……王女殿下……」

私が庇う、というか、意見するとレイヴン卿は感動したように私を見つめてきた。レイヴン卿は忠義の騎士なんです。私は絶対的に信じてます。

…………いやこれ、私の意思じゃないな？　まぁいいか。

＊

イブラヒムさんの神殿の調査、というのは私が想像したような隠密活動がメインではなかった。

「人の出入り、物の減り具合、会話の癖や訛り。歩き方から、呼吸の頻度。得られる情報の全てが私の調査の役に立ちます」

「…………」

つまり、完全な安楽椅子の探偵タイプか。

ただし、常人であれば見落としてしまう情報もあるので自分で直接現地に赴き、その場で推理する。イブラヒムさんなら人の動きを把握しながらモーリアスさんを避けることも可能だ、とそういう自信があるのだろう。

「で、その優秀なイブラヒムさん……現状何かわかったんですか？」

「貴方に教える必要が？」

「イブラヒムさんの目を真っ直ぐに見つめて瞳を潤ませながら懇願されたいですか」

「止めてください！　訴えますよ！！！」

どこにですか。誰にですか。セクハラに当たるのかなこれ。

「……」

暫くの睨み合い。

私はいくらでもじぃっとしていることが可能だが、イブラヒムさんはそうではない。調査というが、賢者のお仕事でお忙しいイブラヒムさんがいつまでもここに長居できるわけではないし、私たちは「倒れた信者を介抱している」という名目で一室をお借りしているだけ。

いざとなったら顔の愛らしさで逃れようと気楽なことを考えている私と違い、危険だと判断しているイブラヒムさんでは時間に対する価値観が異なる。

「…………神官たちは、新たな神の降臨のために消費されるでしょう」

「……新たな神。つまり……メリッサはレグラディカをクビってことですか」

「そうなりますね。しまった。貴方に、一人の人間に肩入れし過ぎた、またはアグドニグルに好意的になってしまった。理由はいくらでもありますが……」

「……メリッサまで、どこかに行っちゃうんですか？」

「…………」

イブラヒムさんは答えなかった。

私はじっと、自分の膝を見つめ、服の裾を掴む。

おじいちゃん神官さんたちは「消費」つまり……神様降臨のための生贄になるってことですよね。どうしたら神様が神殿の神様に赴任？　着任？　できるのか知らないけれど、そうなると、今いるメリッサはどうなるんだろう。どこかに行く、神様の世界に「帰る」なら、イブラヒムさんはそう説明してくれたはずだ。けれどイブラヒムさんは何も答えなかった。

……存在を消されるとか、潰されるとか、そういうことが起きるんじゃないだろうか。レグラディカであったメリッサに、新しい神様を上書き保存するような、そんな乱暴さを感じた。

「はい、そういうことですので。こちらの予定はご理解頂けたかと思います。御用がお済みになりましたら、早々にお帰り頂けないでしょうか？　何分こちらも色々込み合っておりまして、えぇ」

「!?」

私はただメリッサに会いたかっただけで、何をどうすればいいのかわからなかった。悩んでいる私の耳に、パンパン、と急かすように手を叩く音と、穏やかな声。教師が居残りしている生徒を窘めるような、そんな。

「ッ!!」

すかさずイブラヒムさんが私の前に立ち、姿を隠すように片腕を広げた。レイヴン卿は剣こそ抜かないけれど、警戒するように構えを取っている。

「お久しぶりです。今は……イブラヒム様と、そのようにお呼びするべきでしょうか」

「……相変わらずのようですね、私も貴方を、モーリアス殿とお呼びするべきでしょうか」

「偉大なる帝国の尊き賢者様に名を呼んで頂けるとは光栄ですね」

「ご謙遜を。神の威光を振り翳すことを許された〝尋ねる者〟を束ねる神官様が何をおっしゃっているのか」

………なるほど？

仲良しだね!!

再会して早々、お互いを名前で呼び、「出世したなぁ〜」「そっちこそ〜」と称え合う……元同級生って感じかな!!

ンなわけあるか!!

私はなるべく前向きな思考をしたかったが、ギスギスした空気とお互いに笑顔なのにちっとも笑っていない目から、現実逃避を諦めた。

状況整理。

つまり、モーリアスさんはイブラヒムさんが潜入してくることを想定済みで、ある程度の情報を与えて「こういうことを神殿でするつもりです。自分で暴けてよかったですね」とおちょくった、ということだ。

神殿側からすれば別にアグドニグル側に知らせてもいい内容ではあったのだろう。けれど、素直に知らせて「嘘か?」と警戒されるより、隠すことでイブラヒムさんが態々調べて納得した方が楽だ、とかそういう感じかな。

……あ、つまり、私も泳がされた感じですね?

「そちらの女性は……おや?　シュヘラザード姫では、ない?」

イブラヒムさんの後ろに隠れているのが幼女ではなく、それなりの年齢の女性だと気付いてモーリアスさんは首を傾げた。

「侍女……いえ、その外見の該当者はいませんね。何者でしょう?」

「貴方には関係のないことですよ、神官殿」

「無関係だからこそ興味があります。疑わしきは罰せよと、我らが神もおっしゃっています」

邪神じゃないんですか、それ。

両手を胸の前で組み合わせて、敬虔な信者が祈りを奉げるように物騒なことをおっしゃるモーリアスさん。

「名を明かせない不審者。つまり、魔女ですね？」

私は隠れても無駄だと、イブラヒムさんの後ろから進み出る。

「残念!!　魔女じゃなくて、美幼女ですっ!!」

一瞬私は限りなく嫌な予感がした。

具体的には、蛇が丸のみにできそうな獲物を見つけたのを、目の前で見てしまったような。その対象、獲物が自分だと悟ってしまったような。

慌ててポンッ、と変身の奇跡を解く。

あら不思議！　月の滴のような美女が!!　白髪に褐色の肌の元気いっぱい幼女に!!

「おや。シュヘラザード姫？」

「そうです！！！！！！！！！！」

逃れろ火刑。叩き折れ処刑台！　と、私は満面の笑みを浮かべ「無害な幼女です！」とアピールする。

「……時の神の奇跡、ですか」

「はっ……!!」

「この馬鹿……ッ!!」

奇跡を管理するルドヴィカの、尋ねる者であるモーリアスさんの目の前で……奇跡を私物化して乱用しているのは……私ですね！！！！！！

現行犯逮捕……!!

しょっ引かれる……!!

私は慌ててイブラヒムさんの後ろに引っ込んで、ガタガタ震えた。

「火炙りは嫌だ……火炙りは嫌だ……!!!!!」

「自業自得です擁護できません」

「そこをなんとか……!!」

くっ、大人の姿じゃないので私が懇願してもイブラヒムさんは動いてくれないな!!

「そんなに怯えないでください。何もしませんよ」

嘘だと思う!!

本当に何もしない人は何もしないなんてあえて言いませんよ!!

「可愛らしい姫君。女神メリッサ様にお会いしたいのでしょう？　会わせてさしあげますよ？」

にこにこと優しい顔、膝を曲げて私に目線を合わせようとするモーリアスさん。

どうした急に!!

急にどうした!!?

「……何を企んでいるんだ？」

胡乱(うろん)な眼差しを向けるイブラヒムさん。

モーリアスさんは心外だ、と言わんばかりに傷付いた顔をして首を振った。

「善意です。親切心です。相手の信頼を得るためには必要な行動でしょう」

絶対嘘だ。

私はぎゅううぅっと、イブラヒムさんの足を掴んだ。

「おや、なぜ？」

「この方は第四皇子殿下のご婚約者であらせられます。下手な手出しは許されませんよ」

「些細なことです。シュヘラザード姫は、魔女であるか聖女であるか。その判断が未だ下されておりませんでした。ですが私は今、確信しました。シュヘラザード姫は聖女です」

違います。

私はブンブン、と首を振った。

しかし私の必死な訴えなど、モーリアスさんにはどうでもいいことなのだろう。フルシカトされ、にこにこと、笑顔だけを向けてくる。

「私は常々、美しい方にお仕えしたいと考えておりました。先ほどの可憐な御姿、まさに私の思い描いた理想の聖女様そのものです」

「幼女です!!　私は幼女です!!」

「ええ、ですが十年後、いずれはあの御姿になられるのですよね？　何も問題はありませんよ」

あります。

問題しかないです。

(怖いよー怖いよー!!　軟禁して自分の理想の聖女を育成しようとしてるイカレ野郎だよー!!)

何が怖いって、自分のものにしたいとか、そういう生々しいヤツじゃない!!

恋人にしたいとか妻にしたいとかではなく……あくまで「聖女様に仕える神官」がモーリアスさ

んの理想の人生で、その対象を自分の好みの顔で固定したいと、そういう……性癖がおかしい。

魔女として焼かれる未来は回避できそうだが、聖女として軟禁生活まっしぐらだな!!

「……十年後に……シュヘラザード姫が……琥珀(こはく)の君に……?」

震えている私を放置し、イブラヒムさんが呟く。なんですかその「そういえばそうか!」みたいな驚き。

そしてなぜそのまま「くっ……」と苦悩するんですか!! どっちも全面的に私に失礼では?

イブラヒムさんとモーリアスさん。

お二人の関係はよくわかりませんが……私はこの二人、嫌いだな!!!!!

「あの、私は神殿で生活する気も……聖女になる気もないです」

「おや、左様でございますか。では魔女として焼かれますか?」

どうしてこう。いつでもどこでもデッドオアアライブ(Dead or alive)?

モーリアスさんの理想の聖女様にはなれません、と、きっぱり断る私にモーリアスさんは小首を傾げて問うてくる。

「聖女様でなければ魔女である。当然ですね」

「え、えぇえぇ……」

ま、まぁ、なんとなく理屈はわかる。わかりたくないが、わかる。

私の前世の知識の中で、中世、お金持ちだったり美しかったりした女性が周囲の妬みや羨みから「魔女だ」とされて殺され命や財産を奪われた、なんて話をぼんやり思い出す。

聖女とは賢く、人にとって便利な女。

奇跡や祝福を管理する神聖ルドヴィカにとって、自分たちに協力的なら聖女、そうでなければ魔女として焼いておかなければ、私利私欲からどんな被害が出るかわからない、
男性の祝福者に対してはそんな厳しくなさそうなのに……。

「いや、あの、でもほらそもそも……聖女もなにも、私は……バルシャお姉さんみたいな癒しの能力は持ってませんし……」

今のところ自分で自覚している「祝福」は前世知識を引っ張り出してこられる知識と、その場の会話に困らない自動翻訳っぽい能力くらいなはず……。

あんまり役に立たないですよー、と目で訴えるが、モーリアスさんは優しくにこり、と微笑んだ。

「御心配には及びません。人は誰しも、自分が何者であるのか、理解していないことの方が多いものです。ご自身の価値を御理解されていない力にじっくりと教育してさしあげる……貴方様のご成長を一番近くで見守り、正しく聖女として導くことこそ、私の使命でしょう」

違います。

ハレルヤ！　とでも叫び出しそうなほど、人変楽しそうなモーリアスさんをどうすればいいのか。

うん、いや。ここで流されてはいけないことだけはわかる。

イブラヒムさんは……なんか、モーリアスさんの若紫計画に「その手が……いや、しかし、中身はあの姫ッ！」と苦悩されてるので頼りにならない。

レイヴン卿は私がお願いしたらこの場で剣を抜いてでも脱出してくれそうなんだけど……レンツ

ェの騎士だったという彼が、アグドニグルでどの程度暴れても許されるのか……。色々不利になりそうなので、あんまり頼ったら悪い気もする。

うーん。

「あの、モーリアスさん」

「はい、何でしょう。私の聖女様」

もう確定事項ですか、怖いよ。

「え、えっと……わ、私の将来を決める大切なことですし……私は、自分の意思で自分の道を選んで、納得したいと言いますか……」

「すべては神の思し召しですよ」

えー。人間に選択することを許さない神とか滅べばいいんじゃないかと思うけど、それを言ったら即魔女認定だろう。うん。

「モーリアスさんが、信頼できる人か……納得したいので、さっきの約束……守って貰えますか？」

「……女神メリッサ様に、という話ですね？」

「はい」

私は内心今すぐ逃げ出したいくらい、なんかもう全面的にモーリアスさんが怖くて仕方ないが、なんとか笑みを浮かべて頷く。

……っていうかこれ、夢十夜の件、考えてみると、毒を盛った主犯、モーリアスさんじゃないですか？　夢の中でお名前を知った、真犯人……献上されたあの牛乳が呪いのブツですね？　一度や二度じゃ効果ないけど、夢を繰り返して私が毎晩寝る前にホットミルクで飲んでたので、呪いが重ねられたとか、そういうオチだったんですね……？　怖っ……。

私は脳裏に陛下のニヤニヤとした、大変楽しそうなお顔が浮かんできた。

……つまり、これは陛下の遊……じゃなかった、試練、試験？　まぁ、そんな感じのものなんだろう。ここでモーリアスさんを何とかして説得あるいは追い返さないと私はルドヴィカに狙われ続ける。

「メリッサに会うのが私がここに来た目的で、彼女は私にとって大切な存在です。彼女に会わせてくださったなら……私の中でモーリアスさんの評価が鰻上りです」

「ウナギノボリ……？」

「えっと、大変嬉しくなって大好きになる、という意味です」

「なるほど、ウナギノボリ」

面白いですね、とモーリアスさんはにこにこしてくれた。

よし!!

＊

「モーティマー!!　どうだ、あの陰険な賢者を追い返せ……なぜ一緒にいる！！？」

と、いうことでモーリアスさんが案内してくれたのは、神殿の内部にある祭壇。私もお馴染みの、聖杯があるお部屋だ。

そこには見慣れない、ゴテゴテした派手な……金とか真っ赤な配色の立派な法衣を着た……なんか、貧弱な体格の男の人が、神官さんたちを侍らせて待っていた。

誰……？

派手な貧弱さんはモーリアスさんと、少し後ろを歩いてついて来たイブラヒムさんを見て大げさなくらい驚くと、ぷるぷると震えて、側の神官さんたちの後ろに引っ込んだ。

「そ、それに、アグドニグルの軍人も一緒じゃないか!!　追い返したのではなかったのか！！？　どうなってる！　モーティマー!!」

「あの、モーリアスさん……あの人はいったい……」

「あまりお気になさらず。ただの枢機卿のお一人ですよ」

「え」

〝尋ねる者〟のことは知らなかったけど、白皇后のお勉強タイムで、ルドヴィカの簡単な組織形態？　は勉強している。

ルドヴィカは聖王様がトップで、大聖女様が三人、枢機卿が二十人くらいいて、と、そういう感じだった気が……。

つまり、お偉いさんでは？

なんだってそんなお偉いさんが……レグラディカなんて寂れた神殿に……あ、ごめんねメリッサ。

ぎゃあぎゃあと、神官さんの後ろで喚く枢機卿の人。

「……枢機卿、ザイール……？　あぁ……なるほど」

何が？

イブラヒムさんが納得したように頷く。

だから、何が？

「おい！　聞いてるのかモーティマー!!　あの邪教徒どもは自分が追い出すとお前が言うから放っておいたんだぞ!!　それをなんでこの神聖な場所まで連れて来て……おい無視するな!!　全く……これだから平民は……」

ぶつぶつと文句を言う枢機卿さん。

うーん……うーん……。

状況が全くわからないんですが……私はなんとなく、こう……そわそわとしてきた。

目の前には、多分なんか悪い人？　小悪党？っぽい枢機卿さん。

うーん。よし。

「ここまでです!!　あなたの悪事は全てまるっと御見通しですよ!!」

「なっ、なんだとぅ!?」

びしっと、私は枢機卿さんを指差して、高らかに宣言してみた。

「な、何者……っ、は!?　まさか……裏切ったなモーリアス!!」

よくわからないけど、悪事はしてる感じですね？　その反応。

イブラヒムさんとレイヴン卿は「何を言い出したんだ……」という顔をしているが、モーリアスさんはにこにこと微笑んで黙っていらっしゃる。

「まさかモーリアスが裏切るとは予想外だが……しかし、ここで貴様らを始末すればいいだけのこと！」

「ザイール様……しかし、モーティマー卿は〝尋ねる者〟の……」

「元は卑しい平民風情が神の鉄槌者たる〝尋ねる者〟の局長であることがそもそも我慢ならなかったのだ！　身の程を知らせる良い機会だろう!!　後のことなどどうにでもできる!!　構わん！　やれ!!」

側の神官さんたちは枢機卿さんを止めようとあれこれ発言するのだけれど、興奮しきっている枢機卿さんは周囲の言葉など聞く耳を持たない。

多分、小娘に悪党扱いされてるのも気に入らないんだと思います。

「わ、わたあめ!!」

「きゃわん！」

仕方ないと、こちらに殺気を向けてくる見知らぬ神官さんたち（多分、枢機卿さんの護衛も兼ねてる武闘派）に、私は身の危険を感じてわたあめを呼び出した。

「！　魔獣を呼んだ!?」

「魔女か……！」

「幼いのになんと邪悪な……!!」

「アグドニグルの魔女の元ではあんな幼女も魔術を使うのか!!」

陛下が神聖ルドヴィカにどう思われてるのか感じつつ、私はわたあめに「殺さない感じで、皆の動きを止められる?」と聞いてみた。

「きゃわわわーん!　きゃん!」

頷き一つ、勇敢に駆けだしたわたあめ!

「なんだあのフワフワ!」

「くっ、俺は実家で白い犬を飼っていたんだ!!」

「可愛くて槍で刺せない!　なんと卑劣な……!」

「えぇい!　お前達、ふざけるんじゃない!　殺せ!　あれは悪魔だ!　悪魔の使いだぞ!!」

怯む神官さんたちを叱咤する枢機卿さん。

わたあめのホワホワが効かないとか、さては猫派ですか?

＊

ぽんぽんぽーん、と、白いふわっふわが飛び跳ねる。

「くっ、可愛い……!」

「なんて愛らしさなんだ!!」

神殿の厳かな祭壇の間を縦横無尽に駆け回る魔獣に、神官たちは為す術もなく翻弄される!!

槍や剣を手に持った武装神官がわたあめに狙いを定めてその凶器を振り下ろそうとするが!!

確実にとらえたその切っ先は「……こんな何も考えてなさそうな無垢な存在に!! あぁ神よお許しください!!」と、懺悔(ざんげ)のため崩れ落ちた膝によって角度を変えてしまう!!

その間に真っ白でキュートなお尻をポフポフさせたわたあめが「きゃわんっ!」と鳴き、神官さんたちの足元を凍らせていく。

「な、なんなんだこの茶番はッ!? 貴様ら、何をふざけている!!」

この大変微笑ましい光景に、枢機卿のザイールさんは血管がブチ切れるんじゃないかと心配になるほど、ブチ切れていらっしゃる。

「ザイール様、ここは我々が……」

しかし全ての神官さんがふわふわに弱いわけではなかった。

残念ながら犬派ではなく、猫派、あるいは他の動物愛好者なのだろう。わたあめの愛らしい動きと毛並みに陥落することなく、きりっとした表情を保っている武装神官さんが三人。

なるほど、猫派だからこういうアグレッシブなのはお嫌いなんですね。

ザイールさんに奥の扉……この部屋から早く出るように促し、二人がわたあめを無視して私たちの方へ向かってきた。

「……! 王女殿下っ! こちらへ!」

わたあめの主人であり、この場で最も弱いと思われる私を始末しに来た神官二人。

非力な幼女を狙うとか聖職者としていいんですか!?

すかさずレイヴン卿が私の前に出て剣を振る。

ギィン、と、金属同士のぶつかる音。

「レイヴン卿……っ！」

背中に幼女を庇いながら、苦戦することなく二人の敵を相手にするその姿に、私の中のエレンディラの感情が物凄く揺さぶられる。具体的には「守られてるお姫様」である自分と、それを守る「私の騎士さま」という……レンツェではどれほど願っても誰も助けてくれず虐げられるだけだった幼女がこう……幸福感と仄かな恋心だ……!!

「は？」

「イブラヒムさんなんか面白いことしてください……ッ！」

「このままじゃレイヴン卿が初恋になる……ッ!!」

「は？　え？　なんです？」

呑まれてたまるかッ、と、私は服の上から胸をぐっと押さえ込み、観戦しているイブラヒムさんを見上げた。

「イブラヒムさんが顔の良い異国のレディに弱いように」

「事実無根だが？」

「不遇な幼女は自分を守ってくれる騎士に弱いんです」

「話を聞け」

私の方だって話を聞いて欲しい。

そうこう言っている間にも、短くなった銀の髪の美しい、顔の良いレンツェの騎士殿は武装神官さんを無力化し、てきぱきと武器を取り上げている。それを見て私の中のエレンディラがますます
「レイヴン卿かっこいい……！」と大変、私の中の彼の好感度を上げてくる。

「全くわけのわからないことを……。突然ザイール枢機卿を犯人扱いしたかと思えば……」

「あ、そうでしたそうでした。偉い人の、その、ザイールさん」

レイヴン卿がチャンバラしている隙に逃げてしまったようだ。

わたあめはこの場の神官さんたちを動けなくして、今は彼らの側をふわふわしながら撫でられて遊んでいる。

「……モーリアスもいませんね」

「モーリアスさんも？」

本当だ。

ついさっきまでこの辺でにこにこしていたはずのモーリアスさんの姿もない。

「……」

イブラヒムさんが沈黙する。

「王女殿下、この後はどうなさいますか？」

「あ。そうだ。えっと、状況的に……何か悪いことをして、その口封じに私たちを襲ってきたっていうのはわかるんですけど……」

そういえばこれ、正当防衛で大丈夫だろうか。

アグドニグルの中にあるルドヴィカの大神殿で起きたこと。この場合、どっちの法が適用されるのか。そもそも、レンツェの人間である私とレイヴン卿が「ルドヴィカの神官たちを攻撃した」という事実の方が問題になるだろうか？

「あ、でも、イブラヒムさんは賢者で偉い人ですから、イブラヒムさんを攻撃しようとしたっていうのは、立派な正当防衛の理由になりますよね？」

「どうでしょうね。私は祝福者であり、ルドヴィカにとって簡単に処罰できる者ではありませんが……同時に、私の賢者としての研究は、ルドヴィカの教えに反するものばかりで、異端審問にかける理由を常に探されてますので」

「……」

え、この人、最初の方で自分なら神殿内でも上手く立ち回れるからスパイしてるみたいなこと言ってなかったっけ……。「実は目を付けられてる」という事実があるのなら、なんで潜入しようとしたんですか。

「……」

「なんです、その目は」

「いえ、別に」

まぁ、イブラヒムさんが私に本当のことを正直にあれこれ話す理由はないわけだ。

＊

「メリッサ、メリッサ〜」

遊びに来たんですよ、出て来てくださいよー、と、私は祭壇に祈りの姿勢を取りつつ声をかけてみる。

背後では神官さんたちが「え……そんな方法で神が降臨するのか？」「まさか」「なんなんだこの幼女」という視線を向けているのがとてもわかるが、大体いつもこんな感じだったのだ。

メリッサは私が呼べば来てくれるし、神殿に行くと「なんだ、来たの！」と嬉しそうに迎えてくれた。

（なのにまるで、知らない場所みたいになっちゃってる、神殿の中）

私とわたあめが走り回っていた頃だって、静かだったけれど明るい感じがした。おじいちゃん神官さんたちや見習いさんたちはあちこちにいて、私の姿を見ると笑いかけてくれた。そういう場所が、まるで冷たく暗い、全然知らない場所のように私を拒絶している。

神官さんたちも、メリッサが現れて一言「彼らを解放しなさい！」と言ってくれれば、女神であるのだから、それで全て解決するんじゃないかと私は思った。あの偉い人だというザイールさんがどんな悪いことを企んでいても、モーリアスさんがどんなに頭が良くてあれこれ考えていたとしても、いつものようにメリッサが「なによぉ」と現れてくれれば、何もかも元通りになると私は信じた。

「……」

だけれどどれだけ呼び掛けても、メリッサは現れない。

「当然だ……！　穢れた魔女が神を呼べるわけがない！」

「そもそもお前が呼んだという存在が本当にレグラディカ様であったのか……！　疑わしいものだ！」

「悪魔を呼び寄せ、それを女神だと偽ったのだろう！」

「ザイール様は悪魔に汚された神殿を浄化するため、真のレグラディカ様の奇跡を賜るため、この地にいらっしゃったのだ！」

両足を氷漬けにされ転がされている武装神官さんたち二人が交互に吠える。

ふーん。なるほど……。

彼らは「メリッサは偽者。本当は悪魔」だと信じ込んでいて、ザイールさんのすることを正しいことだと思っていらっしゃる。私は「自分の呼び出した悪魔が退治されそうになって焦って出て来た魔女」なのか。

それだと、おじいちゃん神官さんたちや、この神殿に元々いた人たちは皆、悪魔に誑(たぶら)かされた者、という扱いかな？

でもイブラヒムさんの「調査」では、おじいちゃん神官さんたちは新しい神を呼ぶための生贄にされるという話……。

どうしてメリッサは、私の呼びかけに答えてくれないのか。

「あ、レイヴン卿、ちょっと短剣を貸して頂けませんか？」

「王女殿下？　えぇ、構いませんが……」

私を罵っている神官さんたちを脅すつもりで欲しているのだろうと、レイヴン卿は考えたようだった。鞘から短剣を抜いて私に貸してくれる。

「な、何をするつもりだ……！　幼くとも、やはり魔女だな……！　おぞましい!!」

近寄るな、と神官さんが顔を歪めて私を睨み付ける。

私は彼らが私を何と言おうと、それは別にどうでもいいし、彼らに今のところ用はないので無視した。

「えいっ」

「！！？」

よっこらせ、と、私は自分の首に短剣の刃を当て、全力で掻っ切った。

レイヴン卿とイブラヒムさんの叫び声。神官さんたちの悲鳴。どさり、と倒れる自分の身体。

「メリッサ、メリッサ。出て来てくださいよ。死んでしまいますよ、私。メリッサが、いつもみたいに、怪我を治してくれないと、死んでしまいますよ」

私の呼びかけに応えない友達。

存在が消えてしまっている、とは思わなかった。あえて私の声を無視しているのだと、そういう予感。居留守を使われている感覚。私が扉の前で何度ノックをしても、耳を塞いでいるような、そんな感じがした。ので、私は、嫌だった。

(何か考えてのことなんでしょうね。何か、思ってのこと、なんでしょうね。でも、勝手にいなくなられると、嫌です。多分、メリッサのことだから。何か、どうしようもないことが、あるんだとは思うのですが)

ひゅーひゅーと、息が漏れた。どくどくと首から流れ出す血を、イブラヒムさんが必死に止めようと押さえている。

レイヴン卿の炎で傷口を焼かれたら塞がってしまうな、と、ぼんやりそんなことを考えた。私が考えつくのだから、イブラヒムさんとレイヴン卿が気付かないわけないだろうに、イブラヒムさんは怒鳴って私を怒っていたし、レイヴン卿は自分が短剣を考えなしに渡したからだと青ざめているようだった。でもまさか、か弱い幼女が自分の首を掻っ切るとは予測できないと思います。

カイ・ラシュのことを考えた。

何か考えて、何か思って、勝手に「いなくなる」と決めた私の友達。彼は私のことが大切だったのに、いなくなってしまった。

いつまでも変わらずにいたい、と、いつだったか言っていたのに。(私はそれに、変わらないものなどないと答えたくせに)変わってしまった友達のことを、考えた。

メリッサもいなくなる気なんだと、呼びかけても応えなくて、私は気付いた。

(でも、きっと何か事情があるんでしょうね。何か、あるのでしょうね。私はそれに関われないのでしょうね)

「行かないで、メリッサ」

手を伸ばす。

「…………卑怯者……」

淡い光、温かいぬくもり。

私の手を取ったのは、綺麗な顔をぐちゃぐちゃに歪めている、女神様。

「卑怯者。卑怯者、卑怯者……ッ！　馬鹿、最低、最低、最悪……卑怯者……！！！」

血が抜けて寒かった体が温かくなり、痛かった首が羽で撫でられたようにくすぐったくなって、痛みが消える。

メリッサは私を罵りながら、両手で私の片手を握りしめたまま、顔を伏せた。


「最悪。最低。馬鹿、本当に最低よ、あんた……最ッ低……!!」

「すいません。でも、他に方法ありました？」

そっぽを向かれ、このまま永遠にさようならも言えないで、消えられてしまうのが「嫌」だったので、これは仕方ないと思う。

私がへらり、と、笑うと、メリッサは唇を噛んで震えた。

「最低なことをしたのよ。あんた。あんたは、あたしがあんたを大切に思う心を利用したのよ。あたしが決めたことを、あたしがしようと選んだことを、あんたは、勝手にあたしに自分の命と天秤にかけさせたのよ。あんたは、あたしが自分で決めたことを捨てて、あんたを選ぶってわかってるから」

私はメリッサが「神になった」経緯を彼女自身から聞いていた。

小さな島で起きたこと。メリッサが救えなかった命のこと。メリッサが「救いたかった」命のこと。

女神様のお力で何もかも回復、すっきり、何事もなかったように。

私は首を振って体を起こし、項垂れているメリッサに頬を殴られた。

ので、私はメリッサを殴り返した。

「はぁ!?　大人しく殴られなさいよ……！」

「いえ、あのですね。考えていたんですけど、こうしてメリッサが私を優先したので、多分、私は今『お前が言うな』って、メリッサを殴って良いと思ったんです」

何かあって、私に会わないと決めただろうメリッサ。この神殿から消える決意をしたメリッサ。

彼女がそれでも私の命を優先してくれたのなら、そもそもメリッサが消える決意をしたのは、私が原因、ということになる。

私はカイ・ラシュのことを考えた。

あの時私はカイ・ラシュにお礼を言わせて貰えなかった。でも、あの時、私はカイ・ラシュを怒ってもよかったんだろうと、後で気付いた。

「私を『助けた』事実で、私に傷を付けるのは、止めてください」

＊

自分のような最下級の神の手に負えるものではないと、わかっていた。

二つの祝福を受けた稀有な存在。

この世の流れを変えかねない異常な存在。

神の供物となる黒化を浄化した存在。

魔王の器に守られた存在。

放っておけばすぐに死にかける。

生きている状態が不自然なのだ。どうしたって世界が「死んでくれ」と殺意を向ける。世界の悪意が届いたはずなのに、時空を歪め、生き残る可能性を生み出す。

そんな生き物をなんと言うべきだろうか。

化け物と言うのでは優しすぎる、悪魔と言うにはおぞましすぎる。メリッサはまだ若い神であるから、長い時間の中であれに似た存在がいたのか、それがどう呼ばれていたのか知らない。だけれど、とっくに腐って蠅が集っているはずの肉塊が、動いていることを「不気味だ」と嫌悪しなければならないことはわかっていた。

(でも、そうは思えない)

(そうは、思わないのよ)

メリッサ、と、親し気に呼ぶ声。はしゃぎ、笑い合うことのできる関係。メリッサの存在を認識して「友達です」と心から思っている顔で、いつも死にかける幼い人間の子供。

何度も傷を癒して気付いた。あれは正しい生き物ではない。女神の目から見て、いびつに歪んでいる。どうして生きているのかわからない。魂がぐちゃぐちゃに潰れている。

だけれど、メリッサは彼女が好きだった。

放っておくと死んでしまうから、溢れるように奇跡を、祝福を。

できることならなんでもしてあげたかった。

友達だから。あるいは、かつて失った信者たちを重ねて、彼女を死なせないで側にい続けることができたのなら、「嬉しい」と思えるような。

「貴様如きには不可能では？」

と、上位の神に嗤われた。レグラディカの地を欲しいと、近づいてきた神だった。

この地に神殿が建てられる時、どの神もクシャナを恐れて嫌がったくせに、その神は今更しゃしゃり出て来て「代わってやろう」と、言ってきた。

メリッサは吹けば飛ぶような、下級の神だ。神になった経緯の島はもはや焼失し、メリッサの本体であった大木もない。今はレグラディカが彼女の本体で、奉げられる祈りで存在している。メリッサがレグラディカを「代われ」ば、メリッサは消える。

いかに上位の神であっても、下位の神に「死ね」という権利などない。メリッサは拒否し続けた。

メリッサが役立たずでも。

メリッサが最弱の神でも。

（シェラは、構わないって言ってくれるでしょうし）

シェラの周りにはクシャナを筆頭に、怪物ばかりいる。自分が情けなくても、問題はないとメリッサは考えた。自分が役に立たなくても、周りがどうにかするだろう。どうにかできるだけの能力のある者ばかりなのだから、自分は「女神」としてシェラの側にいなくても「友達」でいても、いいだろうと。どうにかしてあげたいと思いながら、何もできなかったとしても、許されるとメリッサはわかっていた。それがとても「良い」と思った。

（だけど、シェラは呪われた）

ルドヴィカの主神を気取っている神の仕業だった。

メリッサは何もできなかった。だけれど、別に大丈夫だと思った。死なないだろうと思った。いつもみたいに、なんだかんだと乗り越えて、いつも通り、メリッサの前に現れるだろうと思った。メリッサではとうてい敵わない神の呪いであるから、メリッサは何もしなかった。何もできないのは仕方ない。

下手に出て行けば、自分など消されるとわかっていた。神は神に「死ね」とは言えないが、力のある神が、気紛れに、あるいは無意識に、路傍の石でも蹴るように、小さな神を消すことは、よくあることだった。

メリッサは彼女が呪われても、何もしないでいれば、彼女の友達でいられて、いつまでもいつまでも、レグラディカの女神として、楽しく過ごせるのだ。

神殿に彼女を助けるよう求める声が響いた。メリッサはそれを無視した。自分ができることではないからだ。声は聞こえなくなった。他にいくらでも手段はあるだろうから、諦めたのだろう。

「それで神とは嗤わせる」

上位の神がメリッサを蔑んだ。

うるさい、とメリッサは睨んだ。そもそも、神が人を救わないで声を無視するなど、当たり前のことではないか。非難される覚えはない。神とはそういうものだろうと、メリッサは言い返す。けれど、上位の神はメリッサの言い分を鼻で笑った。

「無様なことだ。貴様は神としてあろうとしているのではなく、まるで人間のようじゃないか」

女神の目で、メリッサは彼女が呪いで苦しんでいる姿を見ていた。

苦しんで夢の中で、のたうち回っている姿を見ていた。

だけれど、何もしなかった。

何かしたら、ルドヴィカの神に睨まれて、消えてしまうから。そもそも何もできない。なら、今回の問題には関わらないで、彼女が乗り越えていつも通りになるのを待って、また、怪我をしたり、困ったりしたら、些細な問題が起きたら、いつものように、助けてあげればいい。

「違うだろう。貴様は、見捨てただけだろう。我が身可愛さに、自分が楽しく存在するために、苦しんでいる〝友〟を見捨てているだけだろう。醜悪なことだ。あまりにも、人間らしい振る舞いじゃないか。それで神か？　神でいられるのか？」

笑う声。問いかけ。審問。

信仰を得ることを優先せず、望まず、求めているのは彼女の友であること。だというのに、苦しんでいる今を、見て見ぬふりをしている。

「貴様は本当に、神として、貴様の愛するあの人間に〝何もできない〟のか？」

＊

「アンタのためにしようとしたことを……迷惑だって、言いたいの？」

「そうです。止めてください」

私がはっきりと答えると、女神様、メリッサさま、私の友達のメリッサは顔を歪めた。どれだけ考えて、苦しんで出した答えだと思っているんだ、と、こちらを責めるように睨んでさえくるけれど、私だって睨み返す。

「私が血だらけ傷だらけになるのは嫌なのに、心をズタズタにしてもいいって方がおかしくないですか？」

「そういうつもりじゃ……ない、けど!!」

「良いことをして、私の記憶には良い感じの傷になってずっと思われ続けるのを希望、とか……やられた方の気持ちと人生を無視するのはどうかと思います」

「ぐぅっ……!!」

善意。善行。相手のために自分を犠牲にする尊い精神。大変ご立派で、その恩恵を受ける側でいる私があれこれ言うことは傲慢だとか、そういう指摘をメリッサがすれば、私は何も言えないのだけれど。メリッサは悔しそうに黙って、ぎゅっと唇を噛み締める。

　ほら、やっぱり。と、私は微笑んでメリッサを抱きしめたくなった。

　善意、善行。相手のための自己犠牲。じゃない。慈悲と慈愛と慈善から生み出される「尊い」行動なんかじゃない。

　どうしようもなく追い込まれて思い悩んで、ぐるぐると。目の前に手っ取り早い道が見えたから、飛び込んだだけ。

　メリッサは悔しげな顔のまま私を見つめ、私が「仕方ない女神様ですねぇ」と困ったように笑うので、諦めたように息を吐いた。

「馬鹿。あんた、アタシのことなんか何にもわかってないくせに」

「メリッサが女神で、私の友達で、私のことが好きなのは知ってます」

「……あんたは別に、アタシじゃなくたっていいくせに。だったら、上位の神の方が、いいじゃない」

「上位の神様」

「そうよ。アタシが……大人しく消えれば、この神殿には力の強い神が君臨するの。アンタがどんな因果で死にかけたって助けられるし、アンタが埋もれるくらいの黄金を出してお金持ちにだってしてあげられる。国一番の美人にだってしてあげられるだろうし、この世で一番いい男と結婚だってできるのよ？」

「さすがメリッサ……できる提案が……貧弱……ッ！」

「は、はぁああ！！？」

さすが島国出身の、見識と人生（？）神生（？）の浅い？　短い？　まぁ、とにかく、世間を知らない女神様である。

私は妙に感心して、メリッサが素晴らしい贈り物だと思う、あれこれを一度丁寧に考え直した。

「うーん、でも……そもそも私はヤシュバルさまという世界で一番すてきな旦那様が約束された勝利の美幼女ですし……お金もその……これでも王族なので、そんなに困ってないですし……天寿を全うするまで死んでたまるか、という根性があるので……別に、神様の素晴らしい贈り物とか、間に合ってますね！」

十年後も確実に美女になるということがわかっている私は、どう考えても勝ち組ではないか？

「し、幸せになれるのよ!?　上位の神の祝福を受けてたら、何にも苦労なんか、しなくていいのよ!?」

「それはもちろん、私は不幸になるために生きるつもりはなくて、目指すは完全完璧なハッピーエンドな人生なんですけど……そこにメリッサがいなかったら、私の人生、完璧にならないので……」

「……は？」

なんで？　と、メリッサがそこで真顔になる。私を「馬鹿な子！」と判断して、あれこれ言ってきた女神様は、あっけにとられたように黙って、一瞬下を向いて、もう一度「なんで？」と言った。

「この世は常に無常。変わらないものがないから、出会いと別れと変化があるもの、と私はカイ・ラシュに言いましたけど……メリッサは、神様だから、違うでしょ？」

「……」

「神様は、いつまでも変わらず、一緒にいてくれるでしょ?」

「……ッ、シェラ!!!!!!!!!!!」

ズドン、と、鈍い音。

メリッサの叫び声。

向かい合って、座り込んで話をしていた私とメリッサの頭上から、何か降ってきた。と、それはわかったのだけれど。

視界が真っ暗になって、一瞬。

ごろん、と、転がる。

私の首か――――!!!

＊

「首はさすがに予想外!!　さすがに死ぬ!!　と、思うけど、やったね!!　生きてるー!!」

ぱちり、と目を開けた瞬間、視界に広がるのはお花畑である。

だけれどここが死後の世界と認めたら負けだ。何に対しての負けかわからないけど、負けである。

私はちゃんと胴体と一緒にある自分の首をさすりながら、このお花畑に見覚えがあった。

「確かここは、」

「シェラ！」

「あ」

ぐいっと、後ろから抱きしめられる。

柔らかな腕と花の匂い。

「メリッサ！」

「……っ、ぐ、きゃぁああああ!!」

私を抱きしめたメリッサが、ぐんっと、後ろに大きく仰け反った。

「え？　え？」

地面に尻餅を搗くメリッサ。それでも私を抱きしめる腕の力はちっとも弱くならない。なので私も一緒に仰向けに倒れて、そして、メリッサが体を大きく動かして、私を庇うように、上に覆い被さった。

「邪魔をするな。地虫の如き脆弱な存在が」

高圧的な声が上からかかる。私はメリッサに抱きしめられているので何も見えない。だけど、メリッサの髪が引っ張られて、蹴られているのは、振動と音でわかった。

「メリッサ！！？　メリッサ!!」

「う、うるさいわよ、アンタ、黙ってなさい」

「いや、これ、この状況……無理では!!」

「いいから、静かにして。ここはアタシの神域。アンタ一人くらい、守れるわよ」

「そういう意味じゃなくて……!!」

見覚えがあると思ったら、ここはメリッサの神域だったのか。

前に来た時より、お花が増量しているし、あの時は寂れた廃墟のようだったけれど、今はきちんと「神様がおわす美しい場所」というような感じがした。

だけれど、その場所に響き渡るのは、暴力を受けてそれを耐える女神のうめき声。

「大人しく消え失せればいいものを。死に損ないの分際が足掻いてもがいて、無様なことだ。搾りかすが」

「うるさい……うるさい!!　うるさい!!」

「メリッサ!!」

私を抱きしめるメリッサの体は震えていた。私は少しも痛くないし、恐ろしさもなかった。声だけでも震え上がってしまいそうなほど、威圧感と、神々しさがあるのに、それらの恐怖からも女神の腕は守ってくれているのだ。

「救えぬ神が救おうとするな。潰され腐るばかりの女が足掻こうとするな。醜態である。神として生きられぬ愚物が、神であろうともがいたところで腐臭を撒き散らすばかりである」

「誰ですかぁああ!!　あなた!!　私の友達女神様を罵倒してるお前は何様だぁあああ!!」

メリッサが今蹴られているのは、私を守ろうとしているからだ。

私は全力でもがいて、メリッサの腕からすぽんっ、と抜け出した。

「シェラ……!!」

慌てるメリッサ。だけれどメリッサは蹴られ続けた所為か、ぐったりして起き上がれない。

「……何様？　か、」

「神様、とかあまりにも何の捻りもない答えはセンスがないのでお止めくださいね」

「……」

直視するとヤバそうな予感がした。

以前ここでメリッサと会った時も、女神様は「私の目を見ろ！」と呪おうとしてきた。ので、基本的に神様と目が合うとロクでもないことになると予想し、私は一応、膝をついたまま、お花畑の方、メリッサを加虐した存在の足下に視線を落とす。

「……」

こみ上げるのは悪寒と、重圧。何もしていないのに、頭を、肩を、体中を押さえつけられているような不快感。気を抜けば平服して許しを乞うてしまいそうなほど、怖い。

まるで崖の上に足一本で立っているような、本能的な恐怖心だ。

「祝福を重ねられた自分なら、容易く殺されはしないと慢心しての狼藉か？」

嘔吐した。

声を発せられ、私の耳がそれを認識する度、私の口から泥が溢れ出す。

気持ち悪いのは、その吐き出した泥の中に……いる!!　いる!!　ミミズとか!!　オタマジャクシっぽい、なんかそういう、口から出したくないものが!!

「げほっ、ごぼっ……うげぇっ………」

こんな美幼女の口からこんなもの出させるとか、ははぁん、さては……邪神だな？

「捻り潰すぞ」

「ごぼごぼっ、がっぼぉぉお……!!　泥なしで直、ミミズは……うげぇぇぇ……!!」

ミミズは止めて欲しい！　ミミズは!!

ウニョウニョしてお元気な感じが視界に入るのがさらに嫌!!

私は吐き散らしながら、バンバン、と地面を叩いた。

「うぇぇぇぇ……」

状況を整理しよう。

口から喉から、虫を吐き散らす私ですが、頭は無事です。ということは思考することができるので、大丈夫。

これで虫を吐くのがメリッサだったら、私は混乱と動揺でオロオロして何もできなかっただろうけど、被害者が自分ならOKですね!!

首を斬られた。のを、メリッサが咄嗟に彼女の神域に連れ込むことで守ってくれた。

私は明確に殺意を向けられ、攻撃されたのだ。

でもそれが、今は虫を吐かせるという、地味な嫌がらせにとどまっている。

この神域は、メリッサ個人のものではなくて大神殿レグラディカのもの。つまり、メリッサがどれほど、小さな神であっても、レグラディカの格が高いので、上位の神とかいうよくわからない虫吐かせ野郎は、この神域の中では私を殺害することができない、ので、精神的に攻めてきているわけだ。

……私の何が、上位の神とかいう野郎の殺意に触れたのか？

私に黙って消えようとしやがりましたメリッサにとって、私は人質、あるいは交渉材料として消費される予定だったはずだ。

その私を感情的に殺害しようとした。

何か逆鱗に触れるようなことをしたんだろうな！

「げっほっ……ごっ…………」

「苦しみのたうち回る貴様を、その搾りかすは黙って見ていることしかできぬ」

「……」

「それを神だと？」

侮蔑を含んだ上位の神の声。

……違和感。

陛下は。

クシャナ皇帝陛下は以前、おっしゃっていた。

神様は、人を救わないものなのだと。そういうものなんだとおっしゃっていた。

なのにこの上位の神様は、神なら人を救うものだと、そのように言っているような、違和感。

……そもそもどうして、レグラディカの神になりたがっているんだろう。

「……」

レグラディカ。

アグドニグルの首都、ローアンにある大神殿。その主神の名であり、役職のようなもの。レグラディカに対しての信仰心は、神殿に勤める神官さんたちや、ローアンの信者さんたちから集められる。

……あ。

「私が、メリッサを信仰した、判定ですか？」

人の世が無常だと知っていて、理解していて、受け入れていて、それでも不変のものがあるとすれば、それは神様だろうと、そのように私は考えている。

神様だけが変わらない。

変わらないものは、神様だと、これは確かに、信仰だと言えるかもしれない。

「…………人は頭上に広がる大空を、昇る太陽を、瞬く星を、轟く雷を、神と崇める。寂れた場所の島民が、朽ちぬ大木を神と崇めたこともまた、同様」

「……すいません、その話長くなりますか？」

「……は？」

「ちょ、シェラ……アンタ、」

何だか長々と語り始めそうな雰囲気の上位の神様に、私は待ったをかける。

吐き気も治まり、攻撃は止んだ感じもする。

「ようするに、私がメリッサに抱く信仰心が、気に入らなかったんですよね？　都合が悪いと言いますか。メリッサのことも気に入らない。島民を失って消えるはずだったメリッサがまだ存在していて、レグラディカっていうガワを得ていることも気に入らない。ので、メリッサを消したかったってことでいいですか？」

「シェラ……身もふたもないわよ……それに、上位の神が、そんな個人的な理由で私みたいなのにちょっかいかけるわけ……」

「事実だが？」

あっさり認める上位の神様。

私はそこでやっと顔を上げた。

開き直ったのか、こちらへ殺意を向けるだけ無駄だと思ったのか、頭を押さえつけるような感覚はもうない。

声からして男神だと思ったけれど、その通りだ。灰色に近い肌の色に、鴉（からす）の羽根のようなものがびっしり覆われた頭部、獣の毛皮や爪、尻尾は私の腕より太そうな蛇がにょろにょろと出ている。

「おれを見たか。小娘」

「改めて、はじめまして、私はシュヘラザードと申します」

「おれはロキ。疫病の神である」

「あ、なるほどー。虫とかそういう感じで司っていらっしゃるんですね」

何の神様かな、とは気になっていたのでわかってすっきりした。

「でも、疫病の神様がローアンの神様になんてなっても……うちには医神の祝福を受けたニスリーン殿下っていう、スーパードクタNがいらっしゃるんですけど……」

「え、何？　どく、何？」

「顔面宝具を持ってらっしゃる美中年です」

「は？」

「おれが国内に疫病をばら撒くと思うのか」

「え？　疫病の神様って、つまりあれですよね。風邪とかひきにくくなったり、伝染病が流行らなくなったりとか、そういうご利益ですよね？　でもアグドニグルは神様頼みより、学べば誰でも身に付けられる医学の進歩を推奨してますので……着任される場合は、ちょっと陛下とご相談頂かないと……国策に反するので討伐対象になるような……」

「……」

「……え？」

「え？」

あれ？　なんか、会話が噛み合わないな？

私はメリッサとロキさんがこちらを「何言ってんだこいつ」という顔をして見てくるので、首を傾げた。

「おれは疫病、災い、害する神だぞ。畏れ崇めるべき存在であろうが」

「……疫病の神がレグラディカに付いた場合、力の強い神だから、アンタを守ることはできるけど……神としての権能は、疫病と死だから、敵対国に病を流行らせるとか、そういうものよ?」

なるほど。

とんだパンデミック。リーサルウェポン。

「争い奪うアグドニグルには相応しい神であろう」

「私の一存ではなんとも……」

「それにしても、小娘。貴様は妙な考えを持っているな」

「はい?」

「神に対する考え方、畏れが、おれの知る人間どもとは異なるように思うが」

「と、言いますと」

「ルドヴィカの信者どもは、神とは人を救う存在であると信じている。導き、救済するものだと、そのように。祈れば救いの手を差し伸べると疑わない。己らの幸福のために神がいるのだと」

ロキさんは不思議そうに首を傾げた。尻尾の蛇さんもチロチロと舌を出す。

……おっと、これはあれですかね。

前世の日本人の感覚が影響してるからですかね?

日本人にとって「神様」というのは荒ぶる存在。畏れ敬い、鎮める存在。自分たちを「救って」くれる神様ではなくて、災いを「齎さないでくれる」「見逃してくれる」上位存在だった。

私が「疫病の神様? つまり、祈れば病から逃れられますか?」と言ったのもそういう考えから。

ロキさんからすれば、疫病の神というのは、疫病を齎すことが価値なので、齎さない「何もしない」ことが有益だとは思わなかったらしい。

「まぁ、私の変わったところはさておいて。つまり……まぁ、メリッサのような駄女神様でさえ、敬われているんだから、疫病の神である自分がレグラディカの神になってもいいだろうと、そういう感じでいいですか？」

「何の役にも立たぬ神より良いだろう」

「メリッサが役に立たないとは思ってませんけど……」

クシャナ陛下にびびりちらしてるメリッサが神殿の女神様、というのは都合が良いと思うし、私はメリッサが好きなのでメリッサを贔屓したい。

「ルドヴィカの神官もおれの方が相応しいと言っていたぞ」

……おっと？

そういえば、その問題もありましたね。

「なるほど、つまり……ロキさんを唆したとか誑かしただろう真の悪は……ザイールさんとかいうお偉いさんに違いありませんね……!!」

メリッサの神域で、あぐらをかいたロキさんの説明を聞き、私は力強く頷いた。

「そうなの？」

「そうなのか？」

「そうなんです!!」

ははぁん、これだからか、神様という箱入りは世間知らずというか、騙されやすいのではないですか？

揃って首を傾げる二人、二……柱？に、私は「やれやれ」というように肩を竦め、首を振った。

「聞いた感じ、つまり。ロキさんは神様にしては珍しく、人間を救うのが神様だ、というお考えの変わり者でいらっしゃるんですよね」

「おれは変わってなどいない。神とはそうあるべきであろう」

ムッと反論するロキさん。

ロキさん。変わった神様。疫病の神ということで、あちこち流れて疎まれてきたらしいが、そのこと自体は別に気にしていらっしゃらないご様子。自分が疫病という存在なのに、それでも「神ならば人を救う存在であるべきだ」と、自分の疫病という立ち位置で、救える神になれないものかと考えていらっしゃったそう。

「ルドヴィカの神官。人間の、なんとか。とかいう、名などどうでもいいが。その人間がおれをこのレグラディカに呼んだのだ。この地を治めるのはおれのような神であるべきだ、と言った。人間にそう乞われれば応えるのも神であろう」

「でもレグラディカにはメリッサがいるので、お呼びじゃないです」

「ふん。潰した果実の搾りかすのような神など何の役に立つ。おれを呼んだ人間も言っていたぞ。あんな女神などいてもいなくても同じだと。そもそもレグラディカはルドヴィカの神殿だろう。その神官が不要と判断した女神などおれが潰して何が悪い」

メリッサを見下し切って言うロキさんに、私は満面の笑みを浮かべる。「よーし、この悪神、絶対に陛下の前に連れてってやるぞ～☆」と誓った。陛下の前でもその傲慢な態度が続けられるか見ものだな!!

まぁ、それは今は良いとして。

「その神官っていうのはザイールさんに間違いないです。状況的に、何か企んでいたっぽいですし、私を出禁にしたのも、メリッサと私が仲が良いから、下手に出て来たら邪魔されると思ったんでしょう」

「人間の小娘程度このおれの脅威ではないぞ」

「はァっ……!?　アンタ世間知らず!?　シェラの後ろに誰がいるか知らないの！！？　月刊神様通信読んでないの!?」

なんですかそれ。

「人間の巫女だか聖女だかが出してるという読み物か。あんな俗な物、このおれが目を通すわけがなかろう」

物凄く気になる神様界隈のお話だが、メリッサ曰く「人間は知らなくていいのよ」とのことで諦める。

まぁつまり、この騒動の原因はザイールさん、ということがわかった。

「私はメリッサに側にいて欲しいですし、でもロキさんはレグラディカの神になりたい、んですよね」

「おれの方が相応しかろう」

「……」

「メリッサ黙らない。そこ、いつもみたいに強気にいきましょう」

「……あんたは軽く言うけどねぇ。結局、アタシよりこっちの神の方が力が強いのはホントなのよ」

「じゃあ二人でレグラディカの神様やればいいじゃないですか」

「……は？」

「はぁ!?」

驚く二柱の神様。別にそんなに驚くことじゃないと思いますが。

確か、神社とかでも複数の神様を祀ってる場合があって、メインの神様を主祭神(しゅさいじん)、他の神を相殿神(あいどのしん)とか、そんな感じのが私の前世知識にある。

「神様が二人もいるなんて、色々べん……光栄なことですね!!」

「…………リ、リメンバーレンツェ……」

*

そうと決まれば、良い感じにモーリアスさんにルドヴィカへの口添えと、陛下へお願いをしようと私はメリッサの神域から元の場所へ戻して貰った。しっかりメリッサに抱っこされ、ロキさんも一緒だ。

そして戻ってきました、神殿の中。祭壇の間。

現在、血の海でした。

「……え、え……あ、え……ぇ……？」

「助けて、助けてくれぇえ!!　止めてぇええええ!!」

「嫌だぁあああ!!」

「死にたくない、いや、せめて、せめて一思いに殺してくれ!!　頼む!!　あぁあああ!!」

壁際には私の知らない神官さんたち、多分ザイールさん側だったんだろう人たちが膝をつかされ、両腕を後ろに縛られていた。右側から順番に……動かなくなっているが……。

「シュヘラザード姫」

「あ、イブラヒムさん……」

「無事でしたか。まぁ、そうでしょう。別に心配はしていませんが」

虚空から神様二人と現れた私を、イブラヒムさんがため息交じりに迎えた。一応怪我がないことを確認するように「はい、両腕を上にあげて、くるり、と回ってください」と雑に扱う。

「……私の側から離れないように。それと、できるだけ黙っていなさい」

「………いや、あの、この状況……」

私が首を斬られてメリッサの神域に引っ込んでから、何があったのか。

祭壇の間には大勢の神官さんたちがいた。モーリアスさんと同じく赤い神官服の人たちはてきぱきと、手慣れた様子で拘束した神官さんたちに質問し、手足をもいだり、眼を抉ったり、爪を剝いだりしている。その度に上がる悲鳴やうめきは……かつて私がレンツェの王宮で聞いたものよりも、むごい。

「あぁ！　これはこれは、聖女様！　ご無事で何よりです!!」

充満する血の臭いに私が動けなくなっていると、この場に不釣り合いなほど明るく、優しい声が上がった。

「……モーリアス・モーティマー卿。この通り、シュヘラザード姫は戻られました。我々をこれ以上ここに拘束する理由はないと思いますが？」

「ええ、もちろんです。ですが、姫君はそのままお帰りになられては……困るのでは？」

さりげなくイブラヒムさんの後ろに隠れた私に、モーリアスさんは微笑みかけてくる。私と目が合うと、モーリアスさんは困ったように眉をハの字にさせ、小首を傾げた。

「ザイール枢機卿は愚かにも神の奇跡を私物化しようとし、この神殿に混乱を齎しました。許しがたきことに、ザイール枢機卿に組した彼らは祝福を得た乙女であるシュヘラザード様を傷つけ……神殿内に聖なる乙女の血が流れた……なんと恐ろしく、悲しいことでしょう」

……私が自分で自分の首を掻っ切った件が、そうなってる感じですか？

いや、でも、その時、モーリアスさんはその場にいなかったと思うのですが……いやいや、神殿内のこと……把握されていて不思議ではないのでしょうが……。

「いえ、あの、あれは私が自分で……！」

「慈悲深い姫君。彼らを庇おうと健気なことです」

うんうん、とモーリアスさんは私の言葉を遮って、「わかっています」と頷く。

「幼い姫君が躊躇いもなくご自分でご自分の首を切る、なんてそのように恐ろしいことができるわけがないでしょう？」

「できますが」

「できるんですよね……この姫は」

私とイブラヒムさんがぼそっと突っ込むが、当然のようにモーリアスさんはシカトしやがります。

「あのっ！　もごっ、もがっ……！」

「……黙っていなさい。これはもう、モーティマー卿の……独壇場です」

少なくとも私を刺傷した件については神殿の皆さんは冤罪だ。そのことを抗議しようとした私の口を、イブラヒムさんが手でふさぐ。そして空いている方の手でくいっと、一度眼鏡を上げ位置を直し、モーリアスさんに向かって口を開く。

「つまりルドヴィカは、加害者一同をそちらで処理するので、アグドニグルからの抗議は受け付けない、ということですね？」

「ええ」

「そしてシュヘラザード姫がこのまま大人しく帰った場合、ルドヴィカはシュヘラザード姫を魔女と認定し、貴方がた〝尋ねる者〟が彼女を火刑台に引き摺りあげる、と」

「いいえ、そのような恐ろしいことは」

私が困る、というのはそういうことらしい。

……いや、でも、なんで？

「さて、麗しい姫君。彼らは未だ生きてはおります。肉を抉り骨を削ぎ、眼を、爪を、舌を千切りましたが生きております。哀れな彼らに、聖女である貴方の慈悲が必要だと思いませんか？」

「え、つまり……とどめをさしてあの世に送ってやれ、と……？」

「違います」

「違いますよ」

微笑んで私を見下ろしていたモーリアスさんの表情が一瞬崩れた。すぐに一緒にツッコミを入れたイブラヒムさんへ顔を向け「どういう教育を？」という目を向けるが、イブラヒムさんは仕返しとばかりにそれを無視した。

違うんですか!?

こんな惨劇を作り出しておいてなぜ今「その発想……怖い」みたいな反応をされるのか理不尽では？

しかし、違うと言われても他に私が彼らの苦しみに対してしてあげられることなどあるか？

あとはあれか……？　被害者（冤罪）である私が加害者の彼らの拷問に加わることで、彼らの罪（冤罪）が軽くなる、とかそういう感じだろうか……。

「傷付く者、病める者のために祈り、癒すことこそ、聖女の本質。聖女の齎す、神の奇跡というものです」

答えにたどり着けない私に、辛抱強い家庭教師のような様子でモーリアスさんが答えを教えてくれた。

「……私はバルシャお姉さんのように、癒しの聖女ではありませんが？」

「墜ちた女バルシャ。あのような汚らわしい者の名を、貴方が口にするものではありません。彼女は確かに癒しの祝福を得てはいましたが、癒しの祝福というものは、最も階級の低いモノなのですよ」

祈って傷を治す聖女の奇跡。神の祝福。稀有な存在ではあるが、そもそも「人間の傷を治す」という奇跡は「神」であれば誰でも可能なのだという。なので低位の神が気に入った人間に授ける能力として「癒しの祝福」はポピュラーで、なので「一つの神殿に一人の聖女」というシステムが成立している。

それでも人間には瞬時に他人の傷を癒すことは不可能。高位の存在である彼らの証明。と、それは今は良いとして。

……私が祈って、メリッサが他の人たちを癒したら、それは……。

「神は仰せです。〝お前が祈り、私が癒す〟と、そのように。今は忘れられた神と人の正しい、本来あるべき関係だと言われておりますが……まつろう神々が偉大なる神を真似て悪戯に癒しの祝福を授けた結果、卑しい女であっても聖女だと崇められるような、嘆かわしい状態になってしまいました」

「…………」

言ってる話の半分も、私はよくわからない。何の話なのか。ルドヴィカの歴史をもっと勉強しておくんだった。

「……メリッサ」

「なによ。ちょっと、あの人間が何言ってるのかわからないんだけど……でも、ここでアタシがアンタのお願いを聞いたらまずいんでしょ？　そのくらいわかるわ」

私の視線を受けてメリッサが顔を顰める。

イブラヒムさんを見ると、イビラヒムさんは首を振った。どういう意味だろう。

「うーん、うーん……でも、うーん。メリッサ、あとロキさんも。あの、できる範囲でいいので……この場にいる、怪我人を治してください」

「はぁ!?」

「……この小娘は、神に祈ると立場が悪くなるのではないのか？　おれにもわかるぞ、そのくらいは」

「いや、でも。目の前で血塗れの人たちが、今まさにそぎ切りショー真っ只中っていうのを……中止して、治せる決定権が私にあるんなら、使いますよ」

私の能力ではないけど、他力本願、神頼み、ではあるけれど、私が決める権利があるのなら、単純に。

「目の前でこういうのは……嫌ですし」

「お優しい姫君。ですが彼らは……あぁ、あの彼。生殖器を切り落とされた彼。あの男は神官の立場を利用して、幼い少年を集め性的な暴力を振るっていました。さらにその事実を隠蔽するために、少年たちの両親に彼らを聖歌隊へ入れると言ってて親元から引き離し感染の危険性のある患者の世話を感染回避の知識も与えず行わせ、病死させました。ザイール枢機卿の部下である彼らは、そんな者ばかりですよ？」

「目の前で人が死にかけてるのに、その人に前科があるか、どういう人間性なのか、一々調べたりしないと思いますが」

「確かに。ですが知ることができるのであれば？　あるいは知ってしまったら？　それでも彼らのために祈りますか？」

……さすがにそろそろ、私は怒ってもいいのではないかと思ってきた。

なんかこう、モーリアスさん。私に何をしても、私が怒ったりしないと思ってる？　いや、怒っても気にしないのだろう。そういう、対等な相手と認識していない。

私は一度モーリアスさんを無視して、メリッサたちに「とにかくお願いします」と頼んだ。メリッサは一度イブラヒムさんの方を見て「ホントにいいわけ？」と確認をする。意外に女神様の信頼を得ているらしいイブラヒムさん！　眼鏡の賢者様は「どちらでも同じことです」とそっけなく言った。

メリッサが歌う。

さすがに人数が多く、治療の度合いも深刻なのでいつもの私の怪我をちょちょいのちょい、と治すように気軽にはいかないらしい。

女神様の歌は軽やかで、静かで、綺麗で、メリッサが歌うと光が舞った。

光に包まれ、回復していく怪我人だった神官さんたちは、眼に涙を浮かべてメリッサへの感謝を叫ぶ。聖なる奇跡。女神様の光。

そういう光景が広がる中、私はにこにことした顔のまま沈黙しているモーリアスさんを見上げた。

「貴方、私を誰だと思ってるんですか？」

「と、言いますと？」

「私はレンツェのお姫様。国民全員の命乞いをして、ローアンにいるんですよ」

「えぇ、もちろん存じておりますよ。健気で尊い、お優しい姫君でいらっしゃいますね」

「レンツェの国民が全員、無条件で善良で無垢で罪の一つもない人間であると、モーリアスさんは思ってらっしゃるんですか」

中には先ほどのクソ神官みたいな人間だっているだろう。

奴隷にしておいた方がいい人間だっているだろう。

「私に人を裁いたり、罰する権利はありません。私が選べるのは助けるか、見棄てるかとそれだけです。その後は、裁き、罰するのは、この国では陛下であり、法であり、ルドヴィカではモーリアスさんたちなのでしょう」

現状、彼らは私を害した罪であなっている、という建前だ。私が綺麗さっぱり治した後で、モーリアスさんの言う罪状でしょっ引かれ、裁かれるのならそこで達磨にされようが私が出向いて「あなたのために祈らせてください」という押し売りをする気はない。

「神様もきっとこうおっしゃることでしょう。〝汝裁くことなかれ〟と」

＊

「面白いことをしたようだな」

　夜。

　朱金城の瑠璃皇宮にて、お料理を献上しに来た私を迎えた陛下は、普段はゆったりとしたガウンを羽織っていらっしゃるけれど、今夜は軍服姿だった。

「色々あるのは慣れました。陛下にご迷惑をおかけしていないか、それだけが心配ですが」

「殊勝なことを言う」

　コロコロと喉を震わせて陛下が笑った。機嫌はよろしいようで何よりです。

「…………」

　私はちらり、と私の後ろに一緒について来た二人の様子を確認した。

「……ッ………!!」

「………？　……？」

　一人はメリッサ。全身をガタガタ震わせてかわいそうなくらい怯えて、今にも逃げ出したいのを必死に耐えているのがわかる。がんばって歯を食いしばってる!!　逃げ出さないように掌を必死に握りしめて爪が食い込んで血が床に滴っている!!　神様も血が赤いんですね!!

がんばれメリッサ！　と、私は心の中で応援した。まぁ、メリッサは大丈夫だとして、もう一人。

「して、そちが、疫病の神とかいうものか」

全身にびっしりと汗をかき、頭を垂れ膝をついて動けず、それを自身で困惑していたロキさんが、陛下に視線を向けられてびくり、と震える。

「ぐっ……ぅ……ッ！」

「私は顔を上げよとは命じておらぬが？」

なんとか顔を上げようと、重力と戦うかのように頭を動かすロキさんに、ぴしゃり、と陛下が告げる。すると、ぐしゃっと、ロキさんの身体が大理石の床に押し付けられた。わぁ。

「……ぐっぅ、ぬぅっ………ッ、なんだ……貴様……ッ、なん、なん……だっ!!」

けれど負けない!!　がんばって抵抗を試みるロキさん!!　苦痛と屈辱にお顔を歪めながら、がんばって陛下を睨み付けようとお顔を上げる!!　それを陛下が一瞥すると、またぐしゃり!!　と頭を押さえつけられたようにロキさんがkiss the floor!!　大丈夫！　黒子さんたちがいつもお掃除きちんとしてるはずだから綺麗だよ!!　たぶん!!

「私の可愛い姫は、また随分と面白いものを拾ってきたものだ」

「あ。あの、やっぱり……よくなかったでしょうか。疫病の神様、っていうのは……」

「あぁ、よいよい。主な権能が何であれ、神であればなんでもよい。そこの女神でもいれば十分ではあるが……姫の申すように、我が都の神殿に神が二匹いてもよかろう」

「ありがとうございます！」

わぁ、よかった～。

陛下が許可してくださったなら、もう安心である。ルドヴィカの方は何かモーリアスさんが「承知いたしました。申請しておきましょう」と請け負ってくれた。

ほっとして体の力を抜く私に、陛下はちょいちょいっと手を動かして側に来るように合図し、私はひょこひょこと陛下の御膝の上に乗る。

……この位置からだと、這い蹲ってる神様一人を見下ろすという、物凄い光景が……。

陛下は私の頭を撫でながら「それはそれとして」と、声を低くする。

「躾はする。そこそこ物わかりのよい一匹は良いが、新たな犬は躾のなっていない野犬のようであるしな」

思わず私もビクッ、としてしまう、機嫌の悪いお声。

え……なんか、陛下……怒ってらっしゃ……。

「貴様、シュヘラザードを殺そうとしたとか」

……。

あぁあああぁあああ……!!　忘れてたぁああ!!

ノコノコ「陛下！　もう一人神様を迎えて欲しいんですけど！」と、連れて来た私だが、そう言えば、ロキさんは私を「邪魔」だと判断して首を斬ってきた輩である。こういうことに慣れ過ぎてすっかり忘れてたよ！

「え、えぇぇぇ……でで、でもほら……それはほら、陛下もしたことありますし……」

「私は良いのだ」

「えぇえ……」

良くはないと思いますが……まぁ、陛下がおっしゃるのなら、まぁ、そうなんだろう。所詮私の命なので、私も別に「まぁ、いいか」と納得する。

「よ、よくはないわよ……！」

「へ？」

「なんだ、駄女神」

「よくはないって、言ってんのよぉ！」

そこで黙って震えていたはずのメリッサが、突然声を上げた。

「シェラはあんたのじゃないし！　あんたが気安く扱っていい命なんかじゃないのよ！　誰にも、誰にもシェラを、傷つけていい理由なんか、ないんだから!!」

「……」

「メ、メリッサ……？」

突然荒ぶる女神様。

すぐさま近衛兵が出て来て、メリッサを取り押さえようとするけれど、そこは女神様。軽く手を払うだけで、人間の兵など近づくこともできず、吹き飛ばされる。

「触るな不敬者!!」

「メ、メリッサ〜〜！」

私のために怒ってくれるのは嬉しいが、陛下の御前でこんなことして、命が惜しくないのかと私は慌てる。

「……」

陛下は無言!!　無表情!!　それが怖い!!

「ま、まぁまぁ……！　あの、えぇっと!!　お話は、えぇ、とりあえず……とりあえず、あの……お料理が冷めてしまいますから！　ねぇ!!」

神様と陛下のどっちが偉いのかと言えば、どう考えても陛下である。そして怒らせたら怖いのも、当然陛下である。

私はあわあわと狼狽（うろた）えつつ、陛下の上で上目遣いになり「お料理が……あの！」と、訴えた。

今夜の陛下は私を可愛がるスタンスなのだ。さっきの私のごますり発言も良い感じに機嫌を取れた。幼い可愛い私が不安そうに「陛下……」と見つめれば、ころっと表情を崩す。

「うむ、で、あるな。羽虫二匹を消し炭にするのにさしたる手間ではないが……可愛い姫の料理を台無しにしてはかわいそうだ」

壁際で陛下のお怒りの雷が落ちるのを覚悟していた黒子さんたちや近衛兵の皆さんが明らかにほっとしたような様子なのは気にしないでおこう。

「ちょ、ちょっとぉ！　終わらせないわよ！　誤魔化さないでよね!!　シェラ!!　あんた、そうやっていっつも、大事なことをうやむやにするの、やめなさいよぉ！」

「メリッサ～～～！」

犬から虫に降格されたのにどうしてまだ噛みつくのか。

私のために言ってくれているのはわかるが、迷惑だ!!　私の扱いよりメリッサの生存権を守る方がどう考えたって重要なんですが!!

もう～この女神様は～と、私は呆れてしまう。だけれどメリッサは、私が彼女の行動に対して迷惑だと思ったように、彼女にとって私の行動もまた、迷惑なのだろう。

きつく、陛下を睨み付けてメリッサは叫ぶ。

「あんた達アグドニグルの連中は……シェラに、何をしても、シェラが許すって、シェラが「そういう性格の子」「聞き分けの良い子」「頭が良い子」だって、そう思ってるんでしょ……!!　揃いも揃って……馬鹿じゃないの！！？　対等じゃないのに、怒れるわけないじゃない!!　許すしか、できないじゃない!!　あんた達に嫌われたら、捨てられたら、どうしようもないんだから!!」

「だからなんだ？　それが、どうした？」

メリッサの必死の訴えも、陛下の前では無意味である。強い言葉も怒気も何もかも、陛下の御前では霧散して、届きもしない。

陛下は淡々とした声音のまま、私の髪をひと房、指でくるくると弄び、もう片方の手で頬を撫でる。

「これは身の程を弁えているというだけのこと」

「身の程って……！　あんた……!!」

「そも。この時間は私が可愛い姫の手料理を楽しむための時間……姫たっての希望で貴様ら汚泥が上がるのを許してやってはいるが…………貴様の言葉で何か変えられると、本来私に会う権利すらない貴様如きがなぜ思い上がれるのか。厚かましいにも程がある」

この間、私ができることと言えば「陛下に可愛がられて嬉しいです！」という顔をするくらいなものだ。

メリッサは陛下を誤解している……！

この女神様は、私と陛下の間には愛情があると思っているのだ!! そして「シェラを大事に思ってるならちゃんと大事にしなさいよ！」と言いたかったのだ!! 陛下の「大切」のやり方間違えてますよ！ と!! 私が傷付いてるってちゃんと気付きなさいよ!! と!! 愛しているならちゃんとしなさいよ！ と!! そう!! 善意！！！！！

誤解です!!

私は陛下のことを好きだし、陛下も私を可愛がって、同じ転生者としてある種の情を抱いてくれてはいらっしゃいますが……それはそれとして、愛情はないよ！

いや、親愛とか友愛とか、そういうのはあるだろう。多分。だけれど、メリッサが考える「愛情」はない。大切だから傷一つ付けず守って大事にしておこうと、そういう愛情は……ないよ!!

根本的に間違えている。致命的な思い違いだ!!

例えば、私が……母親に殴られたら傷付く心。だけれど、理由があって尊敬する上司に殴られたら（パワハラうんぬんは置いておいて）「仕方ない」と判断する。

メリッサは、私が陛下を母か何かのように慕っていて、嫌われたくないから、大好きだから、何をされても許して、受け入れていて、けれど傷付いていると、そう思ってるんだろうけれど……!!

「正直……アグドニグルの人たちに、そこまで心開いてないですよ」

どっちかっていえば、メリッサが私に黙って消えようとしたことの方が「はぁ?」と思ったし、腹が立ったし、傷付きました。

ガタガタガタッ!!

「……うん?」

ぼそり、と呟いた私の言葉は、小さなもののはずだったのだけれども。

「…………シュヘラ」

……………うわっ。

多分メリッサが暴れるからとか、そういう理由で呼ばれたんだろう抑止力。第四皇子殿下ヤシュバルさまが、茫然とした表情で、壁に手を当て、両膝をついてこちらを見ていた。

わ、私としたことが、うっかり……!!

「さて。と、言うことだ。姫の料理をそろそろ味わいたいのだが?」

この状況で、まさかそんなことを言えるとはさすが陛下である。

けれど陛下の言葉がこの場では重要だ。

茫然としているヤシュバルさま、や「……え?」と、停止しているメリッサ、まだがんばって重力に耐えていたロキくんを放って、テキパキと陛下の前にお食事の用意が整う。

「……え、えぇ……っと。この状況で……まぁ、えぇ。気持ちを切り替えますが……今夜のお料理は……仔牛のロースト、ヴィンコットソースがけです」

「ほう、牛肉」

「仔牛のイチボ、と呼ばれる背中の後方のお肉です。ヒレ肉……ランプやイチボに近い部分ではありますが、お尻の上のお肉なので赤身の旨みに、霜降りもあるという美味しいお肉です」

少ししか取れないので希少価値もある。アグドニグルの畜産に牛もあり、雨々さんの話では陛下が力を入れて「マツザカ牛」なるものを作ろうとしたらしいが……マツザカ牛はできなかったそうだ。代わりに闘牛用や軍事運用のための……大変気性の荒い……大きな牛が作られたとか……。もちろん食用の牛もいるので、今回使わせて頂いたのは王室ご用達の最高級……ウエハラ牛というらしい。

「ふむ。美味しいお肉なら、どう焼いても美味しいもの。目新しさがないが……」

ただ美味しいお肉料理なら陛下は望めば好きなだけ召し上がることができる立場のお方。私が千夜献上する「特別な一品」とはいかない。ただ高級食材だから感じられる「美味しさ」では不可なのだ。

「ロキさんが、メリッサのことを搾りかすとか……落ちて腐るだけの果実とか散々言っていたんですけど。……腐ってもいいじゃないですかと、私は思います」

「……どうしてそうなる⁉」

私はお肉にかかっている紫色の綺麗なソースについて説明をした。

「こちらはメリッサに出して頂いた葡萄のような果物を、ロキさんの力で貴腐化させたものを、絞って煮詰めてソースにしました」

「腐ったものを」

「陛下がそう言ったものに抵抗がある、とは思いませんでしたので」

納豆とかキムチとかご存じだろう陛下が、貴腐葡萄如きでガタガタ言うわけがないという信頼が！　私にはある!!

「まぁ、ないが」

陛下の口元に微笑が浮かんだ。周囲が「陛下に腐ったものを!?」と驚きざわついているのも陛下には面白いのだろう。

貴腐とは、一見「腐ってる」状態。だけれど、貴腐菌に感染する、病気になることによって、糖度が高まり、香りが高まる、進化!!　いや、違うけども。

腐る。腐敗というマイナスイメージ。だけれど、その醜い外見からは想像しがたいほど、食材として優れた価値があり、貴腐葡萄を使って造ったワインやソースは、別格!!　なので、フランス語で「高貴なる腐敗プリチュール・ノーブル」と呼ばれ、日本語で「貴腐」と直訳された。

ヴィンコットソースとはワイン造りのために絞った葡萄の皮を煮詰めて作るソースだが、今回はこの貴腐葡萄で作らせて頂いた。

「腐っていようが搾りかすだろうが、意味を持たせられないなら無能かと存じます」

私は陛下の御膝から降りて、膝をつき、深々と頭を下げた。おでこが絨毯につく、この感触はもう慣れっこである。

「陛下は常々おっしゃっていらっしゃいます。有能か無能か。私はいつでも、陛下にとって有能な娘でありたいと、そのように思っています」

「疫病の神の力を、料理の食材のために使ったか」

「はい、広い解釈でいけば、病というより状態異常が権能のようですので。発酵もイケるんじゃないかと思います。つまり、陛下の食卓をより面白おかしくするために、疫病の神は有用かと」

「ふふ、ははは。よくぞ、申すもの」

陛下が笑った。

メリッサを、力がなく無価値だと、ロキさんを疫病神だからと、二人を切り捨てれば「有効利用できるのに捨てる愚かさ」となると、私は陛下に訴えている、ということだ。

これは私が、夢十夜の金のガチョウで学んだこと。

相手を説得する、のではなくて、相手が自分自身で「どういう結論を出すのが損がないか」と選択させる。道を選ばせる。あるいは誘導する。

「…………ふむ、芳醇な果実の甘みに……肉の荒々しさがよく包み込まれておる。優し気な気遣いに、口の中でとろけるほどに柔らかい」

「お肉は表面を焼き上げ、肉汁が出て硬くならないようにしております。焼き方は五十度ほどの低温と高温で交互にじっくりと熱を入れたので、網焼きやオーブン調理ではできない柔らかさかと」

「ふむ……ふむ」

陛下はソースとお肉をゆっくりと味わってくださった。付け合わせには白皇后の逸話にある東芋のピュレ。

黒子さんがサッと差し出したふわっふわの白パンと、お皿のお肉を全て平らげてから、陛下は口元を軽く布で拭い、メリッサに視線をやった。

「そこの駄女神」

あ！　汚泥、虫、犬から駄女神に昇格だ!!

びくり、と、メリッサの身体が震える。

「この国で、この世で、シュヘラザード姫をただただ案じ慈しみ、打算や損得なく行動できるのは、そなただけであろうよ」

「……」

「不変なものだけが神であり、神の不変を信じるは信仰となる。姫の信仰はそなたを神にし、そなたの真心だけが姫を守る盾となるだろう。つまり、姫がレンツェに帰るその時、そなたがレンツェの神になれ」

ぱぁん、と、いつの間にご用意されたのか、黒子さん達がクラッカー（あるんだ……）を打ち鳴らし、別の黒子さん達が「ヤッタネ！」と紙吹雪をばら撒く。

また別の黒子さんはどこからか駆けてきて「勝訴！」と、日本語で書かれた長方形の紙をビシッ、と掲げてきて……なんだこれ。

「やったネ！　この前ちょっとうっかり、レンツェの神殿の神を踏み潰してな!!　私が背後にいるレンツェの神殿の後任の神をどうしようかとルドヴィカの神官と話してたのだが!!　丁度よかった!!」

仁王立ちになって手には豪華な扇子。左団扇。大変上機嫌に陛下がのたまう。

…………陛下が皇帝ムーブしてる時は何か企んでる時だった……！

どこから……!!　どこからが誘導だ!!

すっかり、誘導されてたのは私とメリッサである……!!

＊

「話が違う……ッ！」

金やコネで買った地位とはいえ、仮にも枢機卿である男の最期にしてはあまりにも見苦しい。ザイール自身も冷静な部分ではそう思わなくはなかったが、ここで静かに黙って何もかも受け入れられるほど人生を諦めてはいなかった。

何故だ。どうして、こうなったのか。

「モーリアス！　貴様……こんなことをして、」

「嘆かわしい限りです。私としても、誠に残念で仕方ありません。猊下のようなお方がまさか、神の御力を私利私欲のために利用なさろうとされていたとは」

椅子に縛りつけられたザイールを気の毒そうに眺めるのは、〝尋ねる者〟の長であるモーリアス・モーティマー。その手元にはいびつな形の道具が綺麗に並べられており、銀色に輝く細い棒のようなものを手に取り、モーリアスはため息をついた。

「しかし、神の御名の下に悪しき行いは裁かれなければなりません。赤き尊き衣を纏った御方であろうと、いえ、だからこそ、厳粛に我々は神の槌を振るうべきなのでしょう。誠に残念です」

最初に目を抉り、神の姿が見えないように。

次に耳に鉛を流し込み、神の御言葉が聞こえないように。

最後に唇を縫い付けて、神へ祈りの言葉が紡げないように。

ルドヴィカではごくごく平凡な、神に逆らった者への処置である。

それがこれから自分に施される。ザイールは抵抗した。拘束具で皮膚が、肉が裂けようと必死にもがく。口はモーリアスを懐柔しようと甘い言葉から、次第に罵倒する獣のうめき声のようなものになった。

おかしい。どうして、なぜルドヴィカの貴族である自分がこんな目に遭っているのか。

ローアンに建設された大神殿レグラディカ。敷地の面積や最高級の調度品、名のある宗教建築家の手によって造られた荘厳な聖地は、建造物としての価値ならこの大陸にある神殿の中でも最高位にあると言える。

あの汚らわしい売女如きに治められている国にはもったいない大神殿である。鎮座している女神の格も大したことがない。

アグドニグルには、神の知恵を授かりながら、それを「誰にでも平等に扱えるように」などと愚かなことを言う愚者もいる。

この自分がきちんと管理運営してやろうというのは当然のことだ。

これだけの規模の神殿に、格の低い女神と、祝福を受けた少女を奉げれば上位十三位の神を招くことも可能なはずだ。

ザイールはこの穢れたローアンという土地に偉大な神を降臨させ、アグドニグルの愚か者どもに真の信仰を与えてやる偉業を行うことこそ自分の使命だと信じていた。

だというのに、なぜ今、自分が〝尋ねる者〟に処理されているのか。

「あぁああ!!　あぁあああああ!　神よ!!　偉大なる御方よ!!　なぜ、どうして、私が何を……!!」

目が抉られた。ザイールは混乱する。

わからない。わけがわからない。

自分は正しい行いをしている。これは試練か。それとも、悪しき者の力が自分よりも強く、呑み込まれてしまったのか。自分の信仰が足りなかったのか。ザイールは混乱した。

「神よ!!　神よ!!　偉大なる我が神よ!!　どうかお助けください!　お救いください!!　この愚か

なる者に貴方の雷を!!　どうか、どうか!!　——私はなぜ、殺されるのです!?」

ザイールは必死に叫んだ。

神という存在は明確に在り、人の声を聞いている。祈り、奉げれば神は応えてくれる存在だと、枢機卿の身でよくよく知っていた。だからこそ、必死の訴え。懇願。

「あぁ、猊下。またそのように……神の奇跡を御自分のために願うとは……」

モーリアス・モーティマーの声が響く。ぐちゃぐちゃと混ぜ返される肉の音。

ザイールの絶叫が途切れるのはまだずっと先のこと。

*

「と、いうことで、こちらがザイール枢機卿猊下の頭蓋骨でございます」

「ルドヴィカでは私は頭蓋骨を貰って喜ぶ女という認識になっているのか?」

恭しく献上される骨を見下ろし、クシャナは玉座にて頬杖をついた。

朱金城の謁見の間。居並ぶ文武百官を前にして、ルドヴィカの〝代理人〟として登城した黒髪の青年は平伏したままぴくりとも動かないが、服従の姿勢を取っている人間が出すにしてはあまりに敬意のない声音で続ける。

「おや、皇帝陛下は謀反を起こされた弟君の頭蓋骨に金箔を貼り、杯になさったと聞いておりましたが」

慇懃無礼というものを人の形にしたらこういう姿かたちになるのだろうなと、クシャナはモーリアス・モーティマーを見てうんざりした。

モーリアスの物言いに、家臣たちが怒りを覚え、あまりよろしくない雰囲気になる。ここで自分が「杯にするのは気に入った者の頭蓋骨であって、オッサンの骨とかいらんわ」などと言おうものなら、雰囲気ぶち壊しである。

（シェラ姫なら言うであろうがなぁ）

あの妙に、空気を読んでいるようで自分の言いたいことはしっかり言ってしまう幼い姫。思い出して自然、口元が綻んでしまった。

家臣たちがざわつく。

あ、しまった。

骨で酒を飲む趣味を肯定して、モーリアスの言い回しを気に入った感じに受け取られてしまった。

まぁ、いいか。と、クシャナは考えて足を組みかえる。

「生憎私には気に入りの杯があってな。しかし、まぁ、折角だ。こちらで加工し、ウラドに贈ろう。あれも時には酒を飲むだろうから。あぁ、これは良いな。私は祝い事は忘れない女だから、そなたの国の枢機卿はあと何人いたか」

「誠に残念な限りではございますが、我らが大神官様は一切飲食をされませんので」

毎年お前んところの枢機卿の頭蓋骨で金の杯作ってやるよ、というこちらの提案をさらりと躱してくる。これがこの頭蓋骨になったザイールとかいう人間だったら顔を真っ赤にしてあれこれほざいてくれただろうに、つまらないものである。

とにもかくにも、まぁ、とにかく。

大神殿レグラディカで起きたこと。

アグドニグルの第四皇子の婚約者であるシュヘラザード姫が襲われた件。

神殿内での不祥事、その他もろもろ。

何もかも、この頭蓋骨の持ち主が悪い、何もかもしでかしました、でもちゃんと処分したので大丈夫です、とそういう話。

クシャナも異論はない。

簡単な話だ。

枢機卿のザイール。少々、邪魔だった。

クシャナにとってはレグラディカにちょっかいをかけて乗っ取ろうとしている羽虫程度の邪魔さだが、その羽虫をモーリアスが溺死させてくれるというのだから「好きにせよ」と放っておいた。

その見返りに頭蓋骨をくれたのだが、別にいらない。

モーリアスにとっても邪魔だった。というか、元々、モーリアスにとって邪魔で、けれど枢機卿を葬るには色々理由が必要だったらしい。それで選ばれました。凶器に。

(レグラディカにちょっかいをかけるように唆して、私の目に鬱陶しく映るようにさせたわけだが。

まぁ、良いわ)

賢者の祝福を得ているモーリアス・モーティマーに貸しを作っておくのも悪くない。

それになにより、モーリアス・モーティマーが枢機卿殺しを行うなど、どうせ理由はイブラヒム関連に決まっているのだ。

いくらアグドニグルで保護していても、作る物から思想から、ルドヴィカの教えの地雷を踏み荒らして開墾する勢いのイブラヒム。数年前に鉄道の構想を発表した時に送り込まれた、毎晩ダース単位の暗殺者の死体の山で街ができるほど。

会ってゆけばいいのにとクシャナがそれとなく言えば、モーリアスは不要だと言う。

ルドヴィカの教えに反する者たちを火刑台に送り続ける男が公式に会いに行くのは、モーリアスを徹底した神の信徒だと盲信するルドヴィカの人間に不信感を抱かせる。

「貴様をうちで召し抱えてやってもいいのだが？」

「お戯れを。私は神のしもべでございますので」

ルドヴィカの信者の証を胸に抱き、目を伏せて祈りの言葉を口にするモーリアス・モーティマー。

クシャナはイブラヒムを賢者に迎える際に、この自分を暗殺しようと襲撃してきた男が、よくもまぁほざくものであると感心した。

5章　コルヴィナス卿と海鮮料理

恐怖のオッサン再び

ローアンの地を訪れたコルキス・コルヴィナス卿は必ず最初に、朱金城に参内しとにもかくにも皇帝陛下へお目通りを願う。

緊急時でない限り九割が却下される願い入れが当人の精神に傷を負わせることはなく、むしろこちらの要求をつれなく撥ね除ける陛下を「お変わりないようで何より」とそのように受け止める男であった。

「かの白梅の姫が、どうも不敬にも陛下の求める品を断られたそうですよ」

半日ほど城の中で放置されたコルヴィナス卿の耳にはあれこれと、宮中の噂話が舞い込んでくる。

というのも、放置されたコルヴィナス卿を「今がチャンスだ」とばかりにあれこれ話しかけてくるのは文武問わず様々な者たち。

氷と雪に閉ざされた北方の地に詰める卿は国内外の誰もが認める「アグドニグル最高戦力の一

人」であり、また屈指の資産家でもある。少しでも縁を持とうとする者は、多忙な卿が贅沢に時間を浪費させせられているこの時を狙うしかなかった。

「……」

現在アグドニグルで唯一、女の身でありながら独自の宮を得た敵国の姫。色々と話題に事欠かない幼女である。

訳知り顔でコルヴィナス卿に話しかけてきたのは、娘を第三皇子ユリウスの側室にした文官で、その思惑がわからないわけではないコルヴィナス卿であったが、出された話題にぴくり、と、眉を跳ねさせた。

*

「いや、ですから、ご所望の品は無理なんですってば――――っ！！！」

チリチリと、前髪が焦げ付く恐怖と戦いながら、私は必死に叫んだ。

午後の白梅宮。本日もお日柄が良く、暖かな日差しにお庭でちょっと日向ぼっこをしていた私の元へ、やってきましたコルキス・コルヴィナス卿。

先ぶれとかないんですね。問答無用で白梅宮に押しかけて、有無を言わさず幼女に焼き（物理的）を入れてきたアグドニグルの英雄卿は足元でキャンキャンと威嚇するわたあめを見下ろし、目を細めた。

「それが何であれ、陛下がご所望であればいかなる手段を用いても献上するのが貴様の存在意義であろうが」

「うわー！　うわー！　耳が早いー！　うわー!!」

確かに今朝、後宮での朝の会を終えて、陛下と歩きながら雑談していて「そういえば、あれはいつ作るんだ？」と聞かれました。それで陛下のリクエストを聞き「私には無理ですねー」と断った記憶はある。

けれどそれから、半日も経たずに陛下過激派筆頭の男の耳に入るとか、白梅宮のセキュリティーはどうなって……いや、まぁ、アンを始め、各皇子の密偵さんが蔓延(はびこ)っているので仕方ないと言えば、仕方ないのかもしれないが……。

「無礼ではございませんか、コルヴィナスさま！」

「……精霊か？」

シーランやその他の女官たちも、コルヴィナス卿を諫めたくても身分が違い過ぎて出るに出られない。精々私の前に身を出して炎から庇うくらいしかできないそうだが、そんなことはしなくていいので、私が一人前に出て対応しているのだけど、そこに声をかける、白梅宮の化身こと青梅。

当初は幼児の姿だった青梅だが、今は私の夢の中で見た白梅さんより少し若いという程度の、十四、五の少年の姿。緑の瞳をキラキラと輝かせて、恐ろしいコルヴィナス卿から私を庇おうと……!?

「相性的に燃やされますよ!!　木は火が弱点……ッ！」

わたあめも氷で溶かされるからこっち戻ってきて！　と、私は慌てる。

白梅宮の通常の戦力だと相性悪すぎるなコルヴィナス卿……!!

「……」

「た、対話を!!　まず対話を試みませんかコルヴィナス卿!!　そもそも卿は私が陛下にどんな品を望まれたのか、まずそこからご存じないじゃありませんか!!」

「望まれたものを望まれただけ献上するのが家臣の務め。それが何であれ、貴様に求められたということは、陛下へ献上させるよう貴様を説得するのが私の目的であり、内容物についての詳細は最優先ではない」

「説得!?　これは説得カウントしていいんですか!?」

火で炙って脅すことを説得だと!?

ははぁん、脳筋さんですね？

「火力上げるの止めてください!!」

「今、失礼なことを考えたであろう」

「心読めるのか!?　人間やめてるよ!!」

幼女相手にあまりにも大人げない。

しかし、私が何を喚いても、火に油、コルヴィナス卿にシェラ姫。

「くっ……どう脅されても、無理なものは無理なんですよ……そもそも、寿司ですよ寿司!!　無理に決まってるでしょう!!」

それでも丸焼きにされたくなくて、私は必死に叫んだ。

寿司。鮨。ＳＵＳＨＩ。

ジャパンが世界に誇る文化。元は屋台発祥でファストフード扱いされたりもするが、仕入れ、仕込み、提供に至る全てに拘れば一皿で諭吉が吹き飛ぶこともある高級料理にもなる。


「ようは切った生魚を米の上に載せるのだろう」

「言ってしまえばそうなんですけど、そうじゃないんですー」

「生の魚を陛下の口にという点で、懸念がないわけではないが……より鮮度の良いものを手配すれば問題ない」

「……ちなみにどれくらい新鮮な物が手に入ります？」

「神殿を経由すれば、北の港で今朝揚がったものでも可能だろう」

魚を輸送するために使われるルドヴィカの神殿っていいんでしょうか。

あと神殿の移動手段を使えるのは祝福者だけなので、この場合、コルヴィナス卿が自ら鮮魚を送り届けてくださる感じなんだろうな。暇なの？

ずるずると白梅宮の厨房に連行され、寿司について説明した私にコルヴィナス卿は全く以て、わかっていない発言をされる。

お米の問題については、アグドニグルで流通している細長いタイプのお米でも水を多めに、塩と油を入れて炊けば酢飯にできる位の粘度を出すことができるので良い。

寿司ネタに関しても、陛下のご所望は「江戸前寿司」で、酢絞めやらの加工についても不安はない。

この世界にはマグロもシンコもないが、まぁ陛下もその辺はわかってくださっているはずなので、この世界の魚で良い感じに寿司ネタを作る楽しみも、あるにはあるのだが。

「ん」

「？」

ぐいっと、私は自分の両手をコルヴィナス卿に差し出した。

「己の無力を謝して焼き落とせと？」

「なんでそうなるんです？　違います」

手です、手を、握ってください、と私が求める。コルヴィナス卿は手袋を脱いでぎゅっと、幼女の手を握る。

「なんだ」

「うわっ、熱っ！　あれ!?　私の手の温度の高さを伝えるはずが……逆にびっくりさせられたんですが！　なにこれ、熱い!!」

白い手袋を取ったコルヴィナス卿の手は驚くほど熱い。火傷するほど、ではないのだけれど幼女の体温より遥かに高い。

炎の祝福者。

体温は人並以上に高いらしく、普段は魔術で編んだ手袋で制御しているらしい。

そう言えばヤシュバルさまも人より体温が低かったっけ。

あっ、このオッサン、わざわざ手袋脱いだの、私に対しての嫌がらせだな～？　こっの～暇人め～！

「って、そうじゃない。えっと、つまりですね……お寿司は、酢飯を握って魚を載せる作業を……掌で行うんですけど、私の手は寿司を握れるほどの大きさがないのと……体温が高くて、ネタがぬるくなってしまうっていう……理由があるんですが、うん、コルヴィナス卿も駄目ですね！」

実は頭の隅に「最悪、コルヴィナス卿に作り方を教えて作って貰おうか」と思っていたのだけれど、この手の熱さじゃ無理ですね！

私が笑顔で「揃って無能！」と言うと、前髪がまた焦げた。

＊

Q、寿司を握らないと殺される展開ってあるんですか？
A、あります、イッツナウ。
「将〇の寿司とか寿司〇ではなかった展開ですねぇ～～～～～～」

絢爛たる華の都。偉大なる皇帝陛下の治めるローアンは朱金城の白梅宮にて、異国の姫君シュヘラザードはガタガタと震えながら呟いた。

白いほっかむりに真っ白な前掛けをした姿は、平民の幼い子供が親の手伝いをしようと意気込む微笑ましさがあったが、当人はそれどころではない。

「そうか！　今宵は寿司か！　楽しみだな！　うむ!!」

時刻は夕暮れ。まだ毎度の献上時間には早すぎるのだけれど、厨房には今、紅蓮の髪の美女がワクワク嬉々とした様子で顔を出していた。

「やはり寿司にはカウンターが必要かと思ってな！　今早急に作らせておる。ふふ、これは私からのサービスだ。遠慮なく今夜はカウンターで披露するがよい。良い感じの作業服も必要であろう？　雰囲気は大事だからな。それも今仕立てさせているゆえ、後で届けさせよう」

アグドニグルを治めるこの世で最も美しく偉大なる皇帝陛下は、どこぞから聞きつけたのか「シユヘラザード姫が生の魚を使った料理を試みていると知って「今朝断ったのはフリか！　粋な計らいを！」」と大変お喜びになったそうで。

「コルキスが関与するのなら間違いはないな。うむ、この男、基本的に頭がおかしいが能力と行動力は異常なほどに高い。うんうん、そなたらは仲が良くないと思っていたが、さすがは私の可愛い姫。この堅物の心を開かせたか！」

シェラ姫を労いに来たのは本当だが、厨房で実際に白米の用意や、あちこちから届けられた魚を見て、陛下はますます大変上機嫌になる。普段視界に入れるのも嫌だとばかりに毛嫌いしているコルヴィナス卿を前にしても「そうか、今夜は寿司か！」と満面の笑みである。

「………お、大事（おおごと）になってしまった……」

仕込みの邪魔をしては悪い、と、陛下はそそくさと退散された。残されたのは生魚なので一応毒見役の黒子が一人ちょこん、と、椅子に腰かけて「ドンとこい」という文字の書かれた板を持っている。

「と、いうことだ。失敗は許されない。あれほど陛下が期待をかけられていて、出せぬという未来はない」

「……引き受けた覚えも作ろうと試みた事実もないのに、情報だけが流れて状況が固定されていく恐怖を感じています」

陛下の前では一言も口をきかず、静かに控えていたコルヴィナス卿はシュヘラザード姫と同じく白いほっかむりに白い前掛けをしている。こうして並ぶと、銀髪のコルヴィナス卿と白髪のシェラ姫は親子のよう、に見えなくもない。

余談だが、こうした二人の姿を見てクシャナ陛下は「あの気持ちの悪い男も、シェラ姫のような可愛い娘が隣にいたら、良い感じの父兄に見える」と感じられたとか。

「……うーん、うーん……ちらし寿司とか、巻物、軍艦系でごまかすのも無理そうな感じでしたよね、あれ……」

今夜、寿司を出さなかったらどうなるか。シェラ姫は考えるのも恐ろしい。コルヴィナス卿に全身炭にされるのは、まぁ、友達の女神メリッサにどうとでも回復して貰えるだろうから、シェラ姫にとっては「そこは別にどうでもいいのだけれど」という問題。

何より、シェラ姫が嫌なのは陛下に「がっかり」されることだ。あんなに楽しみにしてくれている、のは、ご本人が勝手に勘違いしたからではあるが、それに応えられないのがシェラ姫には「嫌」だった。

ようは、意地の問題である。

「……」

シェラ姫は黙々と魚の吟味をし「生の身を使うのであれば」と捌いていくコルヴィナス卿に視線を向けた。

知って、予測して計られたのなら、このコルヴィナス卿という男性を陛下が「気持ち悪い」と思うのも理解できた。

（この人、私のことを幼女だと思ってないというか……どういう生き物なのか、把握している感じがして、気持ち悪いんですが～）

旧名エレンディラ。現在シュヘラザード姫。白梅宮の主人。敗国の王族。かわいそうな幼い女の子。愛らしい容姿に、勝気な言動。何をするにも「健気」「一生懸命で愛らしい」「可愛がってあげたくなる」「微笑ましい」と、シェラ姫を「幼い姫君」と認識して扱う人々がどうしても持つ先入観、あるいは自己暗示のようなものをコルキス・コルヴィナスという男は全く持ち合わせていないようだった。

（私が料理に対して、それなりのプライドを持っていて、『無理なものをきちんと把握し、無理なものを無理と判断できる』人間だと理解していながら『周囲にできると思われたものを、できない

と即座に否定できない自尊心の高さ』があると、思われてこうなった気がするんですが）

シュヘラザード姫は「寿司は無理です」と理由を告げた。けれどコルヴィナス卿は「できない理由を理解しているのなら、それに対しての対策を考えられる経験値があるだろう」と、そのように。

「できないのか」

一向に作業に入らず黙っているシェラ姫を、コルヴィナス卿が見下ろした。

この生き物は、ここまで追い詰めれば意地を張るだろうと、見越している。

（幼女相手に、むちゃくちゃな）

シュヘラザード姫の日々の言動、陛下に献上され作る料理についてコルヴィナス卿が把握していないはずもなく、そこから卿の中で作られた「シュヘラザード」という人物は、七年ほどしか生きていない幼女ではないのだろう。

「無理ですけど、できないわけじゃないですよ」

観念してため息をつく。

「で、急きょとはいえ……陛下のためということで、高級魚をこれでもか、と仕入れて頂けたわけですが……なんでオール白身魚！」

既に手早くコルヴィナス卿によって下処理のされている魚や、サクで届けられた魚の……身は、皆白い。

「雨々さん!!」

シェラ姫は思わず、白梅宮の仕入れ担当の名を叫んだ。

「と、おっしゃいましても。ローアンでは身に色のついた魚は血で汚れたものとされていますので。高級魚とされているものは皆、身の白い魚ですが」

「文化の違い!!」

「これらはどれも鮮度の良いものだ。何が問題だ」

「白身魚は寿司ネタにするのに、このままじゃ味が淡泊過ぎて、ただ生の魚をぬめっと食べて、醤油の味がするだけになるので向いていないんです。正直、これを寿司ネタにするくらいなら、塩ふって焼いて出します」

それは確実にただの焼き魚である。

シェラ姫は魚の切り身を少しずつ取って、味を確認した。

「基本的に白身魚は熟成させて寿司ネタに使った方がいいんですよ。低温で保存し、こまめに包む布を替えて、余分な水分をなくした白身はねっとりとした食感に、濃い味と、寿司に向いてます」

「ですが、今日は仕方がないのではありませんか？　新鮮な魚で不味いというわけではないでしょう?」

今あるもので妥協すべきではないのか、と雨々が言うと、コルキスとシュヘラザードは揃って「何言ってんだこいつ」という顔を向けた。

「劣るものであるという認識がありながら……それを陛下にお出しすると?」

「雨々さん……陛下はお寿司を楽しみにしていらっしゃるんですよ……一番美味しい状態でお出しするべきに決まってるじゃないですか……?」

「申し訳ありません、私、凡夫なもので」

にっこりと微笑みながら、雨々が謝罪する。

内心雨々こそ「こいつら何言ってるんだ」と思っているがそれを表に出さないのが下級士官の処世術である。

「一端、ちょっと。えっと、現状の問題を整理しましょう。一つ、まだ何の解決にもなってない……寿司を握るという作業について。二つ、寿司ネタに使えるものが見当たらない」

「その、寿司を握る、という作業だが。具体的にはどのように行う？」

「色々ありますけど……」

説明するより、と、シェラ姫は試作の酢飯と、小さく切った寿司ネタを用意して作業台の前に立った。もちろん、踏み台付きで。

「いち、に、さん、し、ご。と、こんな感じです」

「……は？　え？　今……」

「……なぜ白飯に穴を？」

くるくる、ぽん、と、小さな掌であっという間に形成された寿司を見て、大の男二人が小首を傾げる。

小さなシュヘラザード姫の小さな掌では、手毬寿司より小さな、ままごとのような寿司ができる。

しかしそれでも形は整い美しい。

「ですから、こうして、こう、して、こうで、こう、いう、感じです。私も専門じゃないので、遅いんですけど……空洞を開けるとシャリがほぐれて食べやすいとか、そういう理由みたいですよ」

「……」

ひょいひょい、ぽん、と、あっさりともう一つ。楽しくなってきたのか、シェラ姫はそのままポン、ポン、と続けた。

「なるほど、わかりません」

雨々は早々に理解を諦めた。

しかしコルヴィナス卿の方は真剣である。

戦場で、盤上から敵将の狙いを看破するほど洞察力、思考力の優れた男は氷のような冷たい目を真っ直ぐにシュヘラザード姫の小さな手に向け集中する。

「一応嗜みとして覚えたんですけど、案外できるものですね〜。でも四秒かかります」

「……左手に寿司ネタを載せ、白米を上に置き、穴を作り、一瞬右手に移したものを、素早く左手で取り、形成、掌で転がし、寿司ネタを上にして、右指で掌の上の形を整える……と、いうことか」

「目が良すぎませんか？」

四貫ほど作ったあたりで工程を把握するコルキスに、シュヘラザードは驚いた。

コルヴィナス卿は勝手がわかったらあとは早い。

自身も酢飯を手に取り、器用なものであれよあれよ、という間に寿司の基本、本手返し五手をマスターしてしまう。しかし、その酢飯はほかほかと湯気が立っているし、なんなら寿司ネタはしっかり火が通ったように変色している。

「か、火力をあげて頂いて……セルフ炙り焼きとして出せなくもない……？　いやでも、うーん」

「……確かに、私や、貴様の手では……陛下にお出しするに相応しい品にはならないな。適当な上位神を殺し、神の怒りを買って炎の祝福の能力を一時的に封じさせるという手がないわけでもないのだが……」

「そこまでします？」

「陛下にご満足頂ける品のためであれば、神の一匹や二匹、滅ぶことはむしろ役に立てたと喜ぶべきものだろう」

シェラ姫は「上位の神といえばロキくんか」と思わなくはなかったが、コルヴィナス卿が「そう都合よく、上位の神が近辺にいるものでもないな」と言ったので黙っておいた。

「と、なると……」

「そうなると、だ」

さて、と、二人の視線が作業台の掃除や片付けをしている雨々に向く。

「……すいません、厨房での仕込みがありますので、私はこのあたりで……」

何か感じた雨々。二人に振り返ることなく、そそくさ、と、シュヘラザードの厨房ではなく、マチルダたちのいる厨房、自分のメインの職場へ戻ろうとする。

しかし、相手は歴戦の勇士、コルキス・コルヴィナス卿と、使える者は賢者でも使えがモットーのシュヘラザード姫である。

「おや、こんなところに良い感じに……料理技術のある、良い感じの成人男性が」

「朱金城に勤める者は悉く皇帝陛下に忠誠を誓い、粉骨砕身すべきである」

がしっと、首を。

ぎゅっと、服の端を。

それぞれコルヴィナス卿とシェラ姫に掴まれた料理人雨々。

「い、嫌ですが!!　陛下の……厨房で作るならまだしも……皇帝陛下の面前で作業を行うということですよね!?」

「さすが雨々さん、寿司の提供方法についての理解が早いですね♡」

「損得勘定で動く男だと聞いていたが、ここで不敬罪で殺されることを選ぶのが貴様にとって得なのか?」

見れば控えていたはずの黒子もがっちりと扉を閉めている。

ここで雨々が逃げれば自分に白羽の矢が立つ可能性について、素早く理解したのだろう。

三人の心が一つになった!

雨々は抵抗している!!
Q、寿司を握らないと殺される展開ってあるんですか?
A、あります、イッツナウ。

＊

「今日の陛下はご機嫌ですね」

謁見、視察、執務等本日の様々な業務を終えた皇帝クシャナを前にして、第二皇子ニスリーンはふと漏らした。

医神に愛された美貌の男は普段その顔が引き起こす悲劇を回避しようと仮面を被っているけれど、皇帝陛下の執務室には今クシャナしかいないので不要だった。

艶のある金色の髪に白い肌。真珠のように黒い瞳。神々の細工師がこの世で最も美しいものを造ろうとして生まれたとしか思えないほど整った姿形をした生き物であるニスリーンは中年期に入っていた。

若い頃は「年を取ればこの顔で苦しむことはないだろう」などと淡い期待を抱いたものだが、年を取ってもその美貌は衰えることがなく、むしろ周囲に言わせれば「色気と迫力と渋みが増してますます手が付けられなくなりました」とのこと。

ニスリーンは妻を迎えるつもりも必要もないのだが、長く仕えてくれている宮の者たちは「これではますます輿入れしてくださる姫君がいなくなる！」と嘆いている。

「ふふん、わかるか？　わかってしまうか～。ふふふ～。この迸るパッション」

ニスリーンはパッションなるものが何なのかわからない。博識であろうと努め日々の研鑽は怠らないのだが、陛下のおっしゃる言葉の全てを理解できる日はきっとこない。

が、容姿で苦労したニスリーンにとって、己の顔に惑わされぬクシャナは数少ない心から信頼できる相手で、その親愛なる母上様がこの上なく楽しそうな様子は誠に「なによりでございますね」と喜ばしいことだった。

「陛下がそのように楽しげなのは、白梅宮の姫が理由でございましょうね。さて、今宵はどのような品を献上なさるのか。私も毎日発行される記事を楽しく拝読しております」

ふわりとニスリーンが微笑めば、机の上に活けられた花のつぼみだった部分が満開になる。夜だというのに窓の外では美しい鳥の声が鳴き響き、部屋の空気が一気に浄化された。

「ふふ、今夜のメニューはもうわかっておる。わからぬことを期待し想像して楽しむのも良いが、事前に知っておいて待ち遠しいと思うのもまた、良いものである」

「おや、それはそれは。それほどまで陛下を楽しませる品でございますか」

「うむ。今夜は……お寿司でな！」

わぁい、と陛下が声を上げる。ここにいつもの黒子たちがいれば「ヤッタネー！」と紙吹雪でも背後に散らせ、そしてササッと箒で片付けたことだろう。

「おすし」

「うむ。私は是非、生魚を良い感じに食べたいと思っていたのだが、」

「……生魚は食中毒の危険性が高うございますゆえ、陛下の御前にお出しするのは……」

「わかっておる。ので、この件にはコルキスも関与しておるし、こうしてそなたを側に呼んでおいたのだ」

「…………」

おや、とニスリーンは目を伏せた。

万が一、その〝おすし〟なるものに中ってしまった場合、すぐさまニスリーンが診ることができるようにということ。そして。

「何かあればあれに腹でも切らせれば良い」

「なるほど、それならばよろしいかと存じます」

「うん、よろしいな」

アグドニグルの良心、人格者、聖人君主と称えられるニスリーンであるが、ことコルヴィナス卿に対して他人に抱くような慈愛の心などちっとも湧かない。嫌いというよりも、自分と同位。対等。酒を飲んで軽口を叩き合える間柄で、しかし、別に友人ではない。そして陛下も本気でコルヴィナス卿に腹を切らせたいわけでないこともわかっている。かの男は、殺した方が陛下の精神的には良いのだが、どう秤にかけたとしても生かしておいた方が価値がある。

「しかし、ということは……私も今宵の、陛下と白梅宮の姫君との逢瀬に同席してよろしいのですか？」

隣室に控えていることはできる。だが皇帝陛下はニスリーンに同席を望んでいるらしいことを言われずとも察したニスリーンは、しかし念のために確認をする。

もちろん仮面をつけておくのでシュヘラザード姫がニスリーンの呪われた美顔に惑わされること

はないだろう。が、皇帝クシャナにとって白梅宮の姫君が、他の存在とは別格の〝何か〟尊い存在であることをニスリーンは気付いている。

「うむ。良い良い。こうでもせねば、そなたとシェラ姫に面識ができなそうであるしな。妙な出会い方をするより、私の目の届くところで起きた方が良い」

「……」

陛下が白梅宮の姫君の名を呟く時の声音はどこまでも優しい。陛下が他人に対して情の厚い方だというのはアグドニグルの臣民であれば誰もが知るところだが、その自覚をもってしても「これほど優しくかの姫の名を呟かれるのか」と驚くはどだ。

「それにカウンターで食べるお高いお寿司はこう、上司として部下に驕るのが楽しみの一つ……ジャフ・ジャハンは魚とか食べなさそうだし、ヤシュバルとコルキスは師弟だからな。シェラ姫の教育方針でぶつかりそうだし……ユリウスはあいつ一人を誘うわけにはいかぬし……」

残る第五は病弱で生ものを食べさせるのに抵抗があり、第六皇子はまだ年若いので酒が飲めないから付き合せるのはまずい、と、そういう消去法らしかった。

まぁ確かに、人選として、陛下と楽しく食事ができる相手といえばニスリーンくらいなものだろう。ニスリーン自身その自覚はあった。

「それでは、有り難く」

「日頃、そなたを労いたいと思っていたゆえ。丁度良い」

深々と頭を下げると、クシャナが微笑んだ。

＊

「へぇ、そりゃあ。大役でございますなぁ。雨々殿、大変名誉なことでございますねぇ」

へらへら、にこにこと、雨々に微笑むのはつるりとしたスキンヘッドに片脚が義足の中年男性。白梅宮の奴隷であり、雨々の同僚でもあるマチルダは今日も今日とて善意善性の塊である。

食事も惜しんで寿司の開発をしている姫君様にと、マチルダがサンドイッチなるものを拵えて持ってきてくれた。サンドイッチというのはマチルダがシェラ姫に教わったパン料理で、パンの間に葉野菜や焼いた肉を、特製のソースと一緒に挟んで食べるものだそう。片手で簡単に食べられるので、忙しい時には良いと、陛下に献上したこともある一品だった。

「今すぐ自分で死ぬか不敬を理由に殺されるか失敗して殺されるかしかないのにですか？」

「へぇ、そりゃあ、確かに。ですがねぇ、あっしは小麦を扱うことには長けておりますが、そういえば、米に関してはからっきしで。これから、こうして雨々殿が米料理を習得してくださったら、これはもう、素晴らしいことでございますね。あっしがパン、雨々殿が米。白梅宮の食房は、ますます素敵になりますね」

「……」

おめでとうございます。大役でございますね。と、ニコニコとマチルダは言祝ぐ。

他人の身に降り注ぐ災難に同情する優しい男だが、それよりも職人気質である男。雨々ならきっと技術を身に付けるだろうと信じてる顔。共にシュヘラザードに仕える者として、雨々の苦難は、シェラ姫様の幸福に繋がると考えている。

「……」

雨々は今すぐ辞表を書いて逃げ出そうと思っていた自分を踏みとどまった。

マチルダに応援されたことで勇気を、というような男ではない。そして逃げ出すことを恥と思えるような立派な生き方をしてきた人間でもない。今更経歴に傷の一つや二つ、命よりは安いだろうと思う雨々だったが、そんな、意地もプライドも羞恥心もない男にも一つ。

「……ま、まぁ。私であれば、難しい米料理の取得も、えぇ、可能ですからね」

「さすがは雨々殿！」

胸を張って「当然ですよ」と応えると、マチルダが声を上げて喜ぶ。

「……」

雨々はここで自分が逃げ出して、その後、それでもシェラ姫はどうにかするのだろうという予感はあった。あの姫は、逆境に強いというか、結局なんでも最終的には自分で解決してしまうところがある。他人に頼るのは、他人に関わろうという気持ちがある人間であるというだけで、実際のところ、一人でも、あの姫君は皇帝だろうが英雄狂だろうが、相手にできてしまうお人なのだ。

その姫君であるからこそ、雨々はお仕えしてその恩恵を頂いているのだけれど、その姫をまるでただの無力な子供のように思っているのが、目の前の人の好い元フランク人だ。

まぁ、それは今はいいとして。

そのマチルダ。

生まれがパンが主食のフランク王国であるので、米食に慣れていない。この国に奴隷になってから初めて口にしたほどだそうだ。

なのでマチルダは、確かに小麦の扱いに関しては白梅宮の食房の中で一番なのだが、アグドニグルでは米食も盛んで、米を主食としていなかったマチルダはどうしても一歩も二歩も、扱いが劣る。

所詮奴隷であるから、他国の人間であるから、などと言う者を、マチルダが気にしていないことは雨々もわかっているが、それでも。

つまりまぁ、なんというかまぁ。

マチルダが現状、困っているわけではないのだけれど。

それでも雨々が寿司なるものを習得できて、米料理の扱いについてまた一歩進んだということになれば、まぁ、マチルダが、友人が助かる。

雨々は観念した。

自分が逃げて、周囲に何を言われようが思われようが、自分の経歴がどうなろうが、死ぬよりはマシだと割り切れる。

けれどマチルダが。

友が困る。

それは、雨々には、耐えがたい。

仕方がないので、マチルダと一緒にシェラ姫の元へ戻ると、こちらが逃げるとは小指の爪の先ほども想像していない、あるいはしたとて表に出すようなことのない姫君が相変わらずいらっしゃってこちらを見てにっこりと笑った。

「今夜の陛下への献上の場に、ニスリーン殿下もいらっしゃるそうです!!」

雨々は胃薬の申請を、マチルダにお願いした。

＊

と、いうわけで満を持してというわけではないけれど、様々な思惑葛藤あれやこれやを内包してやってきました千夜千食の一夜。

偉大なる皇帝陛下のおわす瑠璃皇宮の上空には美しい満月が輝き、雲ひとつない見事な夜。

「ふふん、ふふ、ふっふっふ。寿司。いいな、寿司。ふふふ」

ウキウキと自身の寝所へ向かう皇帝クシャナの足取りは軽く、追従するニスリーンもついつい微笑を漏らした。

常であれば寝所にてシュヘラザード姫を待つのであるが、今夜は「寿司」であるので、陛下は「こう、ひょいっと、私が寄って入る感じがいいな」と、そこから拘った。

「大将、開いているか」

と、開いているも何もここは皇帝の寝所であるのだけれど、気安くそう、普段ならない入り口の暖簾（のれん）をくぐってクシャナが言うと、明るい幼女の声がすぐに答えた。

「はい、ご予約頂いております。陛下、じゃなかった、クシャナさま、二名様。どうぞカウンターのお席へ」

ちょこん、と部屋に入ってすぐに近づいてくるのは白いほっかむりをした褐色の肌の幼女、シュヘラザード姫である。真っ白い、腕の先まですっぽり入ってしまう前掛け、すなわち割烹着をまとってニコニコと応じた。

「うんうん、様式美であるな。うむ」

いそいそとカウンターの前の椅子に案内され、ここまでは百点満点だと大変ご満悦の皇帝陛下。ニスリーンも勝手はよくわからないながらも、教養のある人間というのはどんな場所であっても洗練された所作が行えるのだという手本のような動作で椅子に座り、シェラ姫が「どうぞ」と渡してきたおしぼりを受け取る。

「ふふん、この暑い夜にこの熱いおしぼり、いい感じだろう。ニスリーン」

「はい、母上。暑さを感じている際に熱気のあるものは汗を引かせることがございます。こうして食事の前に頂きますと、手を清潔にするという意味だけではなく、さっぱりして食欲が出て来るということでも良うございますね」

「この布でこう、全力で顔を拭いてもいいのだぞ。まぁ、私は化粧が落ちるからやらんが」

「誠に残念ですが、私も仮面を外さなければならないので遠慮しておきます」

「なんだ、やらんか。百夜(びゃくや)あたりは絶対やらんだろうがそなたならやってくれるかと思ったんだが」

「と、いうことは母上、その動作はあまり、お行儀の良い行動ではない、ということですね」

騙されたことをすぐに理解するニスリーンはにこにこと微笑んでいる。対するクシャナも悪びれた様子がない。

「さて、それじゃあ大将……ではなく、なんだ。握りはそなたではないのか。シェラ」

板場に入らないシュヘラザードを見て、クシャナは目を細める。

「私の手で握るとおままごとのようなお寿司になってしまいますので、やっぱりお寿司を握るなら大人の手がいいなと思いまして」

「と、いうことはコルキスか」

あいつの握る寿司は嫌だが、と、クシャナは真顔だ。

「第一、あいつの手だとネタが焼けるだろ」

「おっしゃる通りです。ですので、ここは白梅宮が誇る料理人の……雨々さんでーす！」

「……誰だ?」

じゃーん、とシュヘラザードが板場に引っ張ってきたのは、今にも死刑宣告を受ける被告人のような悲痛な顔をしている、黒い髪に一般的なアグドニグル国民の顔立ちの青年だった。

＊

「じゃあまず玉子」

雨々さんの登場に対して反応するわけでもなく、陛下がさらり、と言い放った。

お寿司を心待ちにされていたらしい皇帝陛下。その握り手が大して記憶にない下級士官であっても、この場に立っているのだから資格あるいは覚悟あってのことだろうと判断されたご様子。

ちらり、とカウンターの中の雨々さんが私に視線を向けてきた。

……ええ、ええ、打ち合わせでは……ええ、ここは陛下におまかせコースと言って頂いて、こちらの都合の良い品をいい感じにお出しするはずだったのですが……さすが陛下。やっぱり陛下。

「はい、もちろんご用意してありますよ。厚焼き玉子、ではなくて。ええ、玉子のお寿司」

寿司屋に行ってまずその店の腕前がわかるのは厚焼き玉子である、というのは有名な話。フレンチもイタリアンもスペイン料理も、必ずある卵焼き。面白いことに、どんな料理でも「焼いた玉子料理」こそその料理人、店の味と腕、あるいは格が推し量れるというのだから卵は偉大である。

当然私も、ええ、用意してありますとも厚焼き玉子!!　の、お寿司の方！

「ほう」

それはちょっと意外だったのか、陛下が口元を釣り上げる。

「母上、卵のお寿司、とは。今回は魚料理と伺っておりましたが」

「寿司の通は玉子焼きから頼むのだ。よし、ではそれを貰おうか」

陛下のことだからちょっとこう、試してくるだろうとは思っていたので想定内です。

私は雨々さんに目配せをして、焼いて冷やしておいた玉子焼きを厚切りにして握って頂く。

「ほう、手際の良いことだな」

ぽんぽん、くるっ、ぽん、ひょいっと、五手で握っていく雨々さん。

素晴らしい習得っぷりです。ええ、涙なしには見られませんね、少しでも間違えるとコルヴィナス卿が雨々さんの目の前でマチルダさんに話しかけて北の地に連れて行こうとするので、ええ、必死に習得してくださいました。

やっぱり人間、自分のことをろくでなしと思っている人ほど、自分の命より人の命がかかっていた時の方が一生懸命輝くんだと思います。

目の肥えた陛下もお褒めくださったので、真剣な顔つきだった雨々さんの顔が紅潮する。

お出ししたのは厚焼き玉子のお寿司。

何の変哲もないと言ってしまえばそれまでの、ただの焼いた玉子をぽん、と載せたもの。

「うん？　甘くないな？」

「……おや、これは。白身の魚、ですか」

薄口のお醤油を表面に塗ってお出しし、そのまま召し上がって頂く。陛下はきょとん、と小首を傾げて、そしてニスリーン殿下が口元を押さえ確認するように呟いた。

「はい。厚焼き玉子といえばお砂糖たっぷりの甘いお寿司、お子様もにっこりな味か、さっぱり大根おろしの似合うだし巻き卵のどちらか、とも思うのですが。これからお寿司を召し上がる陛下と殿下にお出しするには、ちょっと味が濃くて邪魔かと思いまして」

「邪魔」

お寿司をお出しする順序として、通常は味のたんぱくなものから、というのがセオリーだ。そして人間の味覚というのは、甘いものを食べたあとに薄味のものを食べても感じ難い。激甘な玉子焼きを出した後に白身魚なんか出した日には、醤油の味しかしないが？　などと言われても仕方ない。

「こちらの玉子焼きは、白身魚のすり身を入れてふわっと、カステラのように焼き上げたものです」

私の前世ではお寿司屋さんの玉子焼きといえば、卵オンリーであったけれど、そもそも寿司屋の玉子焼きはこうして海老や白身魚のすり身を混ぜたものだったはずなので、要望的にはＯＫのはず！

「おや、これは。これならば、魚の生臭さもなく、骨の心配もない。病人に食べやすく、子供も好んで口にしそうでございますね。卵は滋養強壮に良いもの、おもしろい食べ方もあったものだ」

「ありがとうございます、ニスリーン殿下。はじめまして！」

この場でご挨拶するのも何なのだけれど、ぺこり、と改めて頭を下げると、口元だけ明らかな、仮面の第二皇子殿下は穏やかな雰囲気のままふわり、と、多分微笑まれた。空気がそんな感じ。

「はい。はじめまして、シュヘラザード姫。君のことは色々と聞いていたのだけれど、挨拶ができなくてすまなかったね」

「いえ！　ニスリーン殿下といえばお医者さん、とても凄腕のお医者さんと聞いておりますので、ご多忙だと存じておりま……」

謝罪され慌てる私はふと気付く。

はっ、つい普通に対応してしまっているけれど、相手は王族！　ここに白皇后陛下がいらっしゃったらきっと「なんです、その挨拶の仕方は」と怒られる……！

お行儀良く、いい感じの、お姫様らしい挨拶を……割烹着姿で今更ですかね!!

私が硬直しているとニスリーン殿下から何か、悲しげな雰囲気が漂ってきた。元気溌剌だった幼女が、突然自分を前にびびって萎縮したら……そりゃ、大人は寂しいだろうな……。

ここで本当に小さな子供だったらこのままなのだろうけれど、私は体は幼女、精神的には大人なつもりのパーフェクトなコミュニケーションを取れる空気の読める女である。あとで白皇后陛下に叱られるかもしれないが……六皇子の中でも人格者で「一番まとも！」と名高いニスリーン殿下の好感度は……上げられるだけ上げておくべきだと思うし!!

「私、人見知りとかしない幼女なので大丈夫です！」

「うーん？　なんだか色んな計算をされた感じが……シュヘラザード姫の表情はとてもわかりやすくクルクル変わるねぇ。でもこれは、私の容貌に……あまり、影響されてないのかな？」

「容貌……？」

にこにこと仮面をつけたままなのに笑っているのが声でわかるニスリーン殿下。

容貌。顔が見えないのに……影響も何もないのでは？

「私の顔は人をおかしくさせてしまうからね」

「え、それ……あんまり、人前で……ご自分でおっしゃらない方がいいと思いますよ……？」

突然何を言ってるんだ、この人……。

ニスリーン殿下といえば、ヤシュバル様より上の皇子なんだし、お歳はいっていらっしゃるのだろう……え、この人……そんな、若い青少年が仮面とか眼帯をつける理由で……顔を隠していらっしゃるんですか……？　右目がうずく……とか、自分の顔が美しすぎて周囲を狂わせる、とか……？

……やっぱり、アグドニグルの王族にまともな人はいないのか……？

「……いや、そうでなくてね？　私は、」

「そなたの自意識過剰な話など今は良い。さて、姫。それでは次のものといこうか。ここら先は〝おまかせ〟でいこうかな」

「あ、はい。陛下。それでは……」

私が雨々さんに目くばせすると、雨々さんは神妙に頷いて次の寿司を握り始めた。

「……ほう、これは……白身魚か」

「はい。鯛に似たほんのり甘さのあるお魚を……湯引きしました」

正確には「皮霜造り」と呼ばれるのだけれど、まぁ、今は細かいことはいいとして。

寿司ネタに白身魚を使う場合、熟成させた方が良いというのはわかりきっていることなのだけれど、それはそれとして、できないのだから、代わりの旨み成分をなんとか作り出せばいい。

魚の多くは、皮はそのまま食べるのは難しい。食感が悪いし、美味しいものではない。けれども、不味いと感じるのは固いからで固さをどうにかすればいいわけである。

「魚の皮や、身の部分の間に特別な旨みがあります。湯引きというのは、魚の皮だけにお湯をかけて、加熱したことで皮が柔らかく、旨みが強くなります」

「……ほう」

陛下は前世で召し上がったことがあると思うので「あれはそういう意味だったのか」的な頷きをされた。

「だが、身の部分には……熱が通っていないようだが、そう上手く、皮のみ熱を与えられるものか？」

「布巾を被せまして、さっと、お湯をかけます。それで、すぐに氷水で冷やせばいいだけです」

さらり、と、言ってしまえば簡単なのだけれど、私もこの異世界の魚の適正温度は知らなかったので、雨々さんやコルヴィナス卿と……がんばりました、温度管理。熱すぎるとすぐに魚全体に熱が通ってしまうし、氷水に浸けすぎても旨みが全部水に溶けだしてしまう。

失敗したお魚は、白梅宮のみんなで美味しく頂きますので無駄にはしません！

しかしまぁ、そういう苦労は、お客さんには関係のないことである。

私たち料理人は「そういう技法があって、美味しくできるんですよ」と伝えればいいだけのこと。

ちなみに栄養学の話をすると、身より皮の方により多く、コラーゲンとかビタミンAとかB_1とか含まれているので美容と健康にもいいよ!!

「うむ、うむ……ふむ、どんな寿司を出してくるかと思ったが……ふふ、こう来たか」

「……」

「良いな、寿司。やはり、こう、米と、魚の組み合わせは最高だな。生魚を食べる文化を発生させようと百年ばかり手を尽くして駄目だったが……やはり、寿司だな！」

……まぁ、アグドニグルの皇帝陛下であるクシャナ陛下が……この国で一番長生きされている陛下が、このお城の中には白身魚しか運ばれてこないの……知らないわけが、ないですよね。

「さぁ、どんどん持ってきてくれ。ニスリーン、酒は清酒を用意しているが、そなたもそれでよいな？」

「はい、母上」

さて、それではどんどん、と、皮霜造りの他に、白身魚の炙り焼き、タタキ、カルパッチョ仕立てなど色々お出しする。

「うんうん。淡泊な味気ない魚とばかり思うていたが、こうしてじっくり味わうと、白身魚と言っても甘さや触感が異なるな」

「はい。焼いた魚しか食べたことはございませんでしたが、なるほど、こうして生食すると魚の味がより感じられておもしろうございますね」

好評で何よりですね。あの手この手で奮闘し……私は恐る恐る、と、陛下にお伺いを立ててみた。

「ちなみに……江戸前ではないし、邪道かもしれないのですが……マヨネーズとか、チーズを……陛下は、お好きですよね？」

白身魚だけではなく、陛下の食卓にあげてもＯＫとされる海鮮は……まだある……！

「ほう、それはつまり……？」

「ええ、そう……エビ＆マヨネーズinチーズ!!」

散々淡白な白身魚ばかりで、お待たせしました!!

マグロは無理でしたが、ええ、このあたりで、味の濃いものを……召し上がりたいことでしょう!!

開いた茹でエビに、味醂とお砂糖と醤油と……あと、アグドニグルのお肉料理で使うおソース……前世で言うところのウスターソースのような、野菜や果物のピュレに調味料を加えて調整した液体調味料……を混ぜて作った、即席バーベキューソースを……！　塗って！　マヨ、チーズ！

「これは美味いに決まってる。反則では？」

江戸前じゃないし、カウンター式のお寿司屋さんで出すとか本当に、職人さんたちに怒られそうな一品なのだけれども、美味しいから……!!

「私も真面目に、粛々といい感じに終わるお寿司屋さんをやろうと思ったのですが……！　コルヴィナス卿に……炙り焼きをして頂いたところ……とても、その、火力調整がお上手だったのと……その」

「……コルキスがなんだ？」

ちらり、と、陛下はずっと黙って彫像のように立っているコルヴィナス卿に視線を向けた。陛下の食事の邪魔をしてはいけないと、気配さえ消している卿は視線を向けられてもぴくりとも動かない。

私は苦し気に顔を顰め、声を絞り出した。

「美味しいんです……普通の火で炙るより……たぶん、普通の火が何かを燃やして燃えてるっていう分……不純物？　酸素さえ燃やしてない魔法的な、奇跡？　祝福の火で……調理すると、美味しいんです……!!」

そこでワァッと、私は泣き崩れた。

むごい……あまりにも、知りたくなかった事実だ……!!

便利すぎる……神の祝福……！　炎の能力者……！

私のなんかふわふわした祝福二種類より、どう考えたって良い……!!

「……母上、彼女は確か……コルキスの炎により大怪我を負ったのですよね。なるほどかわいそうに……調理のためとはいえ、自分を傷つけた炎を見て恐ろしかったのでしょう」

「絶対に違うと思うぞ」

気の毒そうにニスリーン殿下が私に同情するような視線を向けてくるが、さすがに陛下はよくわかっていらっしゃる。

「ふふ、ふ」

「……！」

陛下はそこで、コルヴィナス卿の顔を見て、たまらず笑い声を漏らした。

「……母上……！」

「……陛下？」

「ふふ、ふふ、ふはは。面白い、面白いなぁ。コルキス」

片手に清酒の杯を持ちながら、クシャナ陛下はコルヴィナス卿を見て微笑む。その視線に、石のようだったコルヴィナス卿が目を見開き、わずかに震えたのが私にもわかった。

「数々の命を焼いてきたお前の炎が、世に苦しみや憎しみ、怨嗟しか生まなかったお前の炎が、この姫にとっては、自身を焼こうがなんだろうが、ただの火だと。お前の能力の強さを身をもって知っていて、調理に採用すべきが最であると、羨んでおるぞ」

いや、戦争はダメだけれども、別に「美味しく焼く」という目的がないのなら、そっちの火はほかの火で代用して頂いて、美味しく焼ける炎は食文化に生かして頂きたいのですが。

さて、このお食事会。お寿司パーティー。私と陛下にとっては千夜あるうちのただの一夜。これにて平和に……？　終わったのだけれども。

前代未聞。あの皇帝陛下がコルヴィナス卿に笑いかけたと、それはもう、翌日大騒ぎになりまして、陛下が生のお魚を召し上がったことなど吹き飛ぶ大ニュース。

英雄卿と名高いコルヴィナス卿がご自身の祝福の炎を使って陛下に献上した料理はまさに「陛下だけが口にすることを許される」至高の一品だと、卿と陛下への敬意をもって扱われ…………。

……アグドニグルで、お寿司文化が花開くことはありませんでした……。

っちぇ。

＊

「明日より貴様の身は私の管轄である北部の砦にて預かる。宮女たちにそのように支度をさせておくように」

お寿司事件の数日後、まだ宮中にいたらしいコルヴィナス卿と遭遇して挨拶もなしに告げられたのは、陛下へ本日のお料理をお出しした直後のこと。

つまり夜。明日っていつさ、数時間後。である。

「嫌ですが!?」

突然何を言い出すんだ、この美中年。

瑠璃皇宮から中宮へ続く渡り廊下は歩いている最中も景色が楽しめ心が休まるようにと、美しく見事な中庭が整えられている。荘厳な宮殿に、月下、佇む銀の髪の偉丈夫はおとぎ話から出て来たかのように実に絵になるのだけれど、それはそれとして、何を言い出すんだ、この美中年（二度目）。

しかも私が思わず拒否の言葉を叫んだのに、一応言ったからいいか、とばかりにくるり、と踵を返しスタスタと去ってしまうコルヴィナス卿。私とコミュニケーションを取る気がない。ディスコミュニケーション。

ここで待って、とお願いしても待ってくれないし、卿（オッサン）の中では既に「伝えるべきことは伝えた」と完結しているので、詳しい説明を求めても無駄だというのは、私と卿の付き合いの中でわかっていた。

「なので……私がすべきことは…………全力ダッシュで白梅宮に戻って、お泊りセットを用意すること…………!!」

基本的に私の人権なんて、ここではあるようでない。ので、明日から住むところが変わりますよ、と事前に言われるだけマシな方で、拒否しようが多分、まぁ、大人たちの間ですでに色々取り決めがされての決定事項。

抵抗するだけ無駄なので、自分にとって少しでも「損」がないように……お出かけするなら、ちゃんと！　ちゃんと……!!　必要なものは持って行かないと……!!

＊

「……しゅ、修羅場……」

と、そんなわけで、私はなんとかアンとシーランに手伝って貰って「現地でどれだけの物が用意されているかわからないけれど、最低限これだけ持って行かせて欲しい」というブツを箱や籠、鞄に詰め込んだ。

私としては「タオルとお着替えと枕とわたあめとマチルダさん」を忘れなければＯＫなんですが。

これでも一応お姫様なのでそういうわけにもいかないらしい。

よぉし、これでいつでもドンと来い卿(オッサン)と、何時に来るかも聞いてないし先ぶれもないので青梅と双六なぞしようと中庭に出るなり……私は顔を引き攣らせた。

「シュヘラ、君は中にいなさい」

「支度はできているようだな、今この愚か者を叩きのめす。貴様はそこにいろ」

……。

………。

私は軽く額に手を当てて、目を閉じた。

早朝の、チュンチュンと雀だか小鳥だかが鳴いている私のステキな白梅宮のお庭で……氷の槍を構えて殺気立っているヤシュバルさまと、炎をまとった剣を握っていらっしゃるコルヴィナス卿。

……見なかったことにして、二度寝をしたらダメだろうか。ダメなんだろうな。

私は賢いので理解した。

コルヴィナス卿と一緒に北の地に行くことを……たぶん陛下はOK出しているんだけど（陛下至上の卿が無視しているとは考えられないし）ヤシュバルさまはお認めになられていない。しかし卿は別に、ヤシュバルさまの許可などいらないというご判断……。

人の宮のお庭で朝からドンパチしないで欲しい!!

「師匠がなぜシュヘラをあの砦に連れて行こうとされるのか。あのような場所、幼い子には相応しくない。彼女は朱金城の自身の宮にて、陛下と千夜過ごすことが認められている。師匠が彼女を陛下から引き離そうと言うのなら、」

「愚か者めが。俺は別に、貴様からあの小娘を離せれば場所などどこでもいい。貴様のような者の元に置いていては、あの小娘はロクな人間に育たん」

淡々とおっしゃるコルヴィナス卿。

私の教育方針について、なぜ急に卿がしゃしゃり出て来やがりますのか全くわかりませんが？

この白梅宮で王族教育も受けながらすくすくと育つ私のどこに問題があるのか。

異議あり、と申し立てたいけれど、その前にヤシュバルさまが口を開いた。

「私が彼女の後見人です」

「ただ安全な場所を作り、そこに入れて貴様は眺めているだけであろう。なるほど、ただ孤児を引き取って成人するまで見守るというのならそれでもいいが……アレは王になるのだろうが」

ちらり、と卿が私を見た。

「美しい服を着せ、宝石で飾りつけ、甘やかされるばかりの王に使い道がないわけではないが……アレはいやしくも、陛下にとって……いや、とにかく。愚か者であっても、それなりの、王としての自覚を持つようになって貰わねばならぬ」

………私のこれまでの行動のどこに、コルヴィナス卿の好感度を上げる要素があったんだろうか。

要約すると、今のままの私だとレンツェの女王に即位しても役立たず。周囲に利用されるだけのお飾りで、別にそれはそれで良いのだけれど、卿はどうも、私がちゃんと、自分で王様として生きていけるように指導するつもりが……あるらしい。

ヤシュバルさまは過保護というか、私が怪我をしたり、お腹を空かせたりしなければ良いと、あれこれ気を遣ってくださってはいるが……まぁ、保護者ではあるけれど、私が前世の人格を持ったそこそこの精神年齢を持っていなければ、確実に自由奔放生意気ガールになっているかもしれない。

しかし、自分で言うのもなんだけれど、卿の私に対しての好感度はマイナスぶっちぎりでゼロに戻すことも困難だというほどだったと思う。それがどうして、こんな……どうした、オッサン。

「小娘の身柄について、私が預かることに陛下はご納得されている。貴様にも話があったと思うが」

「……私の元に置くことが彼女の妨げとなるのなら、私や師匠ではなく、他に適任者がいるはずです」

「それは誰だ？　誰がすき好んで、あのレンツェの王族を養育する。指導する。傀儡であれば十分であろうものに、分別がつく頭を与えたいと思う」

いや、本当、それはそう。

一応それなりに、祝福所持者とか利用価値はあると思うのですが、わやわやとした微妙な祝福だし、レンツェを憎む他の貴族たちを敵に回してまで私の人生に関わりたい奇特な人など……ヤシュバルさまくらいしかいないから、私はここにいるわけで……。

「ヤシュバルさま」

よいしょっと、私は庭に出てヤシュバルさまに駆け寄った。

私が怪我をしないように、とヤシュバルさまはすぐに氷の槍を消してくれる。

「シュヘラ。君は何も心配しなくていい」

「これはつまり、林間学校なので……行ってきますね!!」

北の地。

聞いた感じ極寒の雪国、氷に閉ざされた限界ワールドっぽいけれど、林間学校は山や川だけでなく、スキーとかができる雪山verもあるだろう。たぶん。

わぁー、楽しみだなぁー、わたあめも雪の魔獣だから、雪山とかきっと楽しんでくれるよねー、と、私は幼女らしい無邪気な様子をヤシュバルさまに見せる。

「コルヴィナス卿が一緒なら安心だと陛下も許可してくださったのだと思いますし……！　初めての長期旅行ですね！」

「……」

明るく笑って、何も心配などしていないという顔を見せると、ヤシュバルさまの顔がどんどん曇っていく。

「…………」

うーん、ヤシュバルさま、目を離すと私が死ぬと思ってるところがあるんですよねー……。

そんなことないと言い切りたいけど、残念ながら前科が多すぎる。

「……この朱金城であれば……君に降りかかる危険は限りなく少ない」

そうでもないと思いますが、まぁ、ここは頷いておく。

「……ここであれば、私はすぐに君の異変を知ることができるし、君を守ることができる」

「……」

「…………私の目の届く範囲に、いて欲しい、のだが」

言いながら、ヤシュバルさまは、それが私の楽しみを奪うことだと葛藤されているご様子なのがわかった。優しい人だから、まぁ、仕方ない。

私に目線を合わせるために膝をついているヤシュバルさまは、お辛そうな顔をして、ぐっと考えるように沈黙すると、髪をまとめるために頭についている簪を引き抜いて私の手に握らせた。

「せめてこれを」

私だと思って持っていて欲しい的な、だろうか？

「私の魔力が籠っている。何か嫌なことをされたらこれで相手を突き刺しなさい。小さな傷でもつけば、そこから氷漬けになる。もちろん君には無害だから安心して良い」

防犯ブザー代わりにとんでもない凶器を幼女に渡さないで欲しい。

必死に、祈るような目をする氷の皇子殿下のズレた溺愛っぷりに、私はこういう時どんな顔をすればいいのかわからなかった。

あとがき

この度は千夜千食物語3巻をお手に取って頂き、誠にありがとうございました。

元のネタとなりました千夜一夜物語というのは小学生のころの私の愛読書でございまして、川真田純子さんが訳し、天野喜孝さんが挿絵を描かれた青い鳥文庫は今も本棚にあります。

千夜千食物語だけではなく、私の作品の多くは食べ物の描写があり「今このタイミングでなぜ食事描写を入れたのか」と読者の方からすると不思議に思われることもあるかと思いますが、幼いころによく読んだアラビアン・ナイトの中で食事のシーンが印象的だったからという理由があります。

ハチミツをかけた揚げパンとか、ナツメヤシ、ヒツジやニワトリの肉とお米を炒めた料理など、食事のシーンから受ける異国のイメージがとても好きでした。

そんなこんなで、思い入れのある千夜一夜をもじった千夜千食物語を書籍として出版させて頂けたことは私の人生の中でおそらく……今後宝くじが一億円当たらない限り、これより素晴らしい出来事はないんじゃないかな、と思っております。

最高のイラストレーター様にキャラクターをデザインして頂き、挿絵や口絵を描いて頂いたことも、私が高齢になっても何度も自慢するだろうなと嬉しいことでした。

残念ながら私の力不足で千夜千食物語、シェラ姫の物語の商業版は今回で終了となってしまいました。小説家になろうのWEBサイトではまだまだシェラ姫の物語は続きます。コルヴィナス卿の治める北の地でシェラ姫が「……自分は良くても、自分ばかりを犠牲にすると、守られる人はどんどん惨めになりますよね」と気付く出来事があったり、なんやりかんやり、と。気になる方はぜひ、WEB版を追って頂けると嬉しいです。

ところで3巻までのイラスト、とても素晴らしいのでどうにかこうにかしてクリアファイルとか、ポストカードとかになりませんか。なりませんか……。陛下のアクリルスタンドとか、存在できる未来にたどり着けませんでした。ものすごく悔しい。

ちなみにこのあとがきを書いているのは4月7日（日）の午後です。発売日が5月1日なのに、なぜこんなにギリギリになっているのでしょう。今回の刊行につきまして、アース・スタールナ様、編集のT様には……誠にご迷惑をおかけいたしました。本当に、本当に……色々、本当に色々……ありがとうございます。もし万が一、万が一……4巻が、続刊が……出せることになりましたら……ちゃんと、ちゃんと、します。ので……その時は、何卒よろしくお願い申し上げます。

さて、この3巻が発売されてしばらくした頃には千夜千食物語のコミカライズがスタートしている、はずでございます。私はまだ完成原稿は見ていないのと、現時点では配信開始されていないのでワクワクしている日々が続いております。コミカライズを見てくださった方もいらっしゃるでしょうか？　ぜひ、コミカライズの方もよろしくお願いします。コミカライズの売り上げと人気次第で続刊が出るかもしれないという期待を抱いております。

それでは、名残惜しくはございますが……本当に、ここまで千夜千食物語、異国の姫君の全力疾走にお付き合い頂きありがとうございました。
またどこかでお会いできるのを楽しみにしております。

枝豆ずんだ

3巻おめでとうございます
イラスト描かせていただき、
ありがとうございました!!

もう一度出会えました

前世のチートで

I make delicious meal for my beloved family

美味しいごはんをつくります

あやさくら

Illustration CONACO

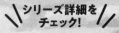

転生したら 3歳の第5皇子でした

千夜千食物語 ③
敗国の姫ですが氷の皇子殿下がどうも溺愛してくれています

発行 ―――――― 2024年5月1日　初版第1刷発行

著者 ―――――― 枝豆ずんだ

イラストレーター ―――― 鴉羽凛燈

装丁デザイン ―――― 村田慧太朗（VOLARE inc.）

発行者 ―――――― 幕内和博

編集 ―――――― 筒井さやか

発行所 ―――――― 株式会社アース・スター エンターテイメント
〒141-0021　東京都品川区上大崎 3-1-1
目黒セントラルスクエア　7F
TEL：03-5561-7630
FAX：03-5561-7632

印刷・製本 ―――――― 中央精版印刷株式会社

ISBN 978-4-8030-1942-1